月光煦煦

Moonlight in Your Eyes

LaI——著

通往幸福的路途不會是一條直線，
我只希望彎彎繞繞後，
能走向有你的終點。

楔子

他們並肩，卻不牽手

高中，身心躁動的年紀，有著紛擾的愛慕與忌妒。

大多數的父母都反對學生談戀愛，總丟一句，「大學再說。」更狠一點，「出社會再談。」

或許父母多了幾十年的人生經歷，知道學生時期的戀愛並不長久，別浪費時間在不對的人身上。

但其實他們是知道，人生中的第一段戀情，會有多刻骨銘心。

十七歲前的柯瑾瑜一直是認同的，但十七歲後的她卻反對了。

她很後悔。

後悔沒能在遇見他之前好好談一場戀愛，徹底痛過、哭過，再好起來。

所以才會在遇見他之後，變得手足無措，不知道該怎麼抓住他，不知道該怎麼說：「喂，我其實喜歡你。」

「我不跟朋友交往的。」她說，伴隨著笑語。「以後分手多難堪啊。」

有的只是耍帥逞強。
她就是有那麼一點期盼，他能說點什麼，找她理論，告訴她這樣是錯的。
因為他總是理性，知道所有對的選擇，如果連他都不認同，她就會知道自己沒有錯。
只要一點點就好……她就有勇氣朝他跨出第一步。

然而，他沒有。

直到最後他成為別人的了，柯瑾瑜又多了一件後悔的事。
不是沒能告白，相反的，她很慶幸自己沒有說出口。這樣的話，這件事就會永遠是祕密。
她後悔的是，早知道就乖乖聽父母的話，別在學生時期喜歡一個人。

因為……
真的會一輩子都忘不了。

無論是誰，都曾暈染了某個人的青春歲月。
或大或小，是波浪還是漣漪，其實都無關緊要。
差別在於，有人停下了，有人卻沒有。

第一章　朔月

啃著便利商店新出的哈密瓜冰棒，柯瑾瑜盤腿轉著電視，假日的節目依舊讓人覺得無趣。

外頭豔陽高照，自門縫鑽進來的風，悶熱得讓人窒息。

忽地，門外傳來一陣急促的腳步聲，她停下動作，細細地研究起這聲音，貌似是跟鞋撞擊階梯的聲響。

她住在公寓六樓，基本上不太會有人願意走樓梯，這麼倉促的步伐，來人肯定很急。

在她思索的同時，大門碰的一聲被人甩開，伴隨著歇斯底里的尖叫，「不要攔我！」

眼前拉扯的兩人，宛如八點檔上演的狗血情節，令她不知如何是好。

尤其是眼前一身白裙、披頭散髮的女孩一看到她，毫無血色的唇微微顫抖，柯瑾瑜打從心底以為農曆七月還沒結束。

對方因為驚訝而瞪大眼，下一秒眼淚便撲簌簌地滑落。

「你！」她瞪向身旁的黃凱橙，「你還想辯解什麼？小三都跑到你家撒野了，而且她、她還穿那麼少！」

小三？撒野？穿那麼少？

柯瑾瑜皺了皺眉，低頭看了一下自己的穿著，一件背心和運動短褲，天氣熱穿這樣很合理吧？

「小茜，妳真的誤會了，她是我……」

「嗚嗚……你不要再解釋了！你跟這個野女人在一起多久了？」

「不是！真的不是！我們沒有在一起。」黃凱橙拚命地安撫她。

「你們沒有在一起？」

「對！我們只是朋友。」他彷彿看到一線希望，努力澄清。

「這麼說，你跟她……」許怡茜的手指顫抖地在他們之間來回，「是、是砲友？」

「噗哧！」柯瑾瑜實在忍不住笑了，發現正吵著的兩人都一致看向她，她連忙揮了揮手，「啊，抱歉。你們繼續。」

他們應了聲，轉頭想繼續爭論，許怡茜忽然停頓了一下，下一秒無預警地嚎啕大哭，「她、她笑我！她一定覺得我是瘋子，我長得醜，我不配和她競爭！我知道不被愛的才是第三者，但是明明她才是小三，哇——」

小三？柯瑾瑜疑惑地指著自己。

二十歲，正值青春年華。

然而除了柯爸，還有國中跳健康操要牽隔壁男同學的手以外，她沒牽過任何異性的手超過十秒，更別說是當別人的第三者。

何況對象還是黃凱橙。

「喂！別以為我不知道妳在想什麼。」黃凱橙拍著許怡茜的肩，另一手握拳作勢嚇唬柯瑾瑜。

她無辜地聳肩。

「你們還打情罵俏！」許怡茜哭得上氣不接下氣，「你滾！我不想活了啊——」

「小茜別這樣！沒妳我也會活不下去的。」黃凱橙激動地抱住她。

柯瑾瑜打了冷顫，肉麻兮兮。

同時，她身後的房門被打開了，男孩半瞇著眼，單手將額前凌亂的瀏海往後梳，蹙起好看的眉，聲線微啞，「在吵什麼？」

「喔，你醒了啊。」柯瑾瑜示意他看玄關兩位連續劇主角，「好像要分手了。」

「呸！呸！呸！」黃凱橙瞪她，「柯瑾瑜妳不要在那說風涼話。」

她咬了一口手上快融化的冰棒，無所謂地繼續補槍：「整天調戲學妹，一臉花心男的樣子，難怪人家沒安全感。」

「妳不說話，沒人當妳啞巴！」

哭倒在他懷中的許怡茜，猛然抬起頭，「黃凱橙！你果然又背著我和學妹聊天了吧？」接著就是一陣不留情的揍。

「冤枉啊！何岳靖你還不救我！啊！小茜妳別聽她胡說！」黃凱橙求饒。

何岳靖這陣子睡眠品質不太好，眉眼冷淡，柯瑾瑜見狀，伸手摸他的額頭，「是不是發燒了？好像有點燙。」

他一愣，轉開眼，「剛睡醒，體溫本來就會比較高。」何岳靖瞥了一眼在啃冰棒的她，「柯瑾瑜。」

這架勢，這口吻……

「妳為什麼在吃冰？」

「啊？」柯瑾瑜頓了一下，一旁的兩人也停下動作，黃凱橙幸災樂禍，但馬上又被許怡茜抓回去揍。

她舉起手上的冰，一臉理所當然，「天氣熱啊。」

「今天幾號？」

「九月十七號。」

「不知道最近是什麼日子嗎？」

她不假思索，「明天開學。」

何岳靖冷睨她一眼，「是生理期快來了。」長臂一伸，直接抽走柯瑾瑜手上的冰棒，「沒收。」

「可是我快吃完了耶！才一枝沒關係啦！」柯瑾瑜試圖搶回來，「而且你這變態，怎麼知道我生理期快來了？」

「這沒什麼好記不得。」他補了一句，「還有，沒有對妳那麼好的變態。」

「……」

「到時候肚子痛，又要耍賴讓我做牛做馬、代點名。」高中同班三年，大學同校兩年，他幾乎摸透柯瑾瑜所有惡習。

「我、我才不會！」嘴上這麼說，但柯瑾瑜確實是出了名的賴皮鬼，總要何岳靖替她收拾爛攤子。

何岳靖咬著她沒吃完的冰棒，順手開了冰箱，「冰箱這桶也不准吃。」

「那是我的啊！我不吃行了吧……我不吃，我真的不吃！」柯瑾瑜舉手發誓。

何岳靖對她視若無睹，礙於身高的差距，柯瑾瑜完全戰不贏他，只能在旁委屈哀號，何岳靖還是不為所動。

柯瑾瑜不認輸，試圖搶回何岳靖刻意高舉的冰淇淋桶。

黃凱橙受不了地吼了一聲：「你們兩個！分手跟吃不吃冰到底哪個比較嚴重？」

聞言，兩人停止吵鬧，何岳靖嘴裡叼著冰棒，手還抵著柯瑾瑜撲上來的腦袋瓜。他們認真想了想，很快達成共識，鞠躬道歉，像是做錯事挨罵的小學生。

「對不起，我們的錯。」

「很好！從現在起說話不准比我大聲。」

「是，我們會小聲。」

柯瑾瑜一轉頭就揍了何岳靖的肩膀一拳，兩人用嘴型互相指責對方，開始了無聲的爭吵。

「好了小茜，別理那兩個白痴。」黃凱橙鄭重地再次發誓，「我真的沒有做過對不起妳的事。」

許怡茜雙手環胸，沒有看他。

「你覺得他們這次會不會分手？」

「加上今天就是第十六次吵架了吧。」何岳靖淡淡說道，嘴裡吐出精準的分析。「交往半年，幾乎一個禮拜吵一次架。」

「你和淨敏有這麼常吵架嗎？」

「我們沒那麼無聊。」

「黃凱橙的臉是很讓人放心啦，但自以為暖男的行為有時真的會讓人想暴打他一頓。」

何岳靖咬著冰棒有一下沒一下地點頭，兩人旁若無人地談論起黃凱橙的情史，以及老掉牙的把妹招式，柯瑾瑜哈哈大笑毫不給面子。

耳邊傳來黃凱橙咬牙切齒的聲音：「你們到底是不是站我這邊啊？」

被點名的兩位皆停頓了一下，隨後帶著討好的笑容朝他一笑。

許怡茜氣得聽不下去，轉身就要走。

黃凱橙正準備攔住她時，何岳靖高大的身軀率先擋在門口。「你們幫我把這東西解決，冷靜一下，好好談談吧。」

聞言，許怡茜愣愣地接過他手上的冰淇淋桶。

「那是我的……」語未落，何岳靖輕鬆摀住柯瑾瑜的嘴。

他叮囑一句：「我還想睡，麻煩降低音量。」回頭看了一眼淚眼汪汪哀悼冰淇淋的柯瑾瑜，「中午過來叫我。」

「我不要！」她氣呼呼地轉身要進房。

「別吃冰，我補妳午餐。」

聽見他這麼說，柯瑾瑜現實地停下腳步，側過身，眉眼彎彎，嘴角小巧的梨渦明媚，「那我要吃雞腿便當、紅豆餅還有小籠包！」

何岳靖蹙眉，「妳是餓死鬼嗎？」

「反悔來不及了喔。」

柯瑾瑜剛要喜孜孜地踏進房間，身後的何岳靖叫住她。「中午前收拾好妳的房間。」

她驚叫，「你偷看我的房間？」

「除了妳男朋友我沒看過，妳還有什麼丟人的事是我不知道的。」殺傷力滿點的話脫口而出，何岳靖眼都沒眨。

空氣一片寂靜，黃凱橙那小子倒是笑得很大聲。

「何岳靖說話夠賤！」他搥了搥左肩膀，一副情義相挺，「我欣賞你！」

柯瑾瑜感到一陣尷尬，上前快速將何岳靖推進房間，「你不要再囉唆，快去睡覺！」

「我起床前整理好。」

「你是我爸嗎？」

「我看了不舒服。」

「好啦、好啦。」

黃凱橙習以為常地看了一眼他們吵鬧的身影，最後轉向還有些搞不清楚狀況的許怡茜說道：「我們真的只是室友。」

看著他們的互動，許怡茜半信半疑。

「柯瑾瑜除了好吃懶做，眼光又長在頭上，她身邊還有個超強守門員。」黃凱橙努努嘴，暗指何岳靖。

「我都聽到了喔。」柯瑾瑜從房間走了出來，對許怡茜說：「我跟他完全沒關係，我不喜歡這種的。」
她嫌惡地皺起鼻子。
「對啦！妳就單身一輩子吧。」
「要你管！」

中午，何岳靖起床時，早上戰火延燒的客廳，早已成了把肉麻當有趣的現場。他和柯瑾瑜還得小心翼翼地經過，就怕打擾他們獨處的時光。
兩人到學校附近的餐館吃飯，柯瑾瑜將討厭的青蔥挑給對面的人，吃了一口飯，含糊不清地說：「淨敏最近好嗎？感覺好像很忙。」
何岳靖習以為常地接下她不愛的食物，「嗯，剛開始工作，有很多地方需要適應。」
她點點頭，隨後揮舞著筷子嚷道：「對人家好一點，剛畢業會有段過渡期，現在又成了遠距離，淨敏本來就沒什麼安全感，有空多陪陪她啊。」
柯瑾瑜像是經驗老道的戀愛專家，對著何岳靖有模有樣地說教。
何岳靖好笑地睨她一眼，「連自己經期都可以忘記的人，還敢在這對我指手畫腳。」全世界誰都可以糾正他，但那人絕不會是柯瑾瑜。
柯瑾瑜本來要觸上熱湯的唇抖了一下，直接被燙個正著。
她低叫了一聲，兩眼含淚。

「快喝水。」何岳靖擰眉，指骨分明的手俐落地將水杯推給她。「連湯都喝不好。」

柯瑾瑜喝了一大口水。「你能不能別整天把我的……你記生日、考試、寒暑假什麼都好，幹麼偏偏要記我的……嘖！」

吃飯時間討論生理期實在太讓人難以下嚥，何況對方還是個男的。

「沒辦法，就這麼記著了。」

藉機炫耀腦袋好是不是！

她睇眼看他，嘀咕：「我以後還嫁不嫁得出去啊，根本沒隱私。」

何岳靖似笑非笑地看向她，「原來妳還有這種期待啊？」

「……」

柯瑾瑜這頓飯吃得實在內傷！

☪

這學期，柯瑾瑜照樣是戲劇社的編劇，今年是第三年了，明年她就要晉升為社團顧問。

她的劇本光看文字也覺得好看，即便實際演出會碰到困難不得不修改，但一直很熱門。學弟妹都稱柯瑾瑜是神來一筆的文學少女。

聽聞，她得意的尾巴都要翹起來，還回去和何岳靖囂張一番。

孰料當事人就淡淡看她一眼，「這樣啊，那文學少女的論文寫了嗎？」

柯瑾瑜兩天不跟他說話。

今年是她待在社團的最後一年，下學期有一場代表學校的公演，要在學校禮堂展演，如果觀眾迴響大的話，還有機會到文化中心演出。

這是呂淨敏一直以來的期望，可惜她畢業了，沒能參與這件盛事。

「淨敏不在，社團突然就變得好冷清喔。」劉燕歆看著社員陸陸續續入座，還有新生們因生疏而安靜的背影。「不知道她工作得怎麼樣了……」

「聽何岳靖說，她去了『天海』開在南部的分公司上班，很忙但很充實。」

「天海」是商業界龍頭，商學院學生擠破頭都想進的大公司。

「這樣的話，他們不就是遠距離戀愛了。」劉燕歆抿了抿唇，「剛交往馬上就一南一北，感覺好辛苦。」

「不過沒什麼好擔心，他是何岳靖耶，不公不義的事他不會做。」

呂淨敏認真執著，時而粗神經，何岳靖體貼細心，剛好彌補她的不足。

再說，有她看著何岳靖，她絕不會讓他有半分機會劈腿，不用呂淨敏出馬，她就會先把他閹了。

柯瑾瑜提起前幾天黃凱橙的女朋友找上門，誤以為她是小三，發生的一連串搞笑烏龍。

「這麼說，淨敏的房間確定讓黃凱橙女友住？」

「反正房間空著也浪費，多一個人住也能分擔房租。」

這幾天住下來，柯瑾瑜覺得許怡茜很好相處，對付黃凱橙很有一套，常常替她修理那講話不中聽的傢伙，也是個心直口快的女孩。

她喜歡這點，有話就是要說出來，憋著多難受啊。

「走了淨敏，結果這回又輪到黃凱橙那對情侶。」劉燕歆搖頭，「整間公寓就剩妳還沒輪到了。」

「沒遇到喜歡的嘛。」

「上次那個籃球隊隊長呢？不喜歡？」

柯瑾瑜搖頭，「沒感覺。」

「通識課學弟呢？還有聯絡嗎？」

「我不喜歡比我小的。」

「真挑。」劉燕歆撥了撥她亂翹的頭髮，「等年紀再大一點，妳就會後悔了。」

柯瑾瑜常常覺得自己身邊充斥著父母型的人，公寓有何岳靖挑剔她的生活習慣，在外有劉燕歆時常怕她吃不飽、穿不暖，或是被哪個壞傢伙拐走，甚至怕她遇不到對她好的人。

柯瑾瑜想，其實有了他們，對她來說已是最好的。

她微愣，隨後彎起笑，撒嬌地將腦袋擱在劉燕歆的肩膀。「總覺得我隨便跟他們在一起，我以後才會後悔吧。」

應該是這樣吧？

也不知怎麼了……時間久了，突然就不是那麼確定了。

她們三人是在戲劇社熟識。

呂淨敏是柯瑾瑜新生那年的社長，也是戲劇社固定的女主角。

劉燕歆是當時坐在她身旁的害羞同學，因為溫柔婉約的個性，常常被差遣去跑腿，或是扮演一些戲份不重又容易被忽略的角色。

柯瑾瑜看不下去，時常替她打抱不平。

「妳來戲劇社是要演戲，不是來打雜。」

「沒關係啦，我不像淨敏台風那麼好，太多人看我，我會很緊張。」她說，「再說道具也是需要有人整理啊。」

「那妳怎麼會想來參加戲劇社？」

劉燕歆愣了愣，隨後端起笑容，「就……自我挑戰啊。」她從書包拿出分裝好的小餅乾遞給柯瑾瑜，「昨天我用麵包店剩下的材料做了一些手工餅乾。」

柯瑾瑜感激涕零地接下，「妳的餅乾是全世界最好吃的！」

劉燕歆是餐飲系，手藝好得讓總是炸掉廚房，被何岳靖暴怒拎出去的她甘拜下風。

她常常會做些小點心分送給社員，大愛程度讓柯瑾瑜更加敬佩，每次都告訴社員，娶老婆就是要娶劉燕歆這種。

劉燕歆笑瞇了眼，「反正材料用不完也是要丟掉，大家每次都練習到很晚才回家，給你們墊胃。」

「我們燕歆真是太善良了！我好感動！」柯瑾瑜用力抱住她。

「妳太誇張了吧。」劉燕歆莞爾。柯瑾瑜總是這麼有活力，有時候看著她就覺得羨慕。「何況太晚吃飯，到時又要被妳家的管家公念得慘兮兮。」

提起何岳靖，柯瑾瑜露出不耐煩的臉，「淨敏不在後，他的時間忽然變得很多。現在多可怕啊，每天盯著我。」

「是妳太不會照顧自己。」

「哪有，我這個暑假都考到駕照了，我是大人了！」柯瑾瑜用力挺起胸膛。

劉燕歆失笑，「好、好！社長來了，我們別太吵，否則他要生氣了。」眼尖的劉燕歆催促她坐好。

柯瑾瑜連忙點頭，別說生氣了，社長光是站著不說話，就比十個何岳靖還嚇人。

留著俐落短髮，明明是單眼皮，眼睛卻不小，習慣性抿唇，稍嫌冷漠，卻意外增添了個人魅力。

嚴亦是這屆的社長，也是何岳靖的同班同學。

當初他跳出來要競選社長時，社團可以說是鬧翻天。平時根本不搭理人的嚴亦，居然主動參與團體活動，連元老級的呂淨敏都有些不敢置信。

嚴亦一站上台，社團教室立刻鴉雀無聲，大家都識相地坐好不敢造次。

他依舊冷著一張臉，看不出喜怒，「這學期社團請了外面的戲劇老師來幫大家上課，費用不便宜，沒事請不要蹺課。」

他的話依然簡單明瞭、一針見血。

自從他上任後，有不少無知的新生為了他這張臉而來。誰知進來之後，發現嚴亦話少、無趣、也不愛裝熟客套。

柯瑾瑜常常見到熱臉貼冷屁股的盛況，要說多尷尬就有多尷尬。

嚴亦很有自己的風格，總是穿一身黑，長得又高，更加彰顯他的冷漠與難以親近。

他和何岳靖的個性要說像也不太像，理性不廢話，不懂得通情達理，最不像的地方，大概是嚴亦比何岳靖還不會做人。

社課結束，柯瑾瑜留下來整理社員的回饋單，劉燕歆趕去打工。

柯瑾瑜整理的手硬生生停下，視線落在坐在電腦桌前的男孩，空氣安靜得讓她以為自己幻聽了。

「暑假做了什麼？」

「我嗎？」

他挑眉。

嚴亦居然主動和她搭話了，這世界果然處處有奇蹟，活著真的什麼都能見識到。

她頓了頓，「打工、睡覺、看書、出去玩。」柯瑾瑜據實稟告。

雖然他們同社團，也有共同朋友，但兩人交談的次數手指頭數得出來，無疑是嚴亦不愛理人，柯瑾瑜沒工夫自討沒趣。

兩人每每都是點頭示意，各做各的事。

「是嗎？」嚴亦垂眸，漂亮的手指穿梭在電腦鍵盤上，「何岳靖今天還特別要我盯緊妳有沒有偷喝飲料、吃冰。」

他到底是要把她生理期快來這件事宣揚給幾個人知道？

嚴亦見她懊惱，嘴角勾起若有似無的笑，像是嘲諷也像是無所謂。柯瑾瑜很討厭他這樣笑，總覺得自己在他面前彷彿無所遁形，什麼心事都會被拆穿……

「你們兩個是我目前看過感情最好的異性朋友。」

「因為我們是高中同學啊，認識很久了。」她習以為常地回答。

從大一的時候就很多人問起他們的關係，何岳靖和呂淨敏交往後，有人告訴她：「我以為你們在交往。」

「要在一起早就在一起了。」柯瑾瑜擺了擺手，一點也不避諱談起這種敏感事。

「你不是也很清楚我們平常的相處模式嗎？他就是我的褓母。」

嚴亦當然知道，他也是曾經誤會他們的其中一人，但就如柯瑾瑜所說，何岳靖除了愛管她的閒事之外，就沒別的了。

「我一點都不記得我高中時的女生朋友長什麼樣子。」

柯瑾瑜見嚴亦似乎有心和她聊天，也就大膽了起來。她揶揄道：「我看是太多人告白，所以不記得了吧？」

即便為人挑剔且脾氣古怪，嚴亦確實顏值在線，成了戲劇社社長，曝光率也跟著提高，無形中累積了一票學妹粉絲。

但柯瑾瑜暗自解釋為：招搖騙童，和何岳靖一樣無恥。

他聳肩，表情一如往常的冷靜，「那就表示她們不夠讓我印象深刻。」

就是這種自戀還能順便鄙視人的嘲笑。

之後，他們陷入安靜，各自忙手邊的事，但氣氛明顯輕鬆許多。

柯瑾瑜拿起最後一張社課單，盯著意見欄。

社長真的好帥啊！我要捕獲他。社長大人如果你看到的話，要小心我來了喔！啾啾♥

她起了一身雞皮疙瘩，「現在的學妹都這麼開放嗎？」柯瑾瑜甩著紙張大笑，轉頭想看嚴亦的表情，下一秒兩人四目交接，她微愣，笑容定格在嘴角。

嚴亦揚眉，上身微微前傾，感受到他厚實的肩膀輕觸她的肩，兩人的體溫一瞬間攪和，接著他面無表情地抽走柯瑾瑜手上的紙。

他看了兩眼，目光微微下移，依舊板著臉色，餘光淡漠地掃過她，「看什麼？難道妳也想捕獲我？」

柯瑾瑜身軀一震，略微驚訝地上下打量他，「我不知道你這麼會說冷笑話。」

「……」

柯瑾瑜反應快，「我會將它列入社長的特殊才藝之一，期末可以表演。」她滿意地看著嚴亦瞬間困窘的黑臉。

嚴亦看了柯瑾瑜一眼，「妳等一下怎麼回家？」

「走路吧。」

「我載妳。」

「不用啦，走路十分鐘就到了，而且你的租屋處和我的公寓反方向耶。」

「騎車耗不了多少力氣。」他簡明扼要地說，同時鎖上社辦的門，將鑰匙放回辦公室。

「我的安全帽在何岳靖那。」

「我有多的。」

柯瑾瑜想了想，也算是省時省力，沒道理拒絕，「好，成交。」

嚴亦投以好笑的眼神，「這算什麼交易，我連點好處都沒拿到。」

「這你就不懂了，我是幫你積德。你平常口業造這麼多，很容易招來厄運。」

嚴亦見她滿嘴胡說八道，無奈地哼笑，目光落在她手上完好的珍珠奶茶，是社課老師請的。「這次這麼聽話啊？居然一口都沒喝。」

聽他這麼說，柯瑾瑜後知後覺地看著手上的飲料，「喔，對啊。」

「什麼時候開始注重身體健康？」

嚴亦見識過何岳靖對她的管教，要她作息正常，不要每天吃宵夜又懶惰，柯瑾瑜幾乎集結一身的壞習慣。

「我可不想被某人從早念到晚，你懂的，他就是有辦法把黑的說成白的，錯的拗成對的，怎麼說都怎麼有理。」

嚴亦感同身受地聳肩，「怎麼能不懂？我們同班。」

「辛苦你了。」柯瑾瑜同情地看他一眼，嚴亦頓了頓，微微抿起唇。

柯瑾瑜再次愣怔，嚴亦很少笑的……果然一起說何岳靖的壞話最有共識了。

踩在落滿星輝的石子路上，柯瑾瑜抬頭問道：「你為什麼想當戲劇社社長啊？」

「想當不需要什麼理由吧。」嚴亦微微仰高臉，淺薄的月色渲染他的眼睫，讓他的五官更顯冷漠。

柯瑾瑜接著問：「那你為什麼從入社以來都沒演過戲？」

「沒為什麼，不想演。」

柯瑾瑜露出鄙視的眼神，「好好回答，行嗎？」

嚴亦冷瞟她一眼，「妳才好好走路，行嗎？」

柯瑾瑜不理他，調皮地跳上水池邊的石塊，張手維持平衡，一步一步踏在不平的石塊上，嘴裡哼著不成調的小曲。

「很危險，下來。」

「沒事的，你信不信我可以繞完一圈？」她嘿嘿兩聲，加快腳步。

嚴亦不自覺地皺了皺眉，「別玩了，水很深，掉下去我不管妳。」

「不會啦。」倏地一陣強風吹了過來，柯瑾瑜險些站不穩，身體搖搖晃晃，一旁的嚴亦見狀，猛地板起臉色。

「下來。」嚴亦走上前，伸出手要拉她。

「不要，我要走完。」

「妳是小孩子嗎？快點下來。」

「追到我，我就下來啊。」柯瑾瑜掙脫他的手，蹦蹦跳跳地穿梭在石頭間。

嚴亦的臉色冷了幾分，「現在是不把社長的話當一回事？」

「社課已經結束了。」大概是嚴亦今天主動和她說話，柯瑾瑜突然覺得他也沒有那麼難相處，只是話少，不懂說話的分寸。

她的膽子因此跟著大了，得寸進尺地搖頭晃腦，在他面前挑釁地抬起一條腿甩啊甩，徹底激怒嚴亦。

不過做人果然不能太囂張。

下一秒，維持重心的腳突然拐了下，一瞬間站不穩的她晃著身體，直直朝水池的方向仰去。

「哇啊啊啊——」

嚴亦眼神一凝，沒有遲疑地伸手拉住柯瑾瑜懸在半空中的手臂，一施力便將她往懷裡拉，另一手環住她的腰，抱起她離開崎嶇不平的石塊，讓她安全著陸。

柯瑾瑜喘著氣，用力地拍了拍胸，剛剛真以為要去西天取經了，心臟差點停止！

「我說過了吧？」嚴亦寬厚的胸膛因緊張而微微起伏，嗓音冷了幾分，「妳就是永遠不知道事情的後果，才總是讓何岳靖這麼擔心！」

柯瑾瑜被他吼得亂害怕的，可憐巴巴地噘起嘴，「好啦，對不起，你不要生氣……」真的比何岳靖還可怕。

兩人靜默了一會，待激動的情緒平穩後，柯瑾瑜這才後知後覺地發現兩人的姿勢怪異，她迅速掙脫他的懷抱，不自然地順了順瀏海，佯裝鎮定地說：「謝、謝謝喔！要不是你，我可能摔死了。」

嚴亦不自在地撇過腦袋，淡定地直視前方，「走吧。」

他們才轉身，便看見在不遠處站著的何岳靖。

柯瑾瑜率先出聲：「何岳靖？」

手機散出的微弱藍光照出他的五官輪廓，他擰眉道：「怎麼這麼久？」

「真的是你啊！」她急忙跑上前，「你來學校做什麼？」

「我和黃凱橙一起去吃飯，回家發現妳還沒回來就來學校看看，正要打給妳。」他將手機螢幕轉給柯瑾瑜看，上頭顯示著她的號碼。

何岳靖瞥了一眼站在她身後的嚴亦，隨後視線重新落向她，「吃了沒？」

她搖搖手上的飲料，「吃了吃了，而且沒有喝飲料。」她乖巧地匯報今日事項。

「我還以為爸爸來接女兒呢。」嚴亦揶揄，口吻不知是玩笑還是別有用意。

「我是怕她被校園之狼拐走，聽說工學院那區最多了。」何岳靖毫不留情地反擊，「幸好我趕上了。」

嚴亦覺得好笑，「我們同班。」

何岳靖回應：「不過我們會挑。」然後在柯瑾瑜面前不要命地擊掌。

關於他們嘴巴壞這點，柯瑾瑜早已見怪不怪，她不甘示弱地回敬他們一句，「好歹也要問我的意願吧？還真以為人人都想被你們摸一把？」

何岳靖不可置信地說：「妳還真把我們當變態？」
「我就是順應你們的遐想嘍。」柯瑾瑜聳肩。
何岳靖不想做無意義的爭辯，扯過柯瑾瑜，「好了，回家。」順勢接過她手上大包小包的劇本資料夾。
嚴亦有意無意地說了句：「這麼好的朋友到底哪裡找。」
柯瑾瑜一僵。
何岳靖挑眉，「想要我陪？要不我待會也送你回家？」
嚴亦被他的陰陽怪氣弄得背脊一陣冷意，「我就不用了。」
他笑了一聲，「走了。」
柯瑾瑜猛地回神，笑呵呵地跟著揮手，「社長再見！」
走沒幾步，總覺得渾身不對勁，她轉頭問何岳靖：「你肚子會餓嗎？」
何岳靖斜她一眼，「不餓。」
柯瑾瑜的身高比一般女生高一些，但也在平均值，胃卻是相撲手等級。
「真的喔？可是現在都九點多了，晚餐應該消化得差不多吧？」柯瑾瑜彎起笑容，試圖引導。
「剛好留著明天吃早餐。」
「可是這中間還有好長一段時間，你不會餓死嗎？」
「我想就算這段時間不吃東西。」何岳靖停下腳步，微笑道，「也不會死。」隨後斂起笑容，繼續往前走。

柯瑾瑜難受地扁著嘴，小臉寫滿失望。

「好啊！你不去，我就自己去。」柯瑾瑜越過他，甚至幼稚地跑離何岳靖遠遠的，後頭全程目睹的嚴亦啼笑皆非，明明比人矮上一截，脾性就是硬氣。

「我也餓了。」當慣獨行俠的嚴亦忽然朝他們走來。

「真的嗎？那我們一起去吃吧！」柯瑾瑜沒有細想，舉手吆喝，「社長請客！請客！」

「這種時候我就是社長了？」

何岳靖微微皺起眉，「你別太順著她，都這麼晚了。」

嚴亦走上前順勢搭上何岳靖的肩。

對於他突然展現平時不曾有的熱絡，何岳靖深感不適。

「有什麼關係，久久一次。」嚴亦勾起嘴角，「要不要一起？不去的話就是我們單獨了。至於會做什麼其他事，我也阻止不了她。」

畢竟柯瑾瑜是頭牛，放縱型的野生動物。

還來不及釐清嚴亦反常的行為，何岳靖抿著脣，思緒已跟著他的話想像出柯瑾瑜失控的畫面。

柯瑾瑜在旁刷存在感，期盼地看著他，何岳靖煩躁地嘆了口氣，只得妥協，「下不為例。」

柯瑾瑜像盡忠職守的軍人，將五指併攏放在眉尾，朝他行禮，「遵命！長官！」

「妳夠了喔。」

三人來到一家有名的日式串燒店，等菜上桌時，柯瑾瑜後知後覺地發現，他們是第一次三個人一起吃飯。

雖說互相認識，但何岳靖和嚴亦要好，不過是因為兩人同班，柯瑾瑜自動將他們歸類成好朋友，仔細一想，未曾見過兩人單獨吃飯，大多時候都有呂淨敏作伴。

現下呂淨敏不在身邊，柯瑾瑜有種重擔落在自己身上的錯覺，與何岳靖吃飯她不陌生，但嚴亦……別說同桌吃飯，一學期都沒說過幾句話。

柯瑾瑜轉向嚴亦，開始找話，「你暑假都在做什麼？」

「沒做什麼。」

「整整快三個月，難道沒有做什麼有趣的事？」

「不用來學校，我覺得滿有趣。」

聽聞，柯瑾瑜也笑了，「這麼說還挺有道理。」

第一次見到嚴亦是在大二，聽何岳靖說他是轉學考進來的，再次見面就是在戲劇社，由剛卸去社長職位的呂淨敏親自帶他過來。

她看著兩人滑手機漫不經心地回覆訊息，看久了還真有點像。

何岳靖：「幹麼？」

嚴亦：「看什麼？」

柯瑾瑜立刻舉高手，被這兩人盯上一點好事都沒有。「沒，沒事，你們繼續。」真是壓抑。

這頓宵夜吃得柯瑾瑜有些胃痛，無非是沒話聊，就算她提起勇氣打開話題，得來也是何岳靖淡淡地應付「是喔」、「嗯，不錯」、「還行吧」這類讓人完全接不下去的話。

嚴亦更不用說了，從頭到尾只是吃，不說話。

他們平常到底是怎麼相處的？

最後，他們在停車場分開。柯瑾瑜望著嚴亦走遠的背影，還是何岳靖喊她才回神，「你和嚴亦怎麼變好的？」

「他是淨敏的高中學弟，淨敏和他比較熟。」

驚訝之餘，她不忘接過何岳靖遞給她的安全帽戴好。「難怪嚴亦一進社團就只跟淨敏說話，其他人都不理，我們那時候還在猜他是不是喜歡淨敏。」

呂淨敏成熟漂亮，談吐舉止大方得體，個性直爽。別說男生了，她連同性緣都很好。

柯瑾瑜一如往常地與何岳靖分享今日瑣事。

剛才她試圖找話和嚴亦聊，無奈對方絲毫不領情，見他冷淡，柯瑾瑜也不好多說，一頓宵夜下來都快憋死了，現下話匣子一開就停不下來，全然沒注意到何岳靖異常安靜。

「你知道嗎？嚴亦今天突然和我說話，害我嚇得半死。」柯瑾瑜邊說邊低頭看了一眼安全帽的卡榫，嘀咕自己的頭是不是變大了，怎麼都扣不上？

幾乎是同時，眼前的人抬手撥開她的手，俐落地替她調整帽帶，微涼的指尖若有似無地撓過她的下巴，男孩的氣息旋繞在她周身。

柯瑾瑜不自在地想接過手，遭何岳靖輕斥：「別動。」

按照平時，柯瑾瑜絕對會故意和他唱反調，但他的聲音已充分透出不耐煩，她知道何岳靖不高興了。

咔的一聲，安全帽扣上了。柯瑾瑜也識相地安靜了。

「怎麼不說了？我還在聽。」

這要是繼續說的話，她可能得用走的回家。

她揚起語調，「說完了、說完了，我們快回家吧。」

坐上後座，柯瑾瑜側過腦袋望著街景，晚風刮得她的臉有些疼，頭頂上細長的銀白色皎月透著清冷的光暈，如同何岳靖的存在，不強烈卻始終都在。

一直以來何岳靖的情緒處於平穩和理性之間，過於激烈失控的狀態不曾在他身上出現。

但就在剛剛……他好像是吃醋了，言談中夾帶些許厭煩。

大概是她說了嚴亦可能喜歡呂淨敏這件事吧。

☪

回去後，柯瑾瑜深深反省了。

儘管他們交情好，有些話也不能隨口就講，何況還是沒有根據的謠言。

畢竟對何岳靖來說，一邊是女朋友，一邊是好朋友，她一點都不想成為挑撥離間的源頭。

因此這幾天柯瑾瑜相當安分守己，房間收拾乾淨，準時上下課，適可而止地熬夜。

而嚴亦將戲劇社管理得井然有序，無非是他做事一板一眼，說一不二，加上不苟言笑的氣勢，沒人敢反抗，當然也不敢裝死當冗員。

呂淨敏當社長的時候，礙於性格太柔軟，下場就是所有的工作都回到自己身上。柯瑾瑜當時專替那些不負責任的幹部收尾，一邊說呂淨敏就是人太好。

呂淨敏就會對她撒嬌，「還好有妳幫我。」

聽到她這樣可憐巴巴地討好，柯瑾瑜也狠不下心，導致那陣子經常晚回家，何岳靖問起時，她也順勢拖他下水。

如今嚴亦充分運用職權，柯瑾瑜樂得輕鬆，寫好她的劇本就行。

下午，她趁著沒課時跑去社辦修改劇本，考量到下學期的公演，柯瑾瑜這學期打算先籌備為主，下學期正式排演。

她琢磨了一下午，仍舊沒什麼好點子，改了又刪，怎麼寫就是不滿意，反反覆覆她也有點煩了，決定找準備下課的何岳靖搭順風車一起回家。

自從那天起，何岳靖也有點反常，雖然行為無異，照樣碎念她，但柯瑾瑜就是感覺得出來他有心事。對他，柯瑾瑜習慣運用第六感判斷，從不敢細想，總擔心哪天釐清什麼事情。

「我先走啦，辛苦你了。」

「回家小心。」

阿圖是戲劇社的老社員，這學期是道具組負責人，這陣子嚴亦開始清點社倉的雜物，導致他最近常「加班」。

「社辦門記得鎖，不然到時社長又要生氣了。」柯瑾瑜提醒。

阿圖打了個冷顫，現在提到嚴亦眾人退避三舍，即使平常沒見過他罵人，但正因為如此，愈不清楚對方底線才愈覺得害怕。

「妳怎麼可以沒有一次準時？」何岳靖的聲音忽然冒出，倚著一旁的窗台，他屈起手指敲著錶面，「約三十分在停車棚，現在都二十七分，妳還在這裡和別人聊天。」

柯瑾瑜嚇了一跳，但還是厚顏無恥地回嘴：「還有三分鐘啊，不算遲到吧。」

「妳從這走到停車棚，快的話也要五分鐘，依照妳天塌了都無所謂的個性，絕對是走十分鐘還嫌不夠……」

柯瑾瑜連忙舉手喊停，「好、好，我已經在收東西了。」這人根本投錯胎，比女人還碎念。

阿圖見他們又鬥起嘴，忍不住笑道：「妳和他的感情真的很好，在一起這麼久，好像都沒見你們吵過架。」

「誰跟他在一起了？」柯瑾瑜一臉嫌惡。

何岳靖垂眸推了她的腦袋，這是他對柯瑾瑜的習慣動作，不管做幾次，看著她愣眼的表情都覺得有趣。

「高中的時候常吵。」

「對啊！我們互看不順眼。」柯瑾瑜接話，「因為太常被叫錯姓氏！」

聽聞，阿圖恍然大悟，「因為柯和何太像了嘛！」

「每次發考卷，老師都把我的柯念成何。」柯瑾瑜愈說愈激動，「點名也念錯！就算糾正，下次還是念錯。」

「誰叫妳的成績永遠在我下一個。」何岳靖囂張，側頭痞痞一笑。「老師會念錯也是當然，畢竟人老了，視力都不太好。」

「至少我的英文是排在你前面。」

他聳肩，一副不在意的模樣，「偶爾吧。」

「我明明每次英文段考都贏你！我們回去看高中成績單對質。」

「之前不知道是誰，學測前幾週，天天半夜打電話跟我哭說書看不完。」何岳靖刻意皺眉，「我還忍著睡意陪她聊到早上，解救了一名本來要交白卷的考生，說來我也是在做善事。」

當事人漲紅臉，阿圖見有八卦，湊上前問道：「我怎麼沒聽說這件事？」

「因為那個人不會把這麼丟臉的事說出來。」

「喂！那個是……哪、哪有人拿陳年往事取笑人，太卑鄙了吧！」

何岳靖頓時覺得好笑，悠悠說道：「是誰剛剛說要拿成績出來對質？」

阿圖慢慢地將手指向柯瑾瑜，見狀，何岳靖微微揚高了眉，扯了扯嘴角，強調她自打臉的事實。

柯瑾瑜見辯不贏何岳靖，便將茅頭轉向湊熱鬧的阿圖，「我要跟社長說你偷懶！」

莫名被點名的阿圖嚇了一大跳，「我、我沒有！我快清點完了，就剩一點……我休息一下而已。」

「你自己去跟社長解釋吧。」

「瑾瑜大姐，妳不能欺負我這善良老百姓啊。」阿圖哀號。

何岳靖見她又耍無賴，無奈一笑，「別欺負人了，我們回家。」

柯瑾瑜轉開腦袋，將背包甩在肩上，刻意用力踩著地板離開。

何岳靖像是在看幼稚園小孩鬧脾氣似的，在後頭不禁搖頭，他看了一眼阿圖，「我們很常吵架的。」

看著何岳靖追上去的背影，阿圖忍不住道：「真好奇他們為什麼沒有在一起。」

柯瑾瑜跑出社團大樓，完全不甩後頭叫喊的人，推開玻璃門時，外頭傾盆大雨，她懊惱地望著天空，

何岳靖也在此時追上她，「下雨了，妳有帶傘嗎？」

柯瑾瑜裝作沒聽見，打算冒雨回家，她將手掌抵在額前準備衝出大樓，身後的人一把抓住她的書包，制止她的動作。

他蹙緊眉頭，「去哪？等雨變小再走。」

柯瑾瑜掙扎，試圖甩開後頭人的手，「我不喜歡等。」

「淋雨感冒我不管妳。」

「好啊！誰稀罕你管，我會照顧好我自己。」柯瑾瑜朝他哼兩聲，掙脫他的束縛，直接朝雨中奔去。

何岳靖僵著臉色，感嘆柯瑾瑜脾氣實在太倔，他的好意瞬間變得一文不值，他看著逐漸消失在大雨

中的背影，對著空氣冷嘲：「也好，我省著麻煩，到時生病自己去看醫生！」

他在大樓前來回踱步了幾秒鐘，手指焦躁地捏著下巴，滂沱的雨聲襯著他的臉色逐漸沉悶，隨後低咒一聲追了上去。

待他到了停車場，映入眼簾的是兩人共撐一把傘站在雨中，柯瑾瑜的臉頰黏著水珠，微仰著腦袋，眼裡都是笑。

「傘給妳，我騎車穿雨衣。」好似知道她會問，嚴亦自然地補充。

「謝謝！」

「回家記得趕快洗澡，很容易感冒。」

柯瑾瑜微愣，不知道這麼冷面的他，居然還會說出如此溫暖的話，果然不能以貌取人。

「好。」柯瑾瑜開心地接過他手上的傘，嚴亦無意間觸上她柔軟卻凍得嚇人的手。

「妳的手怎麼這麼冰？」

柯瑾瑜不以為意地聳肩，俏皮地轉著自己的手，「啊，天氣變冷的時候，我的手腳都會特別冰。」

嚴亦擰眉。

「所以不是叫妳多喝熱水了嗎？」走上前的何岳靖忙不迭地出聲。

柯瑾瑜骨架大，力氣也不小，高中時經常替女孩們搬重物，完全和嬌弱扯不上邊，只有何岳靖知道這不是她身強體壯，而是她比誰都能忍。

一生病就得要休養幾週，熬夜太多免疫力下降，慘一點還會長針眼，天氣變冷，手腳就像掉進冰桶中一樣冰冷。

柯瑾瑜最喜歡做的事，就是把冰冷的手貼上何岳靖的脖子，冷得他翻臉，然後她會在一旁笑得很開心。

柯瑾瑜聞聲回頭，何岳靖的衣衫溼透，雨水自他高挺的鼻梁滑落，髮梢上盡是水珠。她微愣，有些過意不去，但想起他剛才的挑釁，她就放不下身段，語氣也顯得冷漠，「你不是說要等雨停？」

何岳靖攤開手心，視線落在她緊擰的眉，「雨小了。」

柯瑾瑜轉開眼，「你根本就全溼了。」

「所以我才叫妳等。」

見他態度差，柯瑾瑜也拉不下臉，「誰讓你跟我一起？」

「這裡是學校唯一的停車棚，我不走這，我走哪？」

從高中到現在，何岳靖就是那張嘴巴厲害，處事圓融，罵人幾乎不帶髒字，總有辦法用最平和的態度讓別人自掘墳墓。

柯瑾瑜決定不要成為跳進墳墓的人，和身旁的嚴亦再次點頭道謝，便撐著傘走人。

何岳靖看著她漸遠的背影，忍不住嘆了一口氣。

嚴亦睨他一眼，「吵架啊？」

「是她來找我吵。」

「一個巴掌拍不響。」他說，「這樣也好，你不要理她不就好了嗎？」

聞言，何岳靖看他一眼。

☪

柯瑾瑜一股氣無處可發，一想到回家還要看見何岳靖的臭踐臉，她就更不想回去，怒氣沖沖地跑去劉燕歆打工的麵包店。

叮鈴！

劉燕歆訝異，「怎麼來了？」

「我想要吃一個六吋的蛋糕！」

搞不清楚狀況的劉燕歆應了聲，轉身進烘焙室拿出剛烤好的起司檸檬蛋糕，「這是我用多的材料做的，妳……」

不等劉燕歆說完，柯瑾瑜直接捧走，自己找了一處地方，連切塊都沒有，用湯匙挖了一大口塞進嘴裡。

劉燕歆愣住，見她狼吞虎嚥，趕緊倒了一杯水給她，「吃慢一點，小心噎著。」

柯瑾瑜的嘴裡塞滿蛋糕，舉起湯匙含糊不清地對著空氣飆罵，「對啦！何岳靖就是聰明，我就是笨！他做什麼事都輕而易舉，我就需要花三倍甚至是五倍的努力，有我這麼愚蠢的朋友，他就是倒楣！」

她劈里啪啦地抱怨一大堆，語無倫次，想到什麼就說什麼，就連高中雞毛蒜皮的事都要拿出來說一遍，邊說還不忘往嘴裡塞蛋糕。

所幸店裡沒什麼客人，劉燕歆見怪不怪，任憑她發洩。「你們也真是吵不完，三天一小吵，五天一大吵。」床頭吵，床尾和，跟對夫妻似的。

「誰跟他好？虛偽的傢伙！對別人永遠比對我好。」

劉燕歆在她身旁坐下，「這點我就要替何岳靖平反。」

「我不聽，我不聽。」她孩子氣地搖著頭。

劉燕歆笑道：「怎麼看都是他對妳比其他人好吧？」

柯瑾瑜哼了一聲，「誰稀罕！」

「妳不要的話，給我好了。」劉燕歆朝她伸手。

柯瑾瑜頓了頓，看著她伸來的手，噘嘴輕拍了一下，接著默默吃了兩口蛋糕，氣焰頓時被澆淋得一乾二淨。

劉燕歆笑了笑，他們就是都不會說好聽話，兩人有多要好，她是知道的。

「其實他也是為了妳好，哪次不是怕妳受傷，怕妳生病？」劉燕歆苦口婆心道：「有這麼照顧妳的人，妳應該珍惜才對，怎麼每天都和他吵架？」

柯瑾瑜努嘴，理智也漸漸回來了，「我也不是故意的啊……是他動不動就氣我。」偏偏她就是激不得，事後還拉不下臉道歉。

「真不知道你們這種個性是怎麼變成朋友。」劉燕歆嘆道，實在看太多次他們這種說來就來的爭吵，每次都讓旁人不知該如何是好。

兩邊都是朋友，挺誰都不對。

她跟何岳靖的關係很難定義，彼此都是真心為對方著想，但好像又少了一點什麼，若說是喜歡……

何岳靖今年交了女朋友。

柯瑾瑜沒形象地打了一聲飽嗝，完食蛋糕，她的心情也好得差不多，她伸了懶腰，「不好意思，每次都來妳這白吃白喝。」

「什麼話啊。」劉燕歆笑嘻嘻地推了她的手臂，「有事儘管來找我，反正晚班我都一個人，我也無聊。」

「妳千萬不要太早交男朋友，我怕以後有人跟我分享妳，我會吃醋。」柯瑾瑜抱她。

劉燕歆沒好氣地看她，「妳別詛咒我。」

柯瑾瑜順勢問道：「妳光會說我，妳也單身很久了，沒有碰到喜歡的人嗎？」

劉燕歆一頓，接著聳肩，「對方不喜歡我這種的啦。」

「這麼說就是有喜歡的人嘍？」

她咬唇，「我……喜歡他一年了。」

「暗戀啊？」柯瑾瑜倒抽一口氣，「不告白嗎？好可惜。」

劉燕歆臉紅，「過陣子吧，以前沒什麼交集，就最近比較常見面而已。」

柯瑾瑜比她還興奮，「需要我幫忙嗎？」

「妳還是想想怎麼和何岳靖和好吧。」她勸了幾句，「別再和他嘔氣了，說真的，他不是妳的誰還這麼為妳著想，已經很難得了。」

柯瑾瑜氣消之後，也覺得是自己小題大作，她微微點頭，和劉燕歆道別。

到家時，地下室一道車燈一閃而過，下一秒黃凱橙騎著車出來，不知道要上哪去。

柯瑾瑜向他招手，大喊：「要和學妹出去？」

黃凱橙嚇得急按煞車，輪胎發出刺耳的摩擦聲，「妳不要亂講！想害死我啊？」

他東張西望，就怕隔牆有耳，鄰居大媽亂說話，現在和許怡茜住在一起，很容易就有人通風報信。

「你現在和女朋友半同居，除了學校，也只有回家一條路。」柯瑾瑜賊兮兮地看著他，「除了去外面找女——」她刻意拉了長音。

「喂！我看起來就這麼無恥嗎？」

「嗯。」

黃凱橙作勢要揍她，「我是出去買東西，淨敏回來了。」

柯瑾瑜瞪大眼，「我怎麼不知道？」

「打妳手機又不接，訊息也不看。我問何岳靖，他大爺擺臭臉給我看，妳覺得我還要不知死活地問下去嗎？」

柯瑾瑜拿出手機，果真有幾通未接來電，訊息也是幾十則，其中就是沒有何岳靖的。

她帶著歉意地看了他一眼。

黃凱橙湊上前，小聲道：「吵架喔？」

「這麼明顯？」

他揚聲說道：「廢話！平時都一起回來，從樓下就可以聽到你們吵鬧的聲音。」黃凱橙熄了火，跟她娓娓道來：「今天你們不僅沒有一起回來，何岳靖臉色還很不好。拜託！我們工學院的暖男代表一臉不爽地甩門回家，妳覺得沒有問題嗎？」

「搞不好是他遇到什麼令他抓狂的事啊，他本來就很難搞。」

「例如，柯瑾瑜嗎？」

她毫不留情地打他一拳。

柯瑾瑜暗自心虛，看來這事她有必要好好道歉。

「幸好今天淨敏來，何岳靖那小子開心不少，否則我們都要掃到颱風尾。」黃凱橙愈說愈委屈，最近被許怡茜管得死死的，完全沒抒發管道。

柯瑾瑜搭電梯上樓時，目光停滯在不斷增加的樓層數字，腦袋思索著待會進門，該用什麼方式和何岳靖說話比較自然。呂淨敏畢業後第一次回來，讓她當和事佬實在說不過去。

電梯門打開，映入眼簾的是兩人交疊的身影，呂淨敏踮著腳，手臂勾在何岳靖的後頸，她正偏過頭要吻他。

柯瑾瑜一愣，卻移不開眼，久到甚至連電梯門都要自動關上。

突然一隻手擋在電梯門口，門再度打開了，柯瑾瑜對上何岳靖的目光，看見他眼底一閃而過的慌張。

「瑾瑜！好久不見。」呂淨敏熱情地擁抱她。

熟悉的笑臉，清麗無瑕的臉龐，以及平易近人的溫柔氣質。

柯瑾瑜有些嚇住，動作僵硬，「喔……淨敏呀。」

呂淨敏沒有被撞見的困窘，反倒是她不知為何尷尬得不得了。

文藝愛情片她沒少看，情侶之間的親密行為大學也四處可見，再說自從許怡茜入住，她和黃凱橙的肉麻程度更是讓人退避三舍。

她的思想明明足夠開放，大概是今天第一次見到他們就剛好是當著她的面親密吧。

「妳去哪裡了？大家剛剛都在找妳。」

柯瑾瑜按著後頸，佯裝鎮定地走出電梯，「我去找燕歆，沒注意到手機。」

呂淨敏點了點頭，「燕歆過得還好嗎？我也好久沒看到她了！」她跳著腳，再次抱住柯瑾瑜。

「除了變老，大家都還是老樣子啦。」被她緊緊抱住的柯瑾瑜有些喘不過氣。

「這裡的人都沒資格叫老，我才老！」

柯瑾瑜笑了一聲。

「我真的好想妳們喔——」呂淨敏抱住她的手臂撒嬌，滔滔不絕地抱怨：「我和公司的人都不熟，沒人可以說心事，好懷念我們以前出去玩的時光，學生時期果然最好了。」

柯瑾瑜下意識地說：「何岳靖可以聽妳說啊。」兩人四目交接，又立刻轉開視線。

「我需要女生朋友啊。」她頑皮地朝何岳靖皺了皺鼻子，「他才不懂我們女生之間在意什麼，男生都這樣。」

何岳靖抗議道：「說出來我也能懂。」

呂淨敏見狀，傾身向他依偎，「生氣了啊？好可愛喔。」她惡作劇般捏了下他的臉。

何岳靖將她的手抓下，輕輕一笑。

柯瑾瑜看著他們親暱的互動，在心底緩緩吐了一口氣，她今天到底是怎麼了？不僅詞窮，還很不自然，是因為太久沒見到淨敏了嗎？

柯瑾瑜轉了轉脖子，試圖驅逐心中奇怪的想法。「對了，你們要去哪？」看他們一副要外出的模樣。

「小靖要帶我去坐車，明天還要上班。」

「妳不是剛來嗎？這麼快就要走了？黃凱橙還說要去買東西回來吃呢。」

「上班可不是上學，想蹺課就可以不去。」呂淨敏嘟著嘴，看起來真的很不能適應。「我怕太晚回去沒捷運可搭。」

「真的好辛苦喔，我看妳黑眼圈都深了，有沒有好好吃飯啊？」柯瑾瑜仔細打量她，不忍地說道。

「妳跟小靖真的是好朋友，都問一樣的問題。」呂淨敏掩嘴笑道，「有！每天都吃好多，都胖了。」她掐起腰間的肉。

柯瑾瑜和何岳靖眼神很有默契地交會，但最後還是什麼都沒說就移開了。

「難得回來，結果都沒陪到妳。」柯瑾瑜不捨地說道。

「沒關係，以後還有很多機會。」呂淨敏甩著柯瑾瑜的手晃啊晃，「歡迎來找我玩，我一定帶你們去吃好吃的！」

「一言為定。」柯瑾瑜微笑，「這麼晚回去沒問題吧？」

「什麼晚？大學時一整晚都沒睡，隔天還不是照樣去上課。」呂淨敏頑皮地說道，彎起瘦巴巴的手臂，柯瑾瑜覺得一點說服力都沒有。

「是、是，我們都知道。」何岳靖打斷她們的對話，「再不走，妳就真的回不去了。」

這麼一提醒，呂淨敏看了一眼手錶，「真的好晚了，我們快走。」她推著何岳靖進電梯。

最慢的人反而催別人快一點，柯瑾瑜笑出聲，似乎在何岳靖面前誰都會被寵成小孩子。

「我走了。」

「拜拜。」

她們站在電梯門口揮手道別。

柯瑾瑜瞅了一眼何岳靖，而他也是，這是他們短短十分鐘內第三次的眼神接觸——理所當然還是很詭異。

長時間與別人對視不是柯瑾瑜擅長的，她率先別過眼，打算等何岳靖回來再說。

下一秒，他忽然開口：「妳有沒有想吃什麼？我買回來。」

柯瑾瑜一頓，驚訝表情全顯現在她臉上，何岳靖不自在地咳了幾聲，見她沒說話，「不要？」

「要！」她突然大叫，讓電梯裡的兩人紛紛嚇一跳。

呂淨敏笑開懷，柯瑾瑜總是有一些驚人之舉或是出其不意的想法，身為編劇，腦裡也常有許多創意點子，甚至是好笑的事蹟，跟她在一起特別快樂。

在一次徹夜喝酒的夜晚，何岳靖曾告訴她：「有時我不知道到底是她需要我？還是我比較需要她？」

何岳靖忍住笑意，「想吃什麼傳訊息給我，我晚點看。」

「我晚餐沒吃，都快餓死了。」甜點不算，她默默在心底補充。

只要說到食物，柯瑾瑜的高傲自尊都可以拋開。

「先說好，太遠的我不去。」

「好！」柯瑾瑜笑咪咪，心情瞬間轉晴。

何岳靖回到家已快半夜，他提著滷味進門，看見客廳的燈還亮著，電視也沒關，但沙發上的人早就睡得不醒人事。

他無奈搖頭，搖了搖柯瑾瑜的肩膀，「累了就回房睡。」

柯瑾瑜動了動身體，揉著眼坐起身，一臉茫然，「可是我肚子餓。」

何岳靖忍不住笑，「妳還真是一分一秒都不能餓到。」他無奈地晃著手上的滷味，「買回來了，不加辣、不加蔥。」

聞言，她精神振奮地坐正，像陣旋風似的奪走何岳靖手上的食物。

何岳靖深感荒謬，這麼愛吃也不見她長肉，換個角度想想，還真有點浪費食物。

黃凱橙忽然打開房門，衝了出來，「有宵夜！」

柯瑾瑜見分食者來了，急忙用手護住食物，「這些都是我的喔。」

「小氣巴拉！這麼多妳也吃不完。」

「你第一天認識她嗎？別搶了，到時又吵起來，隔壁鄰居會抗議。」

「吵架的不是你們嗎？現在聯合起來欺負我這無辜老百姓是什麼意思？」黃凱橙坐在柯瑾瑜身旁，趁機戳了一塊米血來吃。

柯瑾瑜打他，搶回他的竹籤吃了好幾個黑輪，就怕晚了吃不到。

「我們吵架？」

「對啊，什麼時候？」柯瑾瑜嚼著食物，含糊不清地說道。

黃凱橙哇了一聲，手指在他們之間來回，「我現在是被你們陰嗎？」

他們一致皺眉搖頭，表情像是黃凱橙不知是打哪來的瘋子，黃凱橙氣結。

「不行！我的心靈受傷了，我得去喝幾罐啤酒療傷，不然我今晚睡不著。」他扶著桌沿，疲憊地起身。

「想喝酒就說嘛！這麼多藉口。不能去夜店，還被禁酒，真可憐喔！」柯瑾瑜幸災樂禍，黃凱橙這陣子過的完全是聖人般的生活。

「要是被發現，我們可不幫。」何岳靖無情地事先聲明。

「喂！你們小聲點啦！真的要害我去跪算盤了。」黃凱橙噓了一聲。

「我只能說，小茜是我目前看過你交往過的女友中，最好的一個，也是最愛你的。」柯瑾瑜下了定論。

「沒交過男朋友，還敢跟我說大道理。」

柯瑾瑜作勢要打他，黃凱橙立即閃得遠遠的，跑去冰箱拿出三罐啤酒。

喀啦！

他迅速喝了一口，冰涼滑順的液體流進他的喉嚨，他舒爽地讚歎一聲，「人生沒酒怎麼能活。」

「喔！快拍起來作證。」柯瑾瑜嚼著豆乾，迅速拿出手機，鏡頭對準黃凱橙。

他立刻跳了起來，躲在何岳靖後面喊道：「你們是共犯喔。」

「姊姊今天心情好，破例讓著你。」她收起手機，伸手準備拉開啤酒罐上的拉環。

「柯瑾瑜……」何岳靖話還沒說完，她立刻將啤酒湊到他嘴前，讓他的脣直接碰上啤酒罐的開口。

「你碰過了，你要喝。」

柯瑾瑜的方法很奸詐，只要讓何岳靖也喝了，那誰也不能說誰了。

黃凱橙驚呼，「妳這招高招，我以後也要這樣對小茜。」

「不要命就盡量試。」何岳靖無可奈何地接過柯瑾瑜手上的啤酒。

柯瑾瑜也為自己開了一瓶。

「只能喝一瓶。」何岳靖警告。

第二章　上弦月

十月底迎來了萬眾矚目的兩天一夜宿營，今年舉辦得尤為盛大，四系聯合迎新，電子系、外文系、餐飲系和國貿系一起合辦。

黃凱橙和劉燕歆是各自系會的幹部，聽他們說暑假兩個月的籌備期可累人了，據說學生會也特意來關心各系的宿營狀況。

尤其這屆的學生會長薛赫，上任就進行多項改革，做事效率驚人，要求謹慎完美容不得出錯，搞得他們壓力更大了。

身為同公寓的合租人，通通免不了被拖下水幫忙。

柯瑾瑜屬於人來瘋的個性，喜歡團體活動，一群人聚在一起玩耍比一個人待在家看劇有趣多了。她欣然接受。

只有何岳靖嫌煩，就連利誘也不肯去，寧願在家睡覺，柯瑾瑜只好拿出殺手鐧。

「……妳怎麼會有？」何岳靖咬牙切齒地問。

「高二園遊會拍的，這可是我的超獨家。」這年的園遊會，他們班的主題是顛倒世界。

高中生就是青春洋溢、活潑可愛，還要有點與眾不同，所以他們惡搞女僕咖啡廳。全班男扮女裝，女扮男裝。

當時男生以何岳靖為首一致反對，說什麼都不屈服。他不從，其他男生當然不會肯。

柯瑾瑜當時處於中間地帶，她和女生們感情不錯，跟男生們的交情也行，見兩方吵得不可開交，班導也提議換一個大家都接受的。

但是賣烤香腸、飲料、玉米的萬年不變模式，女生們覺得很無趣。

柯瑾瑜很為難，但想起前陣子何岳靖那個小心眼的人，居然以化學贏她零點五分，要她跑腿買了足足一個月的早餐，完全不懂得憐香惜玉。

雖然說來說去是她要賭的。

最後，柯瑾瑜毫不猶豫地站在女生這邊。

她這人最擅長的就是滿嘴胡說八道和不認帳。

因此，大學她成為戲劇社的編劇，何岳靖一點都不意外，柯瑾瑜除了製造問題外，滿腦都是餿主意、鬼點子。

何岳靖是長期的受害者，他比誰都清楚。

戰況結果可想而知……男生們直接棄械投降，而何岳靖眼神死。

見當事人在他面前得意地搧著照片，翹著嘴角，眼裡的邪惡之光只增無減。

柯瑾瑜歪頭，「怎麼樣，是參加還是不參加啊？」

何岳靖瞪著她，深吸一口氣，一臉為國捐軀的犧牲樣貌，「好……我去！」

協議成功！

何岳靖趁機抽走她手中的照片，高中時因為他個子高，原本及膝的黑紗蓬蓬裙簡直成了迷你裙，風吹到大腿的涼感讓他永生難忘。

相較系會幹部，隊輔只要在開營前一個月進行集訓就可以了。此次參加宿營的學生約莫四百多人，分成二十小隊，一隊二十人左右，配上四位隊輔，隊輔搭檔自由選擇。

柯瑾瑜、何岳靖、嚴亦和許怡茜四人一組，黃凱橙和劉燕歆則是工作人員。

早上七點半是幹部和隊輔的集合時間，所有隊輔聚集在廣場前做最後的精神喊話。

柯瑾瑜精神抖擻地掛上名牌，還特意化名為「小柯蚪」增加親切感，她沾沾自喜地拿給其他人看，何岳靖不願和她一起降低智商，嚴亦更不可能，他連微笑都嫌累，四人中只有許怡茜捧場，化名為「茜欠」。

八點，學生陸續報到，隊輔們立著牌子，站在草皮中央等著學弟妹入列。

當柯瑾瑜還在和劉燕歆玩鬧時，一位學妹背著包包在她們面前徘徊，柯瑾瑜見狀，熱心地問：「妳是哪一隊的？」

只見女孩睨她一眼，驕傲地抬起下巴，什麼也沒說就越過她，跑向她身後剛搬完水的何岳靖。

柯瑾瑜第一次被人無視得這麼直接，心裡難免有些震驚。

一旁的許怡茜不意外地拍了拍她的肩，安慰道：「她是國貿系的小大一，聽說家裡滿有錢的，爸爸是外商分公司的副總，看就知道這公主病一定是末期，別理她。」

柯瑾瑜點了點頭，看著學妹已跑到何岳靖身邊。

「學長，何岳靖學長！」

何岳靖停下動作看她，「怎麼了？」

學妹嬌羞地低著頭，遞出手中報到處給的分隊紙張，「我叫張棻琳，我看不懂自己是哪一隊，學長可以幫幫我嗎？」

柯瑾瑜見狀，頭一昏，這學妹要不是文盲，就是意圖太明顯了。

何岳靖從她手中接過紙張，學妹很大膽地向他靠近，幾乎要貼到他身上。

「十五，是我們這隊。」何岳靖笑了笑，「這水給妳，妳先坐一下，等其他隊員來。」

「好，謝謝學長。」她甜甜一笑，眨著大眼乖巧地接下礦泉水。

何岳靖看向因佩服學妹高端行為而愣在原地的柯瑾瑜，挑起眉問道：「妳站在那幹麼？」他瞥了一眼學妹，示意柯瑾瑜過去陪她聊天。

「喔……」但學妹壓根不想跟她聊啊。

好在其他隊員也陸續來了，柯瑾瑜先和新生說明迎新的注意事項，以及緊急聯絡電話，最後簡單介紹兩天一夜的流程。

「如果有什麼問題，都可以來問我或是何岳靖學長。」

她再次提醒，「迎新期間除非必要，禁止使用手機還有網路，被抓到的話，系學會會扣分，聽說最後幾名在結業那天有超恐怖的懲罰喔。」

柯瑾瑜壓低音量嚇唬他們，傻萌的新生們正襟危坐地點點頭，有幾位嚇得直接將手機關機。

「這兩天系學會會幫每一隊評分，最高分的隊伍，迎新結束後每人有一張免費電影票喔。」柯瑾瑜難掩興奮地說：「大家加油！」

忽然一位男生舉起手，柯瑾瑜微笑示意他可以說話。

「請問小柯蚪有沒有男朋友？」語畢，隊伍一片譁然。

柯瑾瑜也不驚慌，彎起得體的笑容，技巧性地答話：「這是私事無可奉告喔，要不我們營隊結束再聯絡，反正你有我的電話。」

現場再次響起一片鼓譟，互不熟識的十五隊隊員立刻交頭接耳起來，原先的尷尬與陌生逐漸消失，正好巡視經過的系學會幹部看到，非常滿意地點點頭。

這也是柯瑾瑜的用意。

她擅長調節氣氛，也有可能是自來熟的個性，跟誰都能聊上幾句，即便有時少根筋讓人傷透腦筋，但孩子氣的性格總是很容易和陌生人打成一片。何岳靖曾看過她在路邊與一個要她填問卷的路人，交談半小時之久，完全不知道是怎麼辦到的，對方甚至比她更想要逃離現場。

無可救藥的樂觀態度，和沒有危機意識的大腦，讓柯瑾瑜擁有好人緣，同屆幾乎有四分之一的人都認得她。

何岳靖輕笑，看了一眼手錶，相見歡的時間差不多了，他讓小隊員集合，主持人也開始解說遊戲規則。

第一項遊戲是尋寶，每隊要找出五枚金幣，一枚金幣等同於三枚銀幣或六枚銅幣，錢幣分別藏在校園的各個角落，限時一小時半。

柯瑾瑜和許怡茜，嚴亦和何岳靖，他們分別帶著十位小隊員開始在校園進行大搜索，短短一小時已經搜集到三枚金幣、六枚銅幣。

三枚金幣都是柯瑾瑜發現的，她完全是個遊戲天才，幾乎都能猜到東西藏在哪裡，小隊員也很願意配合她。

現在只缺一枚金幣，柯瑾瑜把最有可能的地方都翻遍，還是沒有頭緒。

柯瑾瑜靈光一閃，「啊！還有地下室！」隨即垮下臉，「不過那個地方……」真心不喜歡。

她不知道何岳靖他們在哪，離遊戲結束的時間只剩半小時，也沒多餘的時間找他們，她沒有猶豫太久，領著學弟妹就往地下室出發。

學校地下室位於停車場旁，雖然上下課有很多學生經過，但幾乎不太會停留。

柯瑾瑜偶爾回宿舍抄近路也會經過，但沒膽進去，只在外頭晃悠了一下。

地下室專門擺放多餘的桌椅、清潔用具等等，或是一些大型的可再利用物品，基本上學校工友除了年底大掃除外，也不太去那裡。

自然衍生了不少鬼故事，什麼無頭人、半夜有騎馬聲，或是小女孩在啜泣……

光是想到這些柯瑾瑜就頭皮發麻，她甩甩頭，要自己不要多想，都是一些不實傳說而已。

一行人站在鐵灰色生鏽的大門前，幾個隊員紛紛勸柯瑾瑜不要下去，萬一發生危險就不好了。

「我可不要下去，沒必要為了遊戲這麼拚命吧。」張棻琳板著臉、雙手環胸後退幾步。沒和學長分在同一小隊心情已經夠差，現在還要叫她下去這種髒死人的地方，她死都不要！

「你們待著，我下去看看。」柯瑾瑜說道：「反正還有時間，找找看也不吃虧。」

張棻琳拉著其他隊員，退到一旁的樹蔭下休息。

「瑾瑜不要勉強，我們在附近找找就好，老實說我不敢進地下室。」許怡茜也被現場詭異的氣氛弄得發毛，開始有些害怕。

「沒關係，你們在上面找找看有沒有金幣，我自己下去。」

「我、我還是陪妳一起去好了，兩個人比較不害怕。」許怡茜見她心意已決，決定乾脆犧牲自己。

「……好啊，走吧。」柯瑾瑜本來想拒絕，但似乎也沒勇氣自己下去，笑了笑同意。「妳走在我後面。」

轉開沉甸甸的門把，柯瑾瑜用力推開門，因長年失修發出嘎吱的刺耳聲，門一打開，漫天飛揚的灰塵襲捲而上，濃重的霉味撲鼻而來。

柯瑾瑜當然緊張，但在一個比她更害怕的人面前，還是要裝得可靠。

「瑾瑜妳、妳沒事吧……還是我先進去？」

柯瑾瑜聽許怡茜說話都結巴了，笑著說不用，打開手電筒，微弱的光線在漆黑的室內顯得更加陰森，空氣懸浮著細小的塵埃。

她神經緊繃地緩慢前進，腳下踩的木質階梯，搖搖欲墜地發出吱嘎的尖銳聲，似乎一用力就會掉進不見天日的無底洞。

當雙腳接觸到水泥地，她吞了吞口水，地下室比她想像的還大，厚重的灰塵，潮溼的空氣，飄散著一股老舊的異味。

四周堆積著雜物，唯一的優點就是東西都擺放得很整齊，看來工友沒有偷懶，有什麼東西都一目了然。

許怡茜縮著身體不敢東張西望，就怕看到什麼奇怪的東西，她走到柯瑾瑜身邊說道：「我們在附近找找就好，別走太進去，有點危險。」

柯瑾瑜點頭，手電筒照著地上試著找尋金幣，但裡頭實在太暗，走道又窄又小，她的腳不知道勾住什麼跌了一跤，身旁的雜物搖晃幾下紛紛掉落下來，發出很大的聲響，震起一地的灰。

外頭的隊友聽見，紛紛聚集到門口，緊張地喊：「妳們沒事吧？」

許怡茜趕緊扶起跌在地的柯瑾瑜，「瑾瑜妳還好嗎？」

「嗯喔……沒事、沒事。」柯瑾瑜一時失了神，慢了半拍才答話。許怡茜確認她只是嚇到後，立刻和外頭說聲沒事。

「我們還是出去吧……」許怡茜勸她，地下室實在太大了，大得讓人心慌。

柯瑾瑜拍了拍褲子上的灰塵，「我再找找。」

倏地，漆黑的盡頭傳來一陣踩踏地板的沙沙聲，讓人毛骨悚然，柯瑾瑜看了許怡茜一眼，明明兩人都沒有動，怎麼會有聲音？

柯瑾瑜害怕地咳了幾聲，試圖製造出其他聲音壯膽，剎那間，摩擦聲停止了，就在她們鬆了一口氣的同時，下一秒聲音變得靠近。

沙沙——

沙沙——

許怡茜幾乎要哭叫出來，柯瑾瑜警戒地用手電筒環照四周，許怡茜抓著她的手臂，閉著眼不敢移動半分。

柯瑾瑜努力抑制顫抖的手指，強迫自己保持鎮靜，硬著頭皮將手電筒照向聲音來源。

沒有，一個人都沒有。

柯瑾瑜順手拿起身旁的掃把，小心翼翼地環顧四周，外頭刮起的風吹打在地下室的門板上，聽起來就像是啜泣聲。

她縮了縮身體，仍舊提著膽子繼續前進。

何岳靖常罵她有膽無腦，總是做一些危險的事，從來不顧後果，她突然想起嚴亦最近也這麼念過她。對於他們的警告，柯瑾瑜永遠都是左耳進、右耳出，她總覺得不管如何，都有何岳靖在，所以她不需要擔心，儘管向前就對了。

一旦知道有個人會在後頭義無反顧地幫著自己，就會任性得不可思議。

柯瑾瑜繃緊神經，注意力都集中在前方。

「可能只是風而已。」她安慰後頭抖著身體的許怡茜，順便也給自己勇氣。

忽然間腳邊似乎多了一個東西，觸感毛毛軟軟的，還有些涼氣，柯瑾瑜全身僵硬……那種感覺就像是有人在摸她的腳，一吋一吋滑過她的腳踝。

她的腦海一片空白，冷汗直冒，背脊爬滿涼意。

「柯瑾瑜！」忽然一人站在門口，挺拔修長的身形逆著光，點點光塵飄浮在空氣中。

「何岳靖……」柯瑾瑜幾乎要哭出來了，她無助地喊。

幾乎是同時，腳邊的觸感一瞬而逝，取而代之的是吱吱的刺耳叫聲，柯瑾瑜軟了腿，跌坐在地。

何岳靖匆忙跑過去，似乎很喘，汗水沿著他俊逸緊繃的臉龐滴下，他蹙著眉，眸裡是少有的慌亂，「妳在搞什麼？受傷了嗎？我看看。」

她頓了頓，精疲力盡地搖頭，後頭趕上的嚴亦也跑進來，他看了一眼柯瑾瑜，接著轉頭詢問許怡茜的狀況。

許怡茜被嚇壞了，嚴亦趕緊將她帶出地下室。

「為什麼跑來這裡？這個地方是隨便能來的嗎？」何岳靖一邊檢查她有沒有受傷，一邊大罵，「亂來也該有點限度吧？勇敢不是這麼用的……」

但不管何岳靖現在罵什麼，柯瑾瑜都不在乎，她只覺得開心，在她害怕得幾乎要掉淚的時候，何岳靖出現了。

總是在緊要關頭時，不顧一切地跑到她面前，從高中的時候就是這樣，沒有一次缺席。

溫暖得讓她心生錯覺。

「別以為不說話我就會饒過妳。」何岳靖氣急敗壞的罵聲陡然停止，他緩了緩紛亂的氣息接著說：「就、就算哭我也不會算了……」

聽到他這麼說，柯瑾瑜才後知後覺地發現自己的臉頰有些溼潤。

她沒氣質地擤了擤鼻子，笑了出來，粗魯地抹了抹臉上的淚水。

居然還哭了，真是丟臉！

何岳靖沒再凶她，緩下聲問道：「嚇到了吧？」

柯瑾瑜驚訝地抬頭看他，眼眶毫無預警地再次溼了，她眼一眨，滾燙的淚水滑落至唇邊，止不住的眼淚連她自己都嚇到了。

「對不起，我來晚了。」他有些自責地垂下頭，柯瑾瑜這才發現他衣服全被汗水浸溼，可見他剛剛跑得有多急。

柯瑾瑜嘴一扁，立即皺眉搖頭，「不關你的事……」何岳靖根本不需要譴責自己，是她擅自亂做決定。

她倉促低下臉，卻不小心哭出聲來，聽在何岳靖耳裡不知怎麼特別心疼。

幾乎是無意識的，他抬起手緩緩靠近她，接著輕收起臂彎，將柯瑾瑜圈進自己懷裡，輕拍著她的背，語氣溫柔地哄著，「沒事了，沒事了。」

安頓好許怡茜，嚴亦站在地下室門外，本來想進去的腳步，在看到何岳靖的舉動停住了。

他抿唇沉默地看著這一切，以及柯瑾瑜幾乎氾濫的眼淚。

真如柯瑾瑜所猜測，地下室確實藏了金幣，宿營的主辦人就是篤定不會有人想到這個地方，所以一口氣藏了三枚金幣。

隊員都誇讚柯瑾瑜是最漂亮又厲害的隊輔王。唯獨一旁的何岳靖相當不屑，漂亮的手指俐落地把玩著金幣，閃閃光影流轉在他乾淨的指頭上。

「都到門口，居然不知道金幣就放在旁邊的草地上，我也是佩服妳。」

原先還得意的柯瑾瑜，聽到何岳靖鄙視的話，不滿地鼓起臉，「至少我想到了啊。」

「都沒人看到嗎？」何岳靖環顧其他人，學弟妹們紛紛搖頭說不知道。

「反正都找到了，我們快點回去吧，超過時間了。」許怡茜提醒。

「真的嗎？」柯瑾瑜看著手錶，「遲到十分鐘了啊！」她速速趕著學弟妹，帶著他們直奔集合地。

何岳靖壓尾，張棻琳見他單獨走著，立刻放慢腳步刻意和他並肩。

「學長。」

何岳靖看了她一眼，「嗯？」

她嘆了口長氣，軟嗓軟音地說：「剛剛真是嚇死我了，學姊都不聽我勸，執意要進去呢。」

他揚眉，沒有發表意見，繼續聽她說下去。

「還要帶著我們這群學弟妹下去，萬一發生危險，她能擔保嗎？」張棻琳微微皺眉，噘著嘴，看上去很委屈，「還好學長來得快，否則學姊一定會把事情搞砸，她就是常常要學長收拾爛攤子，對吧？」

她眨著眼看向何岳靖，想得到他的認同。

只見何岳靖彎起淺薄的笑意說道：「她一向很魯莽。」

見他沒有反駁，張荼琳眉眼笑得甜美，繼續說：「學長也這麼覺得吧？我真替我們這隊擔心，要陪學姊沒頭沒腦地亂闖……唉！想到就好累。」

何岳靖微微一笑，下了結論，「凡事總得試試看才知道值不值得。」

張荼琳不死心地繼續加油添醋，就是想讓何岳靖罵柯瑾瑜兩句，「可是像學姊這樣不經大腦思考的女生，很讓人傷腦筋。」

何岳靖沉吟，指腹輕輕摩挲下巴，「當然。」

聽聞，張荼琳的小臉難掩欣喜。

何岳靖勾起笑，「但我更討厭的是，懂得用這裡思考……」他指了指腦袋，「卻只想看好戲。」

張荼琳微愣，嘴角微不可察地垂下，笑容僵在臉上，表情閃過心虛，她快速移開眼，小手揪緊褲管，瞪著地板說道：「對、對啊！這種人真的不太好……」

何岳靖輕笑，沒有再多說什麼。「走吧，妳落後了。」

最後他們小組超過指定時間才回到集合地點，被扣了兩枚金幣，從第一名降至第三名。

不過大家都不介意，直呼柯瑾瑜和許怡茜是最盡責的隊輔，開心地歡呼擊掌。

下午是繞校園闖關，學校的知名地點都有關卡，總共五關，升旗台是終點，最快抵達的隊伍，小組除了能加五百分還額外贈送精美小禮物。

主持人激動地宣布，柯瑾瑜暗自讚歎，這次的迎新真是大手筆，不過這樣才有趣，完全燃起她的鬥志！

一旁感受到她滿腔熱血的何岳靖，只覺得身心疲憊，許怡茜倒是笑得很開心，實在佩服柯瑾瑜的活力，至於嚴亦依舊是意興闌珊。

柯瑾瑜用超乎想像的戰鬥力過關斬將，隊員們也因為她活力充沛的行動力顯得士氣旺盛，其他隊看到都退避三舍。

何岳靖他們一路跟著她四處奔竄，柯瑾瑜叫大家做什麼，就做什麼，絕對不會錯！

下午五點，小隊以第一名之姿出現在升旗台，打破系學會的預測，他們就在其他組到達之前先在原地休息。

「說到玩，柯瑾瑜從來不輸人。」何岳靖倚著牆，雙手環胸，悠悠地說道。

大家一整天東奔西跑，精力都耗得差不多，反觀柯瑾瑜還有力氣和隊員玩鬼抓人，笑得很誇張。

嚴亦瞥了她一眼，她的笑容明媚燦爛。他點頭算是贊同，「好像一輩子都不會累。」

何岳靖冷笑，「才怪！遇到考試她就整天喊累，明明什麼書都沒看，臨時才在抱佛腳。」

「你還真了解她。」

「也不想想我們在一起多久了。」他懶懶地回應，嘴角掛著笑意。

嚴亦睨了他一眼，「在一起這個詞，有很多意思。」

何岳靖微愣，隨後了然一笑，「我跟她沒有別的。」

「嗯，那就堅守自己的立場一點。」

何岳靖側頭看他，眸色沉了幾分，微勾起唇角，看著丟下這句話就走的嚴亦輕輕一笑。

他什麼時候這麼在乎這些小細節了？

遊戲結束的哨聲響起，柯瑾瑜在另一端朝他們揮手，發現何岳靖還愣在原地，她大喊：「何岳靖快一點！要領禮物了。」

她開心地跳上跳下，笑聲清脆，餘暉渲染了她彎起的眼角。

何岳靖莫名恍了神，嚴亦的話環繞在他耳際，他低頭莞爾，一直以來他很清楚自己在做什麼，所以不會迷失，更不會會錯意。

「嗯，來了。」

☪

晚上十點，系學會集合所有隊輔檢討今天的流程。

這次的活動出乎意料地順利，包括晚上的營火晚會都表現得可圈可點，幹部們心中的大石頭也落下一半。

「明天還有一天，大家加油！」

「OK！」

宣布散會後，黃凱橙氣呼呼地跑來，二話不說架住柯瑾瑜的脖子轉圈，「柯瑾瑜——妳怎麼可以讓我家小茜進地下室？妳不要命了妳！」

「啊！」柯瑾瑜被他突如其來的動作嚇了一跳，身體縮在他的腋下，閉眼大叫，「對不起嘛！我不是故意的……」

「黃凱橙你別這樣，她是女生耶！你力道控制不好會讓她受傷！」許怡茜見黃凱橙脫序的舉止，猛拍打他的背。

其他人下意識地縮起肩膀，很想告訴她，這個力道才是會死人的。

「妳不要這樣護著她，她就是欠罵！每次都做出一些讓人嚇破膽的事，不信妳問何岳靖！」

突然遭點名的何岳靖頓了一下，他自然是深感認同，不出手救援，反倒直接點頭，柯瑾瑜是該受點教訓。

柯瑾瑜見他見死不救，掙脫黃凱橙的束縛，哭喪著臉跑去向劉燕歆求溫暖。見她戲劇化得很，劉燕歆失笑地拍著她的背安慰道：「好、好！我回去做提拉米蘇給妳吃，壓壓驚。」

柯瑾瑜假裝吸了吸鼻子，「……好。」

黃凱橙似乎還不打算放過柯瑾瑜，衝過來又要架走她，同時間嚴亦面無表情地拉過柯瑾瑜的手臂，將她帶至自己身側。

黃凱橙一瞬間撲空。

柯瑾瑜眨著眼，一臉疑惑地抬頭看向社長大人。

「她也被嚇了不少，別再追究。」嚴亦鬆開抓住柯瑾瑜的手，「再說，她沒有逼迫任何人，許怡茜是自願下去的。」

嚴亦沒特別做什麼動作和表情，但說出來的話就是多了一絲威嚴，黃凱橙差點要立正站好說遵命。

「柯瑾瑜妳下次做事再不經大腦，我就、我就……」黃凱橙瞪著她，然而實在想不出什麼威脅性的話，「啊！我就叫何岳靖以後都不幫妳買宵夜！禁止吃宵夜！」

黃凱橙抬高下巴，自覺這個懲罰很高招，柯瑾瑜一定怕死了，其餘的人紛紛翻白眼，現在是三歲小孩吵架嗎？

孰料柯瑾瑜卻一臉世界末日的模樣，「什麼？不行啊！我會餓死的！」

眾人一致沉默，當中大概只有何岳靖最不意外這種爛招會奏效。

一旁的嚴亦不自覺地揚起嘴角，他握拳抵唇，輕咳了一聲，試圖掩蓋嘴角上揚的弧度，卻還是被站在他身旁的劉燕歆發覺。

「好了，時間不早了。」劉燕歆出聲提醒，「明天早上六點半在廣場集合，別遲到了！」最後一句是叮囑柯瑾瑜的。

柯瑾瑜揉了揉鼻子，「好啦。」

「麻煩岳靖盯著了。」

何岳靖面露不耐，轉了轉痠疼的肩頸，瞥了一眼朝他討好笑的柯瑾瑜。「笑也沒用，不准。」

黃凱橙噗哧笑了出來，「知瑾瑜者莫若岳靖也！有人不能吃宵夜啦！」他幸災樂禍地喊。

「你也一樣！不准熬夜打電動！」許怡茜拉著他的衣袖說道。

「我就打一場不行嗎？」

她回頭朝他笑了一下，「不、行！」

隊輔們做最後的巡房，當柯瑾瑜進去最後一間女寢，確認所有人都到齊後，她安心地呼了一口氣，「早點睡吧，明天還有一連串的活動。」

「學姊、學姊！」幾位學妹忽然拉住她的手。

「怎麼了？有什麼問題嗎？」

她們一致搖頭，隨後賊賊地互看一眼，「學姊是不是和何岳靖學長在交往啊？」

柯瑾瑜眨了眨眼，習以為常地回答：「沒有啦，我們是朋友。」

「咦——」學妹們一致露出失望的表情。

柯瑾瑜覺得好笑，解釋道：「我們是高中同學，認識好多年了，就是會互相稱兄弟、姊妹，勾肩搭背的朋友。」

她們點了點頭，一直坐在書桌前沒說話的學妹，突然慢條斯理地撕下臉上的面膜，翹著腳，手指輕巧地按壓著肌膚，不屑地說：「學長早就有女朋友，妳們也別想太多。」

語落，學妹們漲紅了臉，嘴裡說著哪有。

柯瑾瑜瞇起眼，半晌才認出是早上視她為空氣的學妹，妝前妝後還真有點落差。「妳怎麼知道何岳靖有女朋友？」

張棻琳投以挑釁的眼神，「我可是知道很多，勸妳小心一點，最好別被我發現妳和學長有什麼見不得人的關係。」

「……」

「像妳這種假惺惺的女生我見多了，以好朋友的名義巴著男生朋友不放。」張棻琳的話讓柯瑾瑜感到前所未有的震撼與衝擊，「嘴上說你們沒關係，但行為呢？」

張棻琳也不管周圍的氣氛變得多尷尬，緩緩勾起嘴角，冷嘲道：「自以為清高。」

柯瑾瑜的瞳孔驀地緊縮，看著張棻琳也沉下的臉，她微微擰起眉，張嘴卻說不出話，太多想法一閃而過，內心瞬然千頭萬緒，想澄清、想解釋、想說沒有這一回事、想說……他們真的只是朋友。

可是內心深處不可抑制的恐慌與彷彿被看透的心虛，又該怎麼說明？

其他學妹見氣氛驟然冷下，拉了拉張棻琳的手臂，「妳在亂說什麼，學姊說沒有就沒有，妳幹麼說話這麼尖酸刻薄？」

「是真是假，自己心裡知道。」張棻琳無所畏懼地看著柯瑾瑜，帶著若有似無的敵意，一點都不怕得罪誰。

張棻琳囂張跋扈的態度並沒有惹怒柯瑾瑜，她沒拿出學姊的姿態壓她，她也是鄙視那些潛規則的。

「好，早點休息。」柯瑾瑜深吸一口氣，彎起笑容。

讓柯瑾瑜感到生氣的，是她自己。

☪

巡視完所有隊員的寢室，一行人步行到停車場，沿路都在聊今天發生的趣事，還有柯瑾瑜傻人傻膽的冒險行為。

許怡茜害怕地說不要在晚上聊這種事，他們才將話題轉到系會一些愛占著職位耀武揚威的幹部，卻什麼都不做，很不負責任。

柯瑾瑜全程都在放空，腦袋不斷回想著張棻琳的話，她對這位小學妹完全沒有印象，既不同系，也沒有共同朋友。

可是聽她的語氣，卻不像是在嚇唬她，張棻琳似乎真的什麼都知道。

「我先走了，大家辛苦了，回家趕快休息，記得六點半集合喔！」劉燕歆道別的聲音傳來，柯瑾瑜這才回過神，揚起笑和她揮手，叮囑她騎車小心。

許怡茜上了黃凱橙的車，按照平常柯瑾瑜會搭何岳靖的車，當她接過何岳靖手上的安全帽時，忽然對自己過於自然的動作有種深深的厭惡感。

何岳靖發動車子，遲遲沒感受到後座有動靜，他疑惑地偏過頭，見柯瑾瑜還抱著安全帽發愣，「為什麼不上車？」

柯瑾瑜看向他，眸光出現不尋常的複雜，何岳靖也感受到了，他擰眉，「發生什麼事了？」

又來了。

柯瑾瑜倉皇地避開他審視的眼，不管她做什麼，想什麼，甚至是擔心什麼，何岳靖總是有辦法察覺不對勁，她從以前就很想知道原因，之前總挖苦他肯定有什麼讀心術。

何岳靖總會回她：「妳的煩惱了不起就那幾件，吃喝玩樂，足以構成妳的一生。」吃不飽、睡不好、玩不夠，只有這些能讓她露出少有的困擾表情。

氣得柯瑾瑜又不跟他說話了。

「喔……沒有呀，能有什麼事。」她笑咪咪地望向何岳靖，「我、我突然想起一件事，你先回去吧。」

他挑眉，暗自嘆息她的說謊技巧依然沒有隨著年齡增長，「什麼事？我可以跟妳一起去。」

聽到何岳靖要去，柯瑾瑜連忙搖頭拒絕，「我自己去就好了，你先走吧，不用管我。」

「這麼晚了，妳要去哪裡？」何岳靖歪頭，「跟我說，我就不跟。」

柯瑾瑜在心底哀號，她怎麼會認為有辦法瞞過何岳靖精明的腦袋？

突然一道聲音淡然地傳來：「我找她，我們要說一些社團的事。」

他們同時轉向嚴亦，他的臉上沒有太多表情，語氣更是沒有起伏，話語的真實性，連柯瑾瑜都忍不住懷疑該不會他們真的有約，只是她忘了？

嚴亦撇了一眼柯瑾瑜，「不過來嗎？」

她疑惑地轉了轉眼，「喔……好。」最後還是跑了過去。

「社團的事有重要到現在要談?」何岳靖看了一眼錶,「而且就你們兩個?」

柯瑾瑜在心底深呼吸、吐氣,緊張得手心都是汗,本來僅是無心的謊言,她只是想邊散心邊走回家,結果現在嚴亦也攪和進來。

何岳靖不是什麼能隨便打發的角色,她隨即努嘴說道:「你又沒參加社團,哪懂我們幹部的辛苦。」這回輪到何岳靖沒話說,然而他探究的目光依舊沒有從柯瑾瑜身上移開。

半晌,就在柯瑾瑜被他看得快心虛死了的時候,嚴亦忽然說道:「別浪費時間,大家都很累,不想更晚回家就趕快解決。」

此話一出,一旁的黃凱橙也附和道:「就是說啊,何岳靖你太小題大作了啦!柯瑾瑜再怎麼迷糊,也有嚴亦在。你應該擔心的是嚴亦被她弄死,而不是柯瑾瑜的安危。」

柯瑾瑜嘖他一聲,要他閉嘴,隨後轉頭對著何岳靖笑,「對啊,走吧、走吧,我忙完就回家了。」

聽他們這麼一說,何岳靖也不再堅持,他揚起眉,「我只是怕妳明天沒精神,照顧隊員就夠累了,到時又多妳一個,我會應付不來。」

「不會啦,你不是說我什麼都不會,最會玩嗎?」柯瑾瑜搔了搔頭,自嘲道:「其實我也這麼覺得,所以我明天一定會打起一百二十萬分精神拿冠軍的。」她說得很有氣勢。

嚴亦率先受不了她的聒噪,揪著她的衣領,「走了。」

待其他人都離開停車場後,柯瑾瑜總算鬆了一口氣,後知後覺地發現自己的反應過於明顯,轉頭想對嚴亦解釋時,他卻淡淡問她:「現在想去哪?」

她其實哪裡都不想去。

「不會什麼都不做吧？」嚴亦彷彿看出她心裡所想，冷哼一聲，「費盡妳僅有的腦容量騙過何岳靖，難道就只是在這等半小時後再回家？」

「……」走了一個心思縝密的何岳靖，還有一個龜毛難搞的嚴亦。

柯瑾瑜疲憊地蹲下，雙手交疊在手臂上，「你可以先回家沒關係，我不需要人陪。」

「誰說要陪妳。」

「那你幫我一起騙何岳靖做什麼？」

柯瑾瑜也不怕他跑去和何岳靖告狀，不知道為什麼，她覺得嚴亦能夠守住任何祕密。

「我確實是有些關於社團的事要跟妳說。」嚴亦冷哼，「不然妳以為是什麼？」

就是難相處了點。

「要跟我說什麼？」柯瑾瑜現在根本沒心思想那些事，但跟嚴亦在一起，似乎也只有社團這個共同話題。

「我不想在這說。」

「不然要去哪說？」討論事情，還得看風水啊？

「上車。」

柯瑾瑜乖乖照做。

他們到了一家二十四小時的夜景咖啡廳，離學校很近，她不常來，因為沒有半夜需要見面聊天的人。

兩人坐下點了飲料後，開始陷入漫長的沉默，相較於其他桌的熱絡吵鬧，他們冷靜得像是在談判要贍養費似的。

柯瑾瑜很少和嚴亦單獨相處，以往他們見面的時候都有呂淨敏在，她不用費盡心思想話題，更不用顧及他情緒。

在她的印象中，嚴亦寡言嚴肅，說話直白，沒看過他和誰要好，就連和何岳靖相處都有說不出的距離感。

現在想想，他唯一主動攀談的人，是呂淨敏。

柯瑾瑜一直想不透嚴亦這個人，極具神祕感，但一舉一動又坦蕩得像是沒有祕密，有時候看上去很好相處，有時候又拒人於千里之外，比女人還難捉摸。

前陣子得知他是呂淨敏的學弟，這關係……完全銜接不起來。

「想說什麼？」嚴亦狹長的眼眸一掃，淡然地看向對面的柯瑾瑜。

「喔，沒有。」她立即搖頭，吸了一口飲料，「不是說要跟我討論社團的事？」

嚴亦挑了挑眉，正色道：「明年五月是我們首次公演，也就是說，在我任期內，很不幸地遇到這個爛攤子。」

「哪是爛攤子……」柯瑾瑜皺眉，公演可是很威風的，不是每個社團都能在文化中心演出，也不是每個系都有舉辦公演的權利，何況是他們這種名不見經傳的小社團。「這麼討厭戲劇社，還當社長。」

「不然誰來接？妳嗎？」嚴亦不留情地嗤了她一聲，「我看等著被學生會廢除吧。」

「哼！你行、你厲害。」她也嗤他一聲，「既然接了就好好做啊，否則淨敏這麼努力把戲劇社拉起來，結果卻毀在我們這屆手裡。」

「我知道。」嚴亦看了她一眼，「所以我現在不就在和妳討論了。」

柯瑾瑜喔了一聲，暗罵嚴亦真的很難聊天。

兩人莫名其妙又都不說話了，早知道他們獨處會這麼尷尬，柯瑾瑜一定會選擇跟著何岳靖回家。

她不是不能安靜，而是不習慣身邊有個人，而彼此卻不說話。

「所以你對公演有什麼想法嗎？」她率先打破安靜，「有沒有什麼題材是你覺得不錯的？」

嚴亦沉默半晌，面無表情地望著夜空，「沒有。」

「……」柯瑾瑜無奈地抿了抿唇，話題又這麼被嚴亦終結了。

「總之妳先好好寫劇本。」

「喔。」

柯瑾瑜順著他清冷的視線，看向外頭濃墨般的夜色，今晚的雲層特別厚重，晚風帶著些微秋意，零散的星星灑在空中，竟有幾分孤獨與寂寥。

「喂……社長。」

嚴亦淡淡地應聲，清淺的呼吸竟有幾分溫柔。

柯瑾瑜微愣，忽然笑了，因為這意外的友善語氣，讓她不再拘謹，「你怎麼不問我怎麼了？」

「妳想說自然就會說。」嚴亦依舊沒有看她，「妳不擅長隱瞞事情。」

她輕笑，語氣竟有些無精打采，「是嗎？」

嚴亦轉頭撇了她一眼，柯瑾瑜天生淡色的髮絲在室內燈光照耀下，漾著一圈柔淺的光暈，顯得更加細軟。

「最近總覺得……」柯瑾瑜停頓了下，惹來嚴亦擰眉，「自己很懦弱。」

「哦？為什麼？」嚴亦的聲音很平，聽起來有些意興闌珊，卻讓柯瑾瑜意外地放鬆。

她不喜歡太過積極的關心，某方面來說，這也算是種逞強吧。

柯瑾瑜笑了一下，「就是一種突然來的情緒啦。」她不常和別人分享心事，就連何岳靖也不曾，與別人吐露心聲的話，不就也給對方帶來困擾了嗎？她不想。

嚴亦再次皺眉，這輕鬆過頭的語氣，反而讓他聽得鬱悶，「妳要是弱女子，其他女生大概都是林黛玉了。」

這聲音不大不小，卻足以引來周遭人的側目，柯瑾瑜發現大家都在看她，甚至帶著打量之意，她困窘地低下頭，使勁地想用眼神殺死嚴亦，「你懂不懂得安慰人啊？」

「看吧。」嚴亦雙手一攤，「這不就沒事了。」

柯瑾瑜見又有人在竊笑，想生氣卻覺得丟臉，加上嚴亦在校頗有名氣，她怕隔天自己會登上校板，被指稱霸凌社長。「哼！我不是說力氣，是說能力、能力好嗎？」

她的語調激昂，甚至彎起她纖細的手臂戳著，舉動意外的搞笑，雖然柯瑾瑜是標準身材，但力氣卻出奇得大，戲劇社的道具有一半都是她在扛的。

「耍任性的能力很好啊。」

「……」

「不對嗎？」嚴亦摩挲著下巴，「不過這也不能怪妳，就怪何岳靖寵的。」

聽到關鍵字，柯瑾瑜驀地垮下臉，「這就是為什麼，我會覺得自己在他面前……似乎什麼事都做不好。」

「妳想多了，是他的個性太婆婆媽媽了，什麼都覺得會有萬一。妳說妳懦弱，我告訴妳，何岳靖一定也有這種時候。」

柯瑾瑜抬起臉，有些驚訝地看著對面的嚴亦，「你在安慰我嗎？」

聞言，嚴亦擰了下眉，冷淡地看她一眼，「我就事論事。」

「所以你也覺得他這樣不好吧？」

「沒有不好，做事三思、心思細膩，不是每個人都能辦到。」嚴亦指著腦袋，「例如妳，完全缺乏這些能力。」

柯瑾瑜無言，「你到底是站誰那邊啊？」一下說何岳靖不好，現在又反過來糾正她。

嚴亦喝了一口飲料，「事實這邊。」

嚴亦根本不懂什麼是人生交叉口，柯瑾瑜沒好氣地橫他一眼，「算了，我不要跟你說話。」

嚴亦拍了腿，一臉讚賞，「就是這個任性的態度，很好啊！怎麼會不好？」

「你也不要跟我說話。」她現在已經在腦中盤算，待會要把他從山上推下去，還是踢下海。

他們之間安靜了五分鐘之久，柯瑾瑜不說話，嚴亦更不可能主動搭話。然後又過了五分鐘，柯瑾瑜先受不了地踢了下嚴亦的椅子，惹來他一瞪。

她似乎玩上癮，又踢了第二下、第三下，嚴亦的眉頭皺得愈來愈深，柯瑾瑜挑釁地打算再踹一腳，伸出腳的同時，嚴亦眼明手快地抓住她的腳踝，用力一拉，連人帶椅將她拖到自己面前。

「玩夠了嗎？」

嚴亦倏然湊近，剛毅漠然的氣息讓柯瑾瑜一愣，平時機靈的腦袋忽然壅塞，她看了一眼嚴亦，有些困窘地低下頭，緊接著抬頭揚起調皮的笑容，「還沒。」

她又補了一腳。

「……」嚴亦倏然垮下臉，推開柯瑾瑜的椅子，讓她轉了一圈後狼狽地回到原位。

「回去了。」

「這麼快？」柯瑾瑜的玩心才被激發，還想和嚴亦商量要去海邊吃宵夜。

嚴亦拿起手機，敲了兩下亮晃晃的螢幕，「已經凌晨一點了。」

柯瑾瑜哀號一聲，「大不了就不要睡嘛。」

「妳不睡，我要睡。」

果然就如何岳靖所說，柯瑾瑜有一堆燃燒不完的活力，明明今天看她東奔西跑一整天。

柯瑾瑜實在不想回去，除了不知道怎麼面對何岳靖，還有好不容易找到嚴亦這麼棒的聽眾，雖然說話不懂委婉，但正好是她喜歡的方式，她最討厭扭扭捏捏了。

她抬起頭，眼眸晶亮，一瞬不瞬地看著嚴亦，以前一直想問的話，就這麼脫口而出。

「你喜歡淨敏對不對？」

說完她就後悔了，她的本意只是想找話題留住嚴亦，誰知就這麼不經大腦亂說話。

「呃，我亂說的啦。」柯瑾瑜笑笑帶過，「走吧。不是說要回去？」

這回反倒是嚴亦沒了動作，「誰說的？」

見他貌似有延續話題的打算，柯瑾瑜感到異常開心，「我啊。」她的語調輕快地上揚，露出俏皮笑容，讓嚴亦覺得異常刺眼。

他沒有說話，眼底依舊毫無波瀾，深得像是海，卻夾帶著某種壓抑已久的情緒。嚴亦緊抿著唇，想說什麼，最後卻還是選擇無聲地看著柯瑾瑜。

即便嚴亦沒有露出一絲一毫被戳破的惶恐，甚至沒有承認，但柯瑾瑜就是知道，因為太過冷靜。

她連忙對著他搖手，「放心啦，我又不會大嘴巴跑去告訴何岳靖。」上次見識過他吃醋的模樣，她才不想成為挑撥離間的罪魁禍首。

「現在……也還喜歡嗎？」

嚴亦沒說話。

柯瑾瑜知道，沒有答案，便是答案。

她嘆口氣，「世界真的很小呢，所有喜歡、討厭的人都聚在一起了。」他喜歡呂淨敏，肯定不能接受何岳靖的存在吧，偏偏兩人就這麼成為朋友。

無奈，卻也怪不了誰。

嚴亦忽然冷笑出聲，撇過頭望著窗外，「妳就這麼肯定？」

「別看我平時只會吃吃喝喝，人跟人之間的關係，我也是挺精明的。」柯瑾瑜驕傲地抬起下巴，對著嚴亦炫耀。

嚴亦挑起唇，鄙夷地看她一眼，「哦？那妳發現自己喜歡何岳靖了嗎？」

柯瑾瑜的笑停滯在臉上，閃閃發亮的雙眼忽而沉寂，嚴亦冷哼，像是反將她一軍。

柯瑾瑜以為自己藏得很深，這個祕密不會被誰發現，更不會是由一個根本沒說過幾句話，對她絲毫不了解的嚴亦給揭穿。

她喜歡何岳靖這件事，有時連她也會忘記。

她轉著杯中的吸管，盯著玻璃杯旁因承受不住重量而滑落的水珠，張嘴想反駁，卻無話可說，有時她真的好討厭自己在何岳靖身邊扮演的角色。

那樣模糊，那樣尷尬，看似自然卻有著太多考量。

只有幾面之緣的張棻琳看出來了，現在，嚴亦也是。

會不會從頭到尾都只是她在自欺欺人？全世界都知道她喜歡何岳靖，但最該知道的人卻不知道。

或者該說……他刻意忽略了嗎？

柯瑾瑜不知道。

對於何岳靖的心思她連猜都不敢猜，何況是深入探討，就怕自己期待太高，那該會摔得多疼啊？

她的內心想放手一搏，但理智不允許。

時間錯了，何岳靖有呂淨敏了。

柯瑾瑜倏地笑開來，用著像是談論別人的事，那樣輕鬆的語氣說：「兩情相悅這種事，現實根本就不存在。」

要在一起，早就在一起了。

「妳的行為已經不是蠢可以解釋。」

「那笨蛋呢？」

「好笑嗎？」

柯瑾瑜見嚴亦愣了幾秒後，沒好氣地瞪她一眼，如此人性化的表情，讓她忍不住笑了，總算覺得是在跟正常人相處。

「我們真的沒什麼，我可以發誓我沒有做出任何對不起淨敏的事，喜歡何岳靖也只是我單方面的……」柯瑾瑜作勢要舉手發誓，嚴亦眼明手快地拉下她的手，免得別人真會認為他們在上演分手與挽回的戲碼。

「我知道，我看著。」

柯瑾瑜無奈地用手撐頰，重重嘆口氣，「有時我真的不知道該怎麼面對何岳靖，我已經盡力了。」她低下頭，掩藏心中那份嗆鼻的酸澀。

嚴亦濃眉一擰，以為她哭了。

「喂。」

「……嗯？」

「女生哭很醜。」

柯瑾瑜猛然抬頭，嚴亦見她眼中沒淚，心裡忽然有種鬆了一口氣的感覺。他咳了一聲，「妳果然不是林黛玉。」

「別說哭了，我只想揍你。」柯瑾瑜咬牙切齒，嘴角卻揚起一抹笑。

她都陪在何岳靖身邊這麼久了，即便是看著他與呂淨敏親密，她都能昧著真心揶揄他們，還有什麼是過不去的呢……

柯瑾瑜小心翼翼看向嚴亦，「我就是隨便問問，你就隨便答，或是不答也可以。」

「那妳問幹麼？」

「就好奇嘛。」

「……」

「淨敏知道你喜歡她嗎？」

「……」

「第一題就不答喔？」柯瑾瑜撇嘴，「小氣！我都跟你說我的祕密，你跟我透漏一點有什麼關係？我們現在是同一條船上的人耶。」

「我要跳船。」嚴亦的手肘撐起椅子把手，作勢要起身。

「喂，不行！」柯瑾瑜連忙拉住他的手臂，薄上衣透出他微燙的體溫，她愣了愣，連忙收回手，隨後緊張地補充道：「我不管，你都聽了。」

嚴亦拍平了袖口的皺摺，依舊不冷不淡，不答反問：「妳是怎麼知道的？」

「聽到何岳靖說你是淨敏的高中學弟，後來仔細想想，你偏心得那麼明顯。」柯瑾瑜激動地說：「你只對淨敏說話，只對她笑，我們這些旁人對你來說只是空氣吧。」

「……」

柯瑾瑜不知道這話像極了吃醋的女朋友，仍繼續指責他，「不過我們那時候想，搞不好是你慢熱、害羞內向，所以只和把你介紹進來的淨敏要好，結果根本就是喜歡人家不敢承認嘛……」

嚴亦扯了扯嘴角，擱在腿上的手微微收緊，「妳是最沒資格對我說這種話的人！」他的聲音微微加大，柯瑾瑜總算見到一次他激動的模樣。

意外的，她居然不害怕，眼裡只看到一個氣急敗壞又困窘的毛小子。

這才正常多了。

「我是被拒絕的啊。」她也不知道哪來的勇氣，說出這件從不敢向任何人提起的事，「我要是對他承認，我們就真的當不了朋友了……」

她別無選擇，只有做朋友，才能心安理得待在他身邊。

聽聞，嚴亦微微蹙起眉。

「既然都沒希望了，我也不想破壞跟他的友誼。」她一直好好守住朋友的位置，不靠近也不後退，說穿了也是她的私心。

只是她最近有些力不從心，突然覺得身心疲憊，彷彿只有她一個人在硬撐這層早已不對等的關係，何岳靖卻絲毫不費力。

因為他從來就沒有喜歡她，自然也不需要隱藏些什麼，所有事對他來說都是游刃有餘的。

何岳靖對她的好僅限於朋友之間，從來沒有越界，不曾干涉她的私事，不理會她和哪個男生出去，和誰曖昧，誰又對她獻殷勤。

僅僅只讓她出門小心，別太晚回家，因為他睡眠品質差，怕吵。

有幾次她故意把那些正在追她的男孩拿出來和他討論，要他給建議。孰料何岳靖比她預想得還認真，而她卻笑得心涼。

「這個男生看起來就很花心，不行。」

下一個。

「我知道他，在系上風評不好，離他遠一點吧，免得被牽扯。」

下一個。

「這個人……」他嘖了一聲，「柯瑾瑜，我覺得妳先去斬爛桃花吧，不然我建議妳單身一輩子。」

何岳靖真的很認真幫她物色對象，這是好事啊。

讓她連一點奢望都沒有，反倒覺得自己很卑鄙、不要臉。

何岳靖是呂淨敏的男朋友，而呂淨敏是她的朋友，張棻琳說得沒錯，她的一舉一動就跟電視劇演的第三者沒什麼差別。

嚴亦面無表情，撐著下巴，似乎在思索著什麼，但看起來並沒有打算說出口。

柯瑾瑜見氣氛又怪了，立刻搖手說道：「不過我真的沒有討厭淨敏，我覺得他們很配，何岳靖跟她在一起也很快樂……」

她欲言又止，嚴亦仍舊沒有動作，眸光銳利，彷彿將她看得透澈，她果然就如他所說……隱瞞不了事情。

呂淨敏是在她畢業那年和何岳靖在一起，她在離校前鼓起勇氣向他告白，何岳靖答應了。而後迎來暑假，柯瑾瑜破天荒地回家了。

兩人很少吵架，至少柯瑾瑜不曾見過，比起她和何岳靖三天兩頭就嘔氣、冷戰，他們至今還沒有吵得不可開交。

柯瑾瑜有時會自我安慰，她和何岳靖這麼常鬧不合，要是交往了，搞不好三天就鬧分手，說出去肯定丟死人，大概連朋友也不用當了。

柯瑾瑜抬頭，見嚴亦還是沉著一張臉。

她後知後覺地意識到，在一個喜歡呂淨敏的人面前說這種話，根本就是在別人的傷口上撒鹽……

她慌張地想解釋，但冷靜想了想，呂淨敏是何岳靖的女朋友，這是無法改變的事實。

「你該不會也從高中就喜歡她了吧？」

嚴亦看向她，眼眸深邃。

「這麼說來，我們的處境還真像。」柯瑾瑜抿唇笑了笑，雖然話題沉重，她卻感到前所未有的舒暢，「難怪你一下就看穿我了。」

她能夠大方承認喜歡何岳靖，也能夠把長期累積在心裡的話傾瀉而出，無須擔心自己的自私受到他人的譴責。

因為她和嚴亦，同病相憐。

「我猜淨敏不知道吧。」嚴亦不說話，柯瑾瑜也只能猜。

「……」

「不知道是好事。」她點頭，「要是知道的話，淨敏這樣善良的人，肯定會覺得對不起你吧，也沒辦法平常心了。」

柯瑾瑜不知道之前是怎麼看著他們從曖昧到交往，她一點都想不起來，只記得一個閃神，何岳靖就成為別人的了。

連後悔都來不及。

氣氛再次沉靜，這次柯瑾瑜沒有選擇打破，她也很意外自己怎麼會對嚴亦如此坦白？這些事她誰都沒有說過，全世界的人都以為她把何岳靖當作很好的異性朋友。

連她都差點被自己瞞過去。

最後，柯瑾瑜還是被嚴亦強行拖回家，他一點都不想陪她去海邊瘋。

柯瑾瑜站在公寓門口，不甘願地脫下安全帽，「謝謝你送我回家。」

「嗯。」

「晚安。」

嚴亦沒答話，默默發動引擎。

「不跟我說晚安嗎？」

「嗯。」

「嗤，多說一點話是會減壽嗎？」柯瑾瑜無奈地朝他揮手，「騎車小心啊。」

「晚安。」語落，他騎車揚長而去，只剩微弱的車尾燈在黑夜中拉出一條光線，像是夾著尾巴逃走的小動物。

柯瑾瑜一愣，忽然笑開了。

儘管剛剛都是她單方面在講話，嚴亦自始至終都是安靜的，聽她傾訴單戀的無奈與痛苦，聽她抱怨這世界有太多不盡人意的事。

還有……何岳靖不喜歡她這件事。

這是柯瑾瑜一直不想承認的，因為一旦看清了，他的好，就真的只是出自於友好與舉手之勞。

柯瑾瑜按了電梯上樓，明明說了很多苦澀難堪的事，她卻覺得通體舒暢，藏在心裡太久了，害怕被發現，她誰也不敢提。

只要有人將他們牽線在一塊，她就會敏感地立刻澄清，外人看似抗拒，只有她自己知道，是怕被揭穿的心虛與惶恐。

進屋，一片漆黑。

柯瑾瑜躡手躡腳地拉開紗窗門，當腳趾碰上冰冷的地板，她抖了抖，心想要快點洗洗睡，不然明天肯定爬不起來。

經過何岳靖的房間時，她警覺地快速通過，但何岳靖就像是在她身上裝了雷達似的，他的房門在下一刻打開。

柯瑾瑜嚇得倒抽一口氣，抬起的腳還懸在半空中。

何岳靖頂著淩亂的髮，面色清俊逼人，緊抿著唇。

他稍稍蹙起眉，外頭搖晃的路燈黏在冰冷的磁磚上，暗色的眸光此時顯得更加清冷。

「怎麼現在才回來？」

「呃……你還沒睡啊？」

「睡了，又醒了。」

「喔，我都忘了你很淺眠。」柯瑾瑜想藉由閒話家常，逃過被他碎念，「還是我幫你熱一杯牛奶？你喝完再睡。」

話一出口，柯瑾瑜就後悔了，她才正要好好與他劃好界線……

何岳靖按了按側頸，俊容帶著剛睡醒的倦意，「不用了。」

柯瑾瑜聳肩，「那我回房啦，晚安。」

就在她向前走幾步，拍胸慶幸自己逃過暴風式念到死的劫難時，身後的何岳靖忽然喊住她，「為什麼這麼晚回來？不知道還有宿營嗎？」

她的背一涼，轉身向他討好地笑，「啊，就是說一下社團的事嘛。我會設鬧鐘，絕不會睡過頭。」

何岳靖沒睡好的頭隱隱作痛，「從高中到現在沒見妳準時過。」

真不知道該說她時間觀念差，還是看心情和風水在選時間出門，有時異常早到，有時直接遲到半小時以上。

「你要對我有點信心啊。」她拍胸兩下，「唉呀！你不要再跟我說話，我要少睡十分鐘了。」

何岳靖沒好氣地看她，「和嚴亦在一起的時候，怎麼都不會想到要早點回來？還可以多睡一小時以上。」

「我們是談正事。」

「難道我們現在是在說廢話？」

柯瑾瑜轉了轉眼，想要點頭，然而抬眼看見何岳靖冷然的臉色，只好拐個彎說：「我早一點睡，你也可以早點睡嘛。」

柯瑾瑜發現自己又錯了！不該說些界線不明的話，甚至是放任自己遊走邊緣。

這是他們上大學住在一起後養成的習慣，何岳靖要睡，柯瑾瑜也得跟著熄燈睡覺，因為他淺眠，怕吵。每每她都得配合，甚至必須打斷追劇時間。

好險她夠慷慨仁慈，不然打擾女生看劇是會被殺頭的，雖然最後回房間還是躲在被窩用手機繼續看。

習慣這種事，果然很難改。

柯瑾瑜煩躁地抓了抓頭，使勁的摩擦聲讓何岳靖聽得頭皮發麻，「妳到底是幾天沒洗頭？」他皺眉抓下她的手，湊到她頭上嗅了兩下，柯瑾瑜立即反駁道：「我也才兩天沒洗！」不知道有多少女生都是三天起跳的。

這不知恥的口氣，全世界也只有柯瑾瑜能夠說得這麼理所當然。

何岳靖冷靜地用修長的食指勾起她一綹黏成條的髮絲，幾乎可以感受到上頭的油膩。他受不了地抽了抽嘴角，「妳知道嗎？妳要是嫁不出去，我一點也不會懷疑哪裡出錯。」

柯瑾瑜呿他一聲，「那也是我的事，你管不著。」她下意識就和平時一樣與他鬥嘴，卻發現這話像極了鬧彆扭的情侶。

何岳靖想都沒想，微微聳肩，深邃的臉龐在夜色襯托下晦暗不明，語氣卻是無關緊要，「當然！我又不是妳爸，我只是同情妳未來的另一半。」

柯瑾瑜微微掀起嘴角，低斂著眸光，試圖掩蓋眼底那份落寞，用輕揚的語調回道：「哼，搞不好淨敏也都久久洗一次。」她朝他努起下巴，「只是你不知道而已。」

聽聞，何岳靖擰了擰眉……他還真的不知道。

「嘖嘖，太單純了你。」柯瑾瑜驕傲地朝他搖了兩下手指，「女生可是有很多不為人知的祕密。」不洗頭這種事是家常便飯。

「哦？例如什麼？」何岳靖似乎來了興趣。

柯瑾瑜見他難得像個好學生發問，平時他都自視清高，唯我清流，對於男女情愛之事也沒什麼高深的情操與見解。

但從她認識何岳靖開始，從沒見過他對誰有興趣，秉持著男人的天性，看見美女依舊會看幾眼，也會和男生們討論身材、臉蛋這類話題，卻從來沒行動。

何岳靖是只要人不犯我，皆和顏悅色，所以人緣一直很不錯，比起一般男生的粗線條，他的心思細膩、為人正直，因而得了不少女生的戀慕。

私底下還曾被女生票選為最想嫁的男人。

柯瑾瑜撇嘴，對於他良好的評價不予置評。

她知道何岳靖的一舉一動其實都是虛有其表，他能夠面不改色地說謊，有時候即便心裡在意，他也隻字不提。

這強大的自制力，挺有他的風格，甚至比她的脾氣還拗。

即使擁有異性的愛戴，也從未見過女生正式追求他，多數只是暗自傳訊息製造曖昧，或是默默暗戀。

大家都隱約覺得何岳靖不好得手，總散發著一股若有似無的距離感，讓人產生不敢高攀的自卑感。

柯瑾瑜深有同感，這也是為什麼她一開始沒有選擇告白的原因。她一點都不擅長隱瞞心事，只是這件事攸關兩人的關係，不是她想怎樣就怎樣。

何岳靖國三時有一任女朋友，對方倒追他整整兩年，這該要有多厚的臉皮，才能一次又一次地從他的拒絕中站起來。

這點讓柯瑾瑜著實敬佩，女生整個國中的青春歲月，幾乎都葬送在那傢伙身上了啊！

「你是被她的毅力感動，還是真的喜歡她？」柯瑾瑜當時這麼問他。

何岳靖聳肩，朝她投了視線，「妳覺得是哪個？」

柯瑾瑜不明白，為什麼何岳靖總是喜歡把問題丟給她？

她沉吟了一聲，「是喜歡吧。你這麼一個嫌麻煩的人，還有莫名其妙的道德感，要是不喜歡，才不會昧著良心隨便招惹人家。」

他可是認為亂丟垃圾的人都該被抓去關。

「嗯，妳說是就是。」他抿起笑，看上去對這件事沒太大的探討興趣。

「我是問你，不是讓你聽我的想法。」

聞言，何岳靖側頭朝她一笑，「有時候旁人比自己還要了解自己。」他說：「既然是妳說的，我就這麼信了。」

柯瑾瑜臉頰一熱。

何岳靖就是這點討厭，三不五時就蹦出擾人心弦的話。

國中畢業後，他們就分手了，聽何岳靖說是對方忍受不了遠距離，所以先斬為快。

柯瑾瑜想，好不容易追到手，怎麼就輕易地說不要了呢？

「你當下聽了沒有很難過嗎？」

「我問過原因。」

「她說什麼？」

「說大概是在追求的過程都把愛情磨耗光了，所以最後只剩想跟我在一起的執念，但早就沒了喜歡的成分。」

柯瑾瑜那時候才恍然發覺，愛一個人原來也是有期限的。

沒了激情，剩下的就是等待時間來將愛消磨殆盡，要麼一方先感到煩膩，不然就是另一方先走一步。

柯瑾瑜看著何岳靖半晌，在他回望的時候，她匆忙拾起笑，下意識說了老套的安慰台詞：「沒關係啦！分手就是要讓你遇到下一個更好的人啊。」

何岳靖輕笑，眸光深邃，睨了她一眼，「是嗎？那真希望她快點出現。」

言下之意，那個人還沒有出現。

他接著問：「妳不是和曖昧的學長出去嗎？結果呢？」

柯瑾瑜回神，聳肩，「一起出去後就發現還是當朋友好了。」

「為什麼？」

「當朋友比較快樂，不用在意這麼多事，更不用擔心他對妳許的承諾，是不是也對別人說過。」

何岳靖笑了一聲，拉了拉她的馬尾，「這麼膽小啊？」

對於何岳靖，她最常任性和唱反調，但那天卻是她第一次在他面前，隱藏自己最真實的情緒反應，

「我是啊。」

她明明笑不出來的。

之後，升上大學，何岳靖隔三差五就被柯瑾瑜喊去戲劇社幫忙，因緣際會認識了呂淨敏，一群人甚至還一起合租了公寓。

呂淨敏是第一個問她，是不是喜歡何岳靖。

最近老是這樣，以前能笑著過去的事，突然就不行了。

柯瑾瑜不敢再想了，總覺得再這麼放任自己的心越界，後果會一發不可收拾。她得想想辦法……

她再次搔了搔頭。

何岳靖追根究柢起來很煩人，對於他不苟同的事，怎麼樣都要說到別人點頭認同他的觀點。

「呃……好比說胸部！」她瞎扯，本來說話就習慣配手勢，但現在這話指的位置實在有點尷尬，她索性放棄。

「……」

「看到跟摸到是兩回事。」柯瑾瑜講解認真，對上何岳靖探究的眼神，有點搞笑。

許久，何岳靖輕咳兩聲，直接中斷話題，「去洗澡吧，很晚了。」

柯瑾瑜點了點頭，「早點睡。」她轉身走了幾步，忽然想到，「你要是真睡不著就來找我聊天吧，反正不差那幾個小時。」

何岳靖看著她沒有說話，幽深的眼眸在柔和的月光下顯得異常明亮，正當他想回話時，柯瑾瑜突然露出驚嚇的模樣，連忙朝他搖頭。

「呃，不要好了，你不要找我。」她略微慌張地說，「你要麼數羊數狗，或是吵黃凱橙都可以，別來找我！千萬不要聽到沒！」

柯瑾瑜懊惱地敲著自己的腦袋，這些聽起來越線的話，不能說！不能說！不能說！

「為什……」

「我去洗澡了！晚安！」她一溜煙躲進房間。

獨留錯愕的何岳靖站在原地，「她說話什麼時候這麼欲擒故縱了？真不知道誰教的。」

☪

隔天早上，柯瑾瑜果然頂著熊貓眼出現在集合地點，她吸著奶茶，揉著有些水腫的雙眼。

嚴亦見她這般恍神，惡作劇地推了下她的頭。

失去重心的柯瑾瑜嚇了一跳，還是身旁的劉燕歆扶她一把，才免於摔倒。站穩後，柯瑾瑜立刻惡狠狠地瞪向罪魁禍首。

「我什麼都沒做。」嚴亦居然能夠睜眼說瞎話到這種地步。

柯瑾瑜氣不過，用膝蓋撞了下他的後腿，惹來他一瞪，她開心地朝他吐舌，「我也什麼都沒做。」

「幼稚！」

「誰先開始的？」

見他們還在吵鬧，劉燕歆再次出面當和事佬，「好了好了，總召要來了，別玩了。」

聞言，他們才安分地站好。

總召上台勉勵眾人幾句，最後要大家注意安全，玩得愉快，便讓各區負責人執行接下來的活動流程。

所有小隊輔也到各自隊伍的指定位置站定，等待組員前來。

今天的活動依然是跑遍校園闖關，總共五關，各隊順序都安排好了。

第一關是喝水講話。主考官率先示範，喝了一口水，含糊不清地說了一串諺語讓大家猜，中途還不小心笑場，嘴裡的水流了出來，惹得眾人哈哈大笑。

柯瑾瑜雖然對於玩樂樂此不疲，但經歷昨天的轟炸，加上太晚回公寓，洗完澡都凌晨三點了。她是那種只要過了一個時間沒上床睡覺，精神就會異常得好，後遺症便是隔天全身腰痠背痛，不出所料被何岳靖說中了。

為了不掃其他人的興致，以及避免被何岳靖酸言酸語，看他露出一副我就知道、真受不了的模樣。柯瑾瑜靠著意志力硬是撐起精神，陪著大家嘻嘻哈哈一整個早上。

中午吃飯時間，所有小隊前往學餐排隊時，柯瑾瑜轉了轉疲憊的脖子，眼神生無可戀。

「喂，不吃嗎？」何岳靖皺眉看她，平時絕不會讓自己餓到的傢伙，別人都吃了三分之一，她居然才慢吞吞地吃了幾口。

「嗯……」看著盤中都是她愛的菜色，柯瑾瑜卻激不起食慾，一下又一下撥弄著裡頭的菜。她好累，連將菜夾進嘴巴都懶得做。

何岳靖看著她沉重的眼皮，無奈地嘆口氣，「妳看，我是不是跟妳說了……」

柯瑾瑜眼明手快地夾了不小心裝進餐盤的洋蔥片塞進他嘴裡，堵住他的話，順便挑掉她不喜歡的菜，「吃吧，吃吧，我沒事。」

何岳靖微愣，如墨的雙眼閃爍，見柯瑾瑜打了哈欠，回過神咀嚼幾口，不滿意地嘖了她一聲，卻不再多說什麼。

中午有四十分鐘的休息時間，但不能使用電子產品。

柯瑾瑜著實鬆了一口氣，有其他三位隊輔撐場，她可以到旁邊小歇打盹。

當她準備走到教室後趴下來睡覺時，餘光瞄見一抹幽藍，在暗暗的抽屜中特別明顯，柯瑾瑜看過去，手機的主人立即匆忙地壓下鎖屏鍵。

「不能使用手機喔，下次看到就要沒收了。」柯瑾瑜笑笑地說，沒有一絲責備之意。

但聽在張棻琳耳裡就不是這麼一回事了，也不知是因為當場被抓包感到丟臉，還是擺明就是針對柯瑾瑜，她的小臉立刻沉下。

「做作女。」她的聲音很小，卻充斥著厭惡。

面對突如其來地辱罵，柯瑾瑜頓了頓，疲憊的精神一掃而空，「妳、妳說我嗎？」

「心機重的女人，搶朋友的男朋友還一副心安理得的模樣。」

柯瑾瑜登時啞口無言。心機重？搶朋友的男朋友？這些她在電視劇聽過的台詞，真不知道自己有天也會被冠上這些指控。

她又氣又惱，「妳為什麼這麼說我？」

「我說得不對嗎？」張荼琳的氣勢也不遑多讓，高傲的表情比她更有理，「何岳靖學長都有女朋友了，妳還纏著人不放，住在同一間房子就算了，每天還要人家接送，妳知不知道羞恥啊？」

柯瑾瑜無法辯駁。

張荼琳確實說得沒錯，兩人幾乎同進同出。柯瑾瑜的本意是圖個方便，何岳靖也不覺得麻煩，沒想到被別人解讀為有心靠近。

他們習以為常的打鬧，在別人眼裡或許早被視為親密舉動。

柯瑾瑜以為只要收起自己的心意，就對誰也沒有愧疚了。她安分守己，儘管多次有著別的想法，她也只敢在心裡想，難道這是錯的嗎？

那誰來理解，她喜歡上一個不喜歡自己的人的心情？

她比誰都想早點脫離這種不清不楚的關係，如果可以，她多麼希望自己是個花心的人，轉身就能愛上別人。

柯瑾瑜沉默許久，疲憊的身體加上心煩，讓她很想直接原地爆炸，一了百了。

張棻琳見狀，得意地擺了擺手，「拜託妳別丟我們女生的臉，搶男人沒這麼理直氣壯的。」

「和學姊說話也沒有妳這種態度。」一道冷漠的聲嗓傳來。

柯瑾瑜抬起頭，嚴亦面無表情地看著她們，依舊是高高在上的模樣，但背後彷彿鑲著金光。

張棻琳心裡清楚來者不是好惹的對象，嬌氣地說：「我就事論事，難道輩分比我大，我就不能指責嗎？你們這是以大欺小！」

「現在到底誰欺負誰了？」嚴亦的眸光不冷不熱，有股不怒自威的氣場。

柯瑾瑜看傻了眼，甚至想叫張棻琳快逃。

「你、你什麼意思？難道學長這樣就不是欺負學妹？」張棻琳顯然底氣不足，卻還是不願服輸。

嚴亦驀地冷笑，下一秒神色冷淡，「拜託別叫我學長，我可不想認妳這種學妹。」

柯瑾瑜徹底震撼了，嚴亦就算有張好看的臉，那張出了名的惡毒嘴也會嚇跑所有人。她忽然想起連踹他椅子好幾下那次，有種死裡逃生的慶幸感。

張棻琳氣結，狠狠咬著下唇，瞪了一眼在原地發愣的柯瑾瑜，最後撂下狠話逃跑。

「搶別人男友的小三，小心會有報應！」

聽聞，柯瑾瑜因沒睡飽而發脹的腦袋開始隱隱作痛。

嚴亦冷瞟她一眼，「妳要不要乾脆回家。」

「嗯？」

「隊輔也夠，四人根本太多太吵。」

嚴亦說話果然夠直白。

柯瑾瑜搖了搖頭，「就剩幾個小時而已，我再撐一下。」

她疲憊地扶額，眼神失焦地看著窗外，心裡想的都是，她是不是搬出何岳靖家比較好？

下午，又是熱血沸騰的遊戲戰場。

柯瑾瑜賣命地使出全力參與，聲嘶力竭地替組員加油，藉此忘記心中的煩躁感。

最後，宿營結業式在歡樂融洽的氣氛中結束。

離開前，小隊輔抱了一下組員以示道別，或是互相交換聯絡方式。當輪到一臉不情願的張棻琳，柯瑾瑜依然得展開笑顏與她擁抱。

一鬆手，張棻琳就嫌惡地拍了拍衣袖，跳離她幾公尺遠，像是她好幾天沒洗澡似的。

面對一個不知打哪來，又對她極為反感的學妹，柯瑾瑜也很無奈。

她好奇地問：「妳和淨敏認識對嗎？」

張棻琳一愣，沒說話。

柯瑾瑜對她完全沒印象，自覺平時也不曾得罪誰，何岳靖見到張棻琳時也沒有特別反應。

如此推測下來，張棻琳可能認識呂淨敏吧。

「幹麼？想探察敵情？」

這個小學妹到底看了多少後宮爭鬥劇？覺得所有人都心懷不軌。

「我問問而已，否則妳怎麼這麼了解何岳靖他們？」

「妳不用管我是誰！」張棻琳仰起下巴，斜睨她一眼，「管好妳自己就好！」

面對她的下馬威，柯瑾瑜無言以對，同時開始思考，自己也該正視這個問題了。張棻琳並不是隨便汙衊她，她和何岳靖確實有些地方該說清楚。

她壓了壓痠疼的脖頸，領完系學會給的慰勞餐盒後，所有隊輔鳥獸散。她也準備搭何岳靖的車回家大睡特睡。

走沒幾步，她忽然驚覺這樣的行為不妥，便在茫茫人群中四處搜索那個人的身影。

穿著一身黑在人群中顯得突兀，加上身高優勢，柯瑾瑜一下就在人海中發現嚴亦的身影。

「嚴亦！」柯瑾瑜高興地朝他招手。

孰料他黑眸一瞥，發現是她後直接轉身走掉。

柯瑾瑜傻眼，低咒一聲後追上他的腳步。她在四處走動的人流之中難免行走困難，眼看嚴亦就要消失在眼前，柯瑾瑜一緊張就隨便找空隙鑽。

「別擠、別擠……」她苦惱地喊。

待她順利從人群中探出頭來，嚴亦早就不見了。「他還真的不管我，還是人嗎？」她罵。

「很不幸的，我跟妳一樣是人。」

聽到背後傳來陰涼的聲音，柯瑾瑜嚇得肩膀抖了一下。

「咦！你還沒走？」

嚴亦低睨她一眼，「叫我幹麼？」

「喔，就是……」

「不要。」

「我都還沒說！」

「我也不會答應。」

「那你停下來等我幹麼？」

嚴亦懶懶地看了她一眼，「我是留下來了，但不代表我在等妳。」

他真的死都不讓人贏他。

「既然你留下來了，載我回去吧。」柯瑾瑜雙手在胸前交握，聲音不自覺撒嬌幾分，「拜託——」

嚴亦不自在地蹙起眉，「何岳靖呢？」

柯瑾瑜轉了轉眼，隨口一扯，「先回去了。」

「那妳就走路回去，天色還很亮，沒有人敢對妳怎樣。」雖說這句話沒什麼問題，但由嚴亦口中說出來特別有貶低之意。

聞言，柯瑾瑜苦喪著臉。

之所以來找嚴亦，一方面是不能再讓何岳靖接送，另一方面是她真的累到走不動了。

「小氣。」她朝他扮了鬼臉，拖著沉重的步伐準備回家。

嚴亦冷眼看待，覺得柯瑾瑜的智商永遠趨近於零。

許怡茜正巧迎面而來，身旁跟著何岳靖，柯瑾瑜的謊言立刻被拆穿。

「你們還沒走啊？」

「要了。」嚴亦看了一眼身旁的柯瑾瑜，沒當面戳破，只是淡淡回道，雙手順勢滑入口袋，朝車棚的方向走去。

何岳靖看了一眼柯瑾瑜要死不活的模樣，朝她說道：「回家了。」

也不知是不是錯覺，柯瑾瑜立即精神抖擻地拉了拉肩上的後背包，聲音還有些啞，「呃，我今天想走路回家，運動運動，最近吃太多了。」她嘿嘿兩聲，彎起笑容看向何岳靖。

何岳靖擰眉，還未說話，身旁的許怡茜就連忙插話，「瑾瑜啊，妳還是人嗎？」

「她不是。」不遠處的嚴亦代替她回話。

柯瑾瑜瞪他一眼，不載她就算了，還硬要言語刺激她。

「妳一整天都沒停下來過耶！不對……應該說是宿營這兩天。」許怡茜強調，「妳都不累嗎？」

累，累得要死！

「還好啊，呵呵。」

「吃飯時都在打瞌睡了。」何岳靖不懂她在逞強什麼。

「最近的天氣太舒服了，所以才忍不住犯睏。」柯瑾瑜瞎扯，嘴角都笑僵了。

「柯瑾瑜，太慢的話妳就自己回家。」

聽聞，他們三人紛紛轉頭看向嚴亦。柯瑾瑜哼了兩聲，「你不是說不載我？」

「好啊。」

「不用了，我自己回去。」她的脾氣可是出了名的倔，「我跟小茜走路。」

莫名被拖下水的許怡茜，後知後覺地發出疑惑的單音，同時柯瑾瑜已挽過她的手，直直拉著她向前走。

怎麼感覺像是小情侶鬧彆扭。

一旁的何岳靖擰眉，對柯瑾瑜反常的行為有些不解，他最近做了什麼惹她不高興嗎？昨晚回來不是還好好的？為什麼這兩天都不願意跟他一起回家？

何岳靖還來不及問話，柯瑾瑜就拖著許怡茜快步離開，顯然就是不想給他說話的機會。

獨留他和嚴亦站在原地，嚴亦沒有說話，深色的眼瞳掃了他一眼。

「她怎麼了？」

嚴亦聳肩，「誰知道，別理她。」

何岳靖當然不信，眉眼一擰，眸色暗湧深邃，卻也沒再問了。

第三章　望

柯瑾瑜失神地拉著許怡茜走在回家的路上，腳幾乎痠麻無力了，腦袋卻像糾纏不斷的電線，纏繞不解。

「小茜……」

「嗯？」

「妳跟黃凱橙怎麼認識的？」

「夜店。」

「真的假的？」柯瑾瑜張大眼。

「但我不是玩咖。」許怡茜笑道，「那是我第一次跟朋友去，因為好奇，大家都說上大學一定要去夜店體驗一次。」

柯瑾瑜了然地點頭，「結果第一次去就捕獲了我們的玩咖。」

「其實我一開始滿擔心和他交往會有很多問題。」許怡茜嘆道：「也確實滿多問題的。」

「雖然我不是很想誇他，但我覺得他是那種和妳交往，一定會全心全意的人。」柯瑾瑜說道：「雖然行為舉止都讓人放不下心，不過以我跟他相處三年之久的心得，他不會出軌。」

「這麼肯定？」

「因為他才沒閒工夫同時安撫一個以上的女生。」柯瑾瑜攤手，黃凱橙這麼嫌麻煩的人，不可能搞劈腿。

許怡茜大笑，「聽妳這麼說，我放心不少。」

柯瑾瑜拍了拍她的肩，「別擔心，我也會替妳看著他。」

許怡茜開心地點頭，隨後又想起什麼似的，一臉猶豫，不知道該不該開口。

「想問什麼就問吧，我沒什麼祕密。」柯瑾瑜看出她的心情，很大方地說道。

「妳跟何岳靖……」她停了停，稍稍瞅了一眼柯瑾瑜的反應。

聽到這熟悉的問句，柯瑾瑜立刻習以為常的擺手，「我最近也發現我跟他……」

「你們是不是互相喜歡啊？」

「……」

「可是妳怎麼會讓何岳靖交女朋友？」

「不是……」

許怡茜像忍了很久，焦急地說：「我覺得你們的相處，讓我看不懂啊！我不知道該怎麼定義你們的關係。喜歡的話，看著他跟別人在一起沒關係嗎？」

柯瑾瑜急於辯駁的話就這麼硬生生卡在喉嚨。

「要是黃凱橙這樣對我，我絕對揍到他媽都認不出來！」

柯瑾瑜見她凶神惡煞的模樣，吞了吞口水，隨後緩緩說道：「我跟他的關係其實也不複雜，真的只是很好的異性朋友，或者說是紅粉知己，對，應該是這樣吧。」

許怡茜似乎還是不能理解，「妳沒喜歡他嗎？」

她噤聲。

「如果這麼了解，為什麼不在一起？」許怡茜繼續說：「看得出來何岳靖也很照顧妳，你們甘心只做朋友？」

柯瑾瑜被許怡茜問得啞口無言，不是沒有人問過類似的問題，只是許怡茜用著理所當然的口吻，以及那篤定他們就該在一起的口氣。

為什麼不在一起？

見柯瑾瑜都沒說話，許怡茜連忙尷尬一笑，收回激動的情緒，「抱歉、抱歉！我只是有點好奇，妳不想說也沒關係……」

「喔，沒有。我只是在想一些事。」柯瑾瑜趕緊彎起笑容，「大概是何岳靖太溫柔了，對誰都好，所以妳才會出現這種錯覺。他那個人最會假惺惺了，表面工夫做得很足，其實心裡惡劣。」

許怡茜似懂非懂地點頭。

她抬眼看向許怡茜，笑了笑，試圖將沉重的談話氣氛轉為輕鬆，「大概是因為他是家裡的老么，想展現兄愛，所以對我特別照顧，畢竟我們高中就認識了，早就跟兄妹沒什麼兩樣。」

柯瑾瑜這才驚覺，她又不自覺地解釋兩人的關係了……

許怡茜點了兩下頭。她也不過剛住進這間公寓，很多事都不了解，只能聽黃凱橙的片面之詞，確實不好說什麼。

或許真如柯瑾瑜所說，他們真的只是比一般人再好一點的朋友而已。

柯瑾瑜回到家，意外的沒碰上何岳靖，他似乎還沒回來。她暗暗鬆了一口氣，直接進房睡覺。

醒來的時間很尷尬，凌晨四點。

她本來想強迫自己睡回去，偏偏肚子餓得受不了，索性起身洗漱，換了一件連帽長袖，走至玄關處換鞋時，何岳靖的房門打開了。

柯瑾瑜心一驚。

何岳靖是不是在頭上裝雷達，只要她經過就知道要出來逮她。

柯瑾瑜沒有震驚太久，因為看到呂淨敏走了出來。

「淨、淨敏？」沒有震驚，只有更震驚。

聞聲，呂淨敏望了過去，臉上盡是掩藏不住的喜悅，「瑾瑜！」發現自己太大聲，她連忙用氣音問道：「妳怎麼這麼早起來？」

「啊，那個……我肚子餓，想去外面買東西吃。」柯瑾瑜指了指外頭，仍無法適應呂淨敏的出現，「妳呢？怎麼來了？什麼時候來的？今天不用上班嗎？」

她一口氣問了好多問題，因為實在太突然了，一時之間無法反應過來。

「要啊，所以現在要趕著第一班高鐵回去。」她噘著嘴，看上去很無奈，「我苦命的薪水都花在交通費上了。」

「我就說我這假日會去找妳了。」

呂淨敏拒絕，「你現在要開始實習了，不要大費周章跑過來。」

下一秒，柯瑾瑜與何岳靖對視，不知為何特別尷尬，她率先轉開眼。

每次呂淨敏來，總是他們關係有點怪的時候，雖然這次不是吵架，但依照何岳靖聰明的腦袋，不可能沒發現她刻意拒絕他的行為。

「走吧，要趕不上車了。」何岳靖摟過她的肩，淡淡催促道。

呂淨敏勾住何岳靖的手，轉身朝柯瑾瑜笑了笑，「瑾瑜，我們下次聊喔，拜拜！」

「搭車小心。」她愣愣地和她揮手，看著兩人依偎的身影從她身旁走過。

柯瑾瑜下意識地呼了一口氣，拍了拍胸口，自我安慰地想，大概是太久沒看到他們兩人在一起的模樣，都覺得生疏了。

她搖搖頭，刻意等了三分鐘才搭電梯下樓。

走出公寓時，夜色還未褪盡，隱約露出一絲魚肚白，空氣中夾雜一絲冷意。柯瑾瑜將手縮進袖子中，縮著肩小跑步去便利商店。

吃飽回家後，柯瑾瑜睡了回籠覺，醒來時已經早上九點，她收拾包包，化了淡妝，準備去上課。

走出房間時，碰上剛睡醒的何岳靖，挺拔的身影，濃眉還皺著，雙眸瞇了瞇，竟有些孩子氣。

柯瑾瑜忍不住低頭咳了幾聲。

今天早上他是沒有課的，以往柯瑾瑜懶惰求方便，都會吵他起床，嘴上說之後會補他一頓大餐，但至今都大三了，這個好聽話從未實現。

果不其然，視線交會後，他們又各自愣怔了一下。

柯瑾瑜的內心登時崩潰，這種要說不說，萬分糾結的奇怪氛圍到底是怎麼回事？

她見何岳靖只是一個勁地看著她，看似有話要說，但依照柯瑾瑜對他的了解，他寧願憋死自己也不可能先開口。

她只好率先說道：「嗨，早安，我去上課了，拜拜。」所有問候一氣呵成，她自認帥氣地旋身準備走時，何岳靖忽然拉住她的手臂。

「中午……」

「嗯？」柯瑾瑜有些不習慣他的不乾脆，被他圈住的手腕彷彿被火延燒一般，熱得她想抽手。

何岳靖也注意到她的抗拒，俊朗的眉宇有著少見的不悅。

最終，他還是鬆開了手，「中午一起吃飯。」

柯瑾瑜習以為常地準備點頭時，心中忽然響起警報，「等一下！」好險……她撫著胸口，差點就掉入陷阱。

看著她千變萬化的表情，何岳靖挑眉，「怎麼？不行？」

「對！不行！」

他沒料到居然會被果斷拒絕，眉頭再次蹙起，睡醒的嗓音還有些沙啞，「有事要忙？」

柯瑾瑜意識到自己拒絕得太倉促，連忙勾起笑容，「我跟人有約了……」

「誰？」

現在只要聽到他的問句，柯瑾瑜就覺得害怕。

她快速轉著腦袋，何岳靖太精明了，隨便呼攏絕對不成，加上共同朋友多，自己的生活習慣、好友圈也被他摸透透……

突然腦中閃過一個人影，「嚴亦！」他這個人我行我素，誰都管不著他，理所當然何岳靖也常常弄不懂他到底在想什麼。

拿他當擋箭牌最保險。

「嚴亦？」

「對……」對不起！社長。「我們昨天約好了。」這是善意的謊言。

「他約妳？」何岳靖的聲音很沉，摻雜著質問。

「呃，都有、都有。」

「都有是什麼意思？」

柯瑾瑜不擅長撒謊，索性使出她最常耍的任性，「就是都有嘛！我約他，他也有約我。你不要再問了，我上課要遲到了！」

「喂、妳！」

柯瑾瑜一溜煙跑走，雙腳套入鞋子中，頭也不回地打開大門跑出去。

何岳靖忍不住嘆口氣，剛清醒的腦子隱隱作痛，單手煩悶地插過額間的瀏海，背脊靠上牆，他微微仰高腦袋，明明昨晚呂淨敏特別趕車來找他，為什麼還是覺得心情很糟？

柯瑾瑜逃亡似的，頭也不回地往學校跑，就怕何岳靖會追出來。

上課的時候，她一面聽講，一面分心想著要不要把嚴亦約出來吃飯。

她是那種說完謊，罪惡感會特別重的人，如果真的把嚴亦約出來，就表示她不是在騙人，多少也能心安。

但問題來了，她跟嚴亦根本沒有好到可以單獨吃飯。再來，就上次兩人在咖啡廳相處的情形，嚴亦根本超難聊！

難聊就算了，還得接收他的刻薄。

柯瑾瑜反覆撥弄手機，視窗同時跳出呂淨敏在社群發文的通知。

她好奇地點了進去，發現是呂淨敏和何岳靖的合照，兩人牽著手，笑容滿面。留言區馬上湧上幾十條留言，無疑是「俊男美女」、「想早日收到紅色炸彈」諸如此類的祝福話。

柯瑾瑜也伸手點了讚。

不知是為了自己心安，還是想逃避某些不該出現的情緒，她毅然地點開嚴亦的聊天視窗。

「中午有沒有空？」柯瑾瑜深吸一口氣，快速輸入，「一起吃飯。」接著立即關掉網路，壓下鎖屏鍵，將注意力放在課堂上，絕對不是因為孬。

中午的下課鐘一響，柯瑾瑜微閉著眼，帶著誓死的心情開啟網路，通知跳了不少，但就是沒有嚴亦的訊息，她嘀咕：「該不會還在睡吧？」

現在如果直接回家肯定會被何岳靖問話，劉燕歆又去打工了，想想她還真沒什麼可以單獨吃飯的朋友。

大學的朋友都是來來去去，大三的時候，朋友圈基本上已經固定了。

她在系上沒什麼知心好友，這都要怪何岳靖。

柯瑾瑜萬萬沒想到他們會上同所大學，他們的理想系所全然不同，他工科，她文院。她一直以為何岳靖會利用推甄去他的第一志願，殊不知他最後是參加指考。

分發到的還是她的學校。

學測結束後，柯瑾瑜不意外地要參加指考，她偏科，指考對她有利。後來聽到何岳靖也選擇指考，她就有些不懂了，然而何岳靖不過就說了一句，「不滿意就重考啊。」

放榜那天，柯瑾瑜先看的是何岳靖的學校，他去了一間離家有點距離的大學。

柯瑾瑜打給他的時候，何岳靖貌似也正在查成績。

「妳呢？哪一間？」

「啊，我忘記看了。」她一邊敲著鍵盤，「你不是想選離家近的嗎？」

「有什麼學校就去念啊。」他答得漫不經心，接著催促道：「查到了沒？」

「是我的學校你幹麼那麼急啊？」

柯瑾瑜輸入考生號碼，看見正取兩字，倒抽一口氣，耳邊傳來男孩笑語：「開心嗎？」

「開心！」她說，「我們同一間耶！」

剛入學，人生地不熟，他們倆自然整天膩在一塊，何況在男生多的電子系，柯瑾瑜大剌剌的個性一下就和大家打成一片。

她覺得那段時光，或許會成為她畢業後最懷念的光景。

下場就是搞得她現在像是自己系上的邊緣人。

她愁著一張臉，想去圖書館打發時間時，抬眼就見門口倚著一個人影，對方正低頭看手機，依舊穿著一身黑。

文學院的男生本來就少，嚴亦一出現立即引起不少側目，加上出色的外表，經過的女生都忍不住瞥他一眼。

柯瑾瑜嚇了一跳，他怎麼會來？

嚴亦見她拖拖拉拉，不耐煩地抬頭，「看什麼看，再慢一點，學餐又會擠滿人了。」他討厭吵。

她眨了眨眼，後知後覺地用手指了指自己。

嚴亦懶得和她廢話，斜了她一眼，撐起靠在門框的身體便瀟灑地走了。

柯瑾瑜驚愕地看著他，脾氣未免也太差了吧……她捧著書，跟上嚴亦的腳步，「你怎麼來了？」

嚴亦用彷彿看著白痴的眼神，「妳傳訊息都不用大腦的嗎？」

「……我以為你沒看到。」她扁嘴，這人真的很難相處，「不過你怎麼知道我的教室？」

「何岳靖。」

「喔，對……他什麼都知道。」倏然，她倒吸一口氣，「你問他？」

「這句話很難懂？」

柯瑾瑜現下沒心情和他爭論中文的奧妙，「那、那他有說什麼嗎？」

「有。」

她睜大眼，額角滲出一絲冷汗。何岳靖這正義分子要是知道她撒謊，鐵定要被他扒一層皮了。

「說……什麼？」嗚嗚，大限已到。

「拜拜。」

柯瑾瑜翻了一圈白眼，「你很無聊耶！」接著問：「所以他什麼都沒問？」

嚴亦反問：「妳希望他問什麼？」

柯瑾瑜心口一涼，很快地回神，「我是擔心你說溜嘴，畢竟我們又沒約好。」

「他現在以為我喜歡妳。」

「啊？」她驚叫，尖銳的嗓音令嚴亦的耳朵生疼，黑眸不悅地橫掃她一眼。

「他從哪裡覺得你、你喜歡我？」

不過就是單獨出去幾次，就覺得他們有一腿了？何岳靖的思想有這麼保守嗎？

「我跟他說的。」

一枚震撼彈又猝不及防地炸了下來。

柯瑾瑜瞪大眼，張著嘴完全說不出話來，腦中一片混亂，「你……說什麼？你喜歡我？」

「說說而已。」

「……」

由嚴亦口中說出來，何岳靖肯定是信了，因為他平時一板一眼，根本沒有開玩笑的時候。

「你幹麼擅作主張啦！怎麼辦……我回去要怎麼跟他解釋？」柯瑾瑜好崩潰。

「妳現在跟我一起吃飯，難道就詢問過我的意見？」

「這是兩回事吧？」

「對我來說都一樣。」推開學餐的玻璃門，人聲鼎沸，他的臉色更糟了，「我平時不隨便跟人吃飯。」

瞧瞧這自視甚高的說法，大概只有嚴亦能說得如此自然而然，柯瑾瑜都想下跪膜拜他，感謝他大爺百忙之中抽空來陪她吃飯。

嚴亦緊皺著眉，直接下決定，「我們買出去吃。」

「可是要去哪吃？」

「社團教室。」

「這算不算濫用公權？」

「順便討論公演的事。」

「喔……」高招。

嚴亦交待幾句他想吃什麼後，就派柯瑾瑜擠進人群。她一臉不情願，但畢竟嚴亦搞定吃飯的地方，她也只能摸摸鼻子去執行平民的職責，貢獻勞力。

半小時後，她拎著兩個餐盒，總算從難民區殺出重圍，搶到午餐了。

嚴亦瞟了她一眼，將手機放入口袋，順手接過柯瑾瑜手上的東西，她有些受寵若驚。

兩人一同走往社團大樓。

「使用社團教室必須提前預約。我們偷用，萬一等下有其他社團要用怎麼辦？」

柯瑾瑜看著嚴亦直接走入其中一間教室。

「我登記了。」

「什麼時候？」

「剛剛。」

「不是要六個人以上才能借？」

「那就填六個人的學號。」嚴亦說得理所當然，彷彿柯瑾瑜又在問廢話。

「你用誰的學號？」柯瑾瑜一邊找廢紙當餐墊。

「妳、我、何岳靖、黃凱橙、許怡茜、劉燕歆。」

她點頭，從塑膠袋中拿出餐具，「你居然把我們幾個的學號都記起來了……」下一秒，柯瑾瑜徹底愣住，「等等……這個意思是不是說，他們都知道我們一起吃飯了？」

嚴亦淡淡地應了聲，優雅地拆開筷子，絲毫不以為意。

柯瑾瑜食慾全消，倒是嚴亦事不關己地吃了起來。

光是一個何岳靖就夠難解釋了，現在全朋友圈都知道的話，她和嚴亦的關係真的會洗不清。

柯瑾瑜焦躁地抓了抓瀏海，瞪了一眼對面的男孩，「你別光吃啊，快來想想現在該怎麼解決？」

「我覺得已經解決了。」

「哪裡？你把問題弄得更大！」

「就讓他們以為我喜歡妳，妳也有藉口不讓何岳靖接送，甚至不讓他插手管妳，不是嗎？」他又補了一句，「還是我犧牲。」

柯瑾瑜腦袋亂哄哄的，嚴亦的話雖然不中聽，但確實說得沒錯。只有這樣，大家才會相信她和何岳靖真的只是普通朋友，她也不會受到良心的譴責。

她和何岳靖的關係不會再被誰誤會了，張棻琳也不會再找碴，有好無壞啊……

「怎麼？不想？」嚴亦一針見血，眸光夾帶著輕蔑。

柯瑾瑜低斂下眼，她本來就是個不擅長遮掩感情的人，加上嚴亦與她的狀況大同小異，自然而然更容易說出心裡話。

「我不明白我怎麼會始終放不下他……」而何岳靖怎麼會始終不知道她喜歡他？明明是個心思細膩的人，怎麼就看不到她的喜歡呢？

「妳沒有選擇權。」

柯瑾瑜呼了一口氣，「那其他人怎麼辦？」

總不能說他們正在進行與何岳靖劃清界線的計畫，麻煩大家配合吧。

「隨便，我管不了他們。」

「這樣不會一發不可收拾嗎？」柯瑾瑜憂心道：「大家都認為你喜歡我，如果我們最後沒有一個結果的話……」她欲言又止，實在不知道這種事該怎麼說比較好。

「照妳喜歡的意思去做，不傷害人的前提之下，其他人怎麼想根本不重要。」嚴亦依舊一臉雲淡風輕。

柯瑾瑜微愣，靈動的大眼盯著嚴亦冷漠的側臉，有些不知所措，「你其實沒必要做到這種地步……」

整件事跟嚴亦一點關係都沒有，他大可不幫，跟著其他人一樣指責她的不對。明明知道這是個一不小心就會把關係鬧僵的破事，嚴亦卻還是摻合進來了。

是因為呂淨敏嗎？

嚴亦看向她，沒想過她會露出這般內疚的表情，「我說的，我負責。」

柯瑾瑜微頓，這是嚴亦少有的善意。

「不過——」柯瑾瑜拉了一聲長音，「這樣的話，你就得表現出你在追我的樣子了。」她笑得狡詐，終於找到機會可以惡整嚴亦了。

果然嚴亦臉色一沉，「只是做做樣子。」

「何岳靖又不是那麼好被說服的角色，我們要是不做真一點，馬上就被看出破綻了。」柯瑾瑜此刻終於有了吃飯心情，垂涎三尺地看著餐盒裡的鮮嫩雞腿。

嚴亦簡直無語了。

見柯瑾瑜立刻拋開所有事，專注於眼前的餐點，嚴亦好笑地挑起唇角，正好被抬頭的柯瑾瑜撞見。靜謐無聲的教室內，所有動作彷彿都被放慢了，氣氛異常微妙。柯瑾瑜愣了愣，下意識將眼神往旁一瞥，若無其事地再吃一口菜。

她咬著筷子，「所以，你想好作戰計畫了嗎？」

「作戰計畫？」嚴亦眉頭一皺，對於這個嶄新名詞感到不解。

「對呀！我們總要有計畫性一點吧？」柯瑾瑜嘴裡嚼著飯，含糊不清地說：「萬一我都沒有遇到喜歡的人，總不能你大學最後兩年都被冠上正在追我的說法吧？」

嚴亦首次覺得柯瑾瑜總算有在使用大腦了。

「沒有。」他很誠實。

柯瑾瑜嘖他一聲，沉吟道：「不然我們每個禮拜固定兩天一起吃飯，你也不需要每天接送我。如果何岳靖問起，我又說不過他的時候，我就會打電話拜託你，到時你可要給我接電話！」

嚴亦撐頰，心裡十分不想蹚渾水，但他不希望事情有出差錯的可能。

呂淨敏是那麼喜歡他，何岳靖不能有任何對不起她的想法。

「好，我接受。」

柯瑾瑜朝他伸出右手，嚴亦擰起眉，「幹麼？」

她示意他伸出手。

嚴亦被動地抬起手，仍猶豫時，柯瑾瑜直接一把抓住他的手緊握，嚴亦的手一僵。

「合作愉快！」

嚴亦微頓，觸上她微涼的手，居然比他想像中還要小。

解決了一件煩心的事，柯瑾瑜心裡沒負擔了，連帶食慾大增，三兩下就解決一個便當。轉頭見嚴亦幾乎沒有動配菜，倒是把白飯和主餐吃得乾淨溜溜。

「挑食的話，死掉後要全部吃光喔。」柯瑾瑜提醒。

嚴亦置若罔聞，手指有一下沒一下地敲著桌面，根本沒在聽她說話。

下一秒，嚴亦見一團綠色蔬菜遞到自己面前，柯瑾瑜親手夾了過來。

他皺眉，看著她的眸光微閃，「幹麼？」

「多少吃一點菜吧，不然浪費，對身體也不好。」柯瑾瑜再次將筷子中的青菜朝他嘴巴湊近，「在外沒有父母看著，要學會照顧自己一些，何岳靖的名言。」她沾沾自喜地補充。

他們僵持了五秒之久，嚴亦依舊不為所動，深邃的眸光一瞬不瞬地看著眼前多事過頭的女孩。

「我手很痠。」柯瑾瑜不耐煩地說道。

嚴亦看了她幾眼，最終自己接過筷子，隨便吃了一口，接著迅速收拾桌面。

還真是一口都多不得。

既然打著討論社團的事來借教室，柯瑾瑜認為還是要做做樣子，「明年的公演實在太重要了，依照我們社團這種每況愈下的情況，不打出顏值牌招攬一些支持者是不行了。」

嚴亦擰眉，心生不好的預感。

柯瑾瑜勾起一邊的笑，瞇眼看著嚴亦，「公演你來演男主角。」

「……」

「身為社長，居然沒有出演過任何一場戲，說出去會被別人笑的。」

「我不在乎被笑。」嚴亦淡道。

「我在乎啊！」柯瑾瑜回嘴，「大家會覺得是我的劇本寫不好，所以社長不屑演。」

「妳想多了。」

「這攸關我的自尊心，我不能讓柯編劇的名聲被汙辱。」

「還自封編劇，妳不要臉的程度比自尊心還高。」

柯瑾瑜嘴角抽了抽，深吸一口氣，「我不管！你這次就是要給我演，身為社長還這麼不支持自己社團的活動。」

「不要。」嚴亦拒絕，甚至起身準備離開教室。

柯瑾瑜見他要走，滿腦想著要怎麼攔住他，忽然靈光一閃，「淨敏！」

聞言，嚴亦果真停下腳步，她乘勝追擊，「你忍心看淨敏喜歡的社團解散嗎？她這麼喜歡演戲，你接下社長不就是想為她守住這個冷門社團嗎？」

嚴亦緊抿著唇，一言不發地看著柯瑾瑜，表情高深莫測。

呂淨敏於嚴亦到底是一個怎麼樣的存在？

嚴亦忽而冷笑，「妳是淨敏？還是妳是我？」

「什麼？」

「妳到底憑什麼認為我會因為她而改變選擇？」

柯瑾瑜被嚴亦眼中的冷漠嚇住，忍不住停頓幾秒，但她還是秉持著不怕死的精神，抬起胸膛，仰高下巴道：「喜歡淨敏讓你覺得很丟臉嗎？還是不能見人？」

嚴亦的眸光微微閃動，蹙緊的眉宇沒有絲毫鬆落。

柯瑾瑜見他不說話，死死抿著唇，倏然覺得自己過於咄咄逼人。

「對不起。」半晌，柯瑾瑜率先感到愧疚，「我不是故意要說這些話刺激你……我只是不想好不容易爭取到的公演機會有任何差錯，這裡有太多大家一起努力的回憶。」

她低斂著眼，小手緊緊扣著筆，「你如果真的不想演就算了，我再想想別的辦法……」

嚴亦見她失落得很，滿腔怒火也不知怎麼就消了，看著平時活蹦亂跳的柯瑾瑜，此刻露出消沉的模樣，他還真的挺不習慣。

許久，他不經意地咳了一聲，「我沒說不做。」

柯瑾瑜那張哭喪臉瞬間容光煥發，「真的嗎？演男主角嗎？」

「……妳剛剛是給我裝可憐的吧？」嚴亦有種被坑了的感覺。

她只有心虛一秒，立刻帶著笑臉湊近他，「所以你答不答應？」

「我考慮。」

「現在就做決定啊。」柯瑾瑜在他身旁左晃右晃，「下學期馬上就到了，你要是說好，我就直接以你為男主角寫一部劇本。」

到時肯定能吸引不少嚴亦的愛慕者，社團的知名度一定能提昇，光是想到就令她為之振奮！

「我不要演男主角。」

「那你想演什麼？」

「配角什麼都好，出場少的。」

「那就沒意義啦。」

嚴亦聳肩，「妳也可以不找我演。」

柯瑾瑜氣結。她深吸一口氣，莫名被挑起勝負慾。

「喂！嚴亦！我哭給你看喔！」

「……」

「我真要哭了喔！」何岳靖最受不了她哭，每回只要擺出泫然欲泣的表情，何岳靖就會投降，什麼都無條件答應。

嚴亦無言，沒見過要哭的人還這麼殺氣騰騰，他歪著腦袋，盯著她，「哭啊，我看著妳哭。」

被他這麼一激，柯瑾瑜反倒哭不出來，還覺得有點丟臉。

既然軟的不行就來硬的！

柯瑾瑜朝嚴亦走去，她的個頭雖然不算嬌小，但在嚴亦面前還是徹底矮了一顆頭，只能氣勢很弱地抬頭瞪著他。

嚴亦皺眉，「幹麼？想打架？」

「對！」她二話不說踮腳勾住嚴亦的脖子，「社長，拜託啦！」低聲下氣的話和暴力行為完全兩回事。

嚴亦愣了一下，柯瑾瑜的力氣確實比一般女生還大，沒有防備的他，下一秒便重心不穩地往她身上倒。為了維持平衡，他另一手撐在桌沿，眉宇緊蹙，「放手。」

「除非你答應我演男主角。」

「……」

柯瑾瑜全然沒注意到兩人的肢體動作有多曖昧，她勾著嚴亦的脖子，屁股抵著桌邊，嚴亦的手撐在她的身側，男上女下。

「不會很難，我可以教你。」

嚴亦低眸看著柯瑾瑜，眉眼全皺在一起，眸底卻閃閃發亮。

她和呂淨敏有些相似，卻也不太相像。相似的是打死不認輸的個性，無可救藥的樂觀與正向，不相像的是……

她的身邊沒有何岳靖。

一道腳步聲打斷兩人無聲的對視，他們轉過頭便看見僵在原地的阿圖。他張著嘴，眼睛瞠圓，像是撞見什麼姦情似的，「啊、啊……對不起，請繼續！」

他轉身要跑，柯瑾瑜立刻鬆開嚴亦的脖子，「喂！阿圖……嘶！」孰料人沒叫回來，倒是膝蓋硬生生撞上桌沿，痛得她兩眼淚花。

嚴亦擰眉，「活該。」嘴上這麼說，但已走向放置醫藥箱的地方。

他蹲在柯瑾瑜面前，乾淨修長的手指拿著棉花棒，沾了一點藥膏，細心地替柯瑾瑜消毒上藥。

為了怕柯瑾瑜冒失的個性把傷口弄得更嚴重，嚴亦還特別幫她貼上OK繃，動作流暢，毫不拖泥帶水，最後他蓋上醫藥箱。

全程柯瑾瑜都安靜地看著，她晃了晃腳，傷口冰冰涼涼的，有些刺痛，不過已經沒什麼大礙了。

「看不出來你很會幫人處理傷口。」

「之前淨敏在社團時常受傷。」嚴亦淡淡地回道。

「對喔。」

說起呂淨敏的冒失，和柯瑾瑜不相上下，動不動就大傷小傷。那時何岳靖也會來社團幫忙，偶爾是他在替呂淨敏上藥。

他們好像是從那時候開始要好的吧，呂淨敏三不五時就誇何岳靖的工作能力，彷彿遇上知己一般，有段時間，兩人同進同出。

那陣子，柯瑾瑜也因搬道具而弄得到處是傷，但她不敢讓何岳靖發現。她第一次覺得自己是個麻煩精。

下午，柯瑾瑜和嚴亦都有必修課，兩人一同走出社辦。當柯瑾瑜第八百次求他出演男主角時，嚴亦的腳步忽然停下，讓跟在她身後喋喋不休的柯瑾瑜煞車不及，一頭撞上他的背。

她揉著頭，「嘶——我都是傷患了。」

嚴亦沒有動作。

柯瑾瑜狐疑地看向前方，何岳靖雙手插放口袋，肩上掛著背包，眉宇淡然。十一月的氣溫驟降，寒風刮過林蔭大道，枝葉瑟瑟作響，他踩著一地的落葉迎面而來。

柯瑾瑜全身的細胞都活絡了起來，她繃緊神經，下意識瞄了一眼身旁不為所動的男孩，怎麼有種世紀大對決的錯覺？

當何岳靖站定在兩人面前，他扯了扯唇，視線落在嚴亦身上。「喔，好巧。」

「嗯。」柯瑾瑜佯裝鎮定，心裡超想逃走的！

她不自在地轉著眼，想張口說點什麼時，嚴亦忽然說話了。

「妳不是要我演男主角嗎？」他說，「好，我演。」

柯瑾瑜頓了一下，難掩欣喜，但此刻沉悶的氣氛她不敢輕舉妄動，只能抽了抽嘴角，「真的嗎？好、好啊，太好了！」

「怎麼了？妳好像不太高興，那我不演了。」

「喂！」柯瑾瑜緊張地抓住嚴亦的手臂，就怕他真的不演，「我不接受臨時反悔，我不管喔！說了就要做！」

嚴亦哼笑，看得出來只是逗著她玩，「作為交換條件，妳來陪我練習。」這句話是對著何岳靖說的，只見他眉頭微不可察地皺了一下。

「當然沒問題！」她爽快答應。

戲劇社目前社員短缺，新進的都是沒有經驗的學弟妹，柯瑾瑜經常都是編劇、導演兩邊兼職。只見何岳靖涼涼一笑，忽然說道：「就是吃個飯，沒必要特別借一間教室吧。」

「我喜歡安靜的地方。」嚴亦回。

「那怎麼不買回家吃？」何岳靖噙著笑意，「你的課表和我差不多。」

嚴亦淡淡點頭，看向柯瑾瑜，「感謝你提供我好建議，下次我們就一起在家吃。」

柯瑾瑜神經再怎麼大條，也聽得出這對話潛藏著隱隱燃燒的戰火。

她試圖緩和氣氛，「我們也順便討論這學期社團的事，我拐社長來當男主角。」她笑道：「我看我就來寫一個霸道總裁調戲良家婦女的故事好了。」

「……」

柯瑾瑜滿意地看著嚴亦徹底沉下的臉。

「良家婦女誰演？」何岳靖頓時也覺得好笑。

本來只是隨口說說，經何岳靖這麼一問，她倒是認真盤算起來。

「呃……燕歆！對！就是她！」柯瑾瑜彈了一聲響指，忽然發覺這個主意也不壞，「我早就想讓她上台演一次女主角了。」

劉燕歆待在戲劇社任勞任怨這麼久，卻從來沒有一次演超過三幕的戲。

「妳不要擅自做決定。」嚴亦語氣很冷。

柯瑾瑜朝他吐了吐舌，「你已經說好會演男主角了，何岳靖也聽到了喔。」她拉過何岳靖這個強力人證朝嚴亦推去，讓高大的何岳靖一臉無語。

「反悔的話豬狗不如。」

「劇本太爛，我也有權力說不演。」

「你要對我有信心啊！」柯瑾瑜彎起笑容，明亮的雙眸躍躍欲試，「這次我們就破天荒來演一場愛情喜劇吧。」

聽完，嚴亦只覺得頭很痛，不知道自己又亂蹚什麼渾水，看到何岳靖出現就不自覺衝動了。

他按了按脖子，想回絕柯瑾瑜，但見到她喜孜孜的笑容，到口的話轉為：「不准隨便亂來。」絲毫沒底氣。

嚴亦更懊惱了。

「好的，社長！」柯瑾瑜俏皮地敬禮，露出標準的八顆牙，「敬請期待。」

上課鐘聲響了。

「那我先去上課啦。」柯瑾瑜舉起手，準備與他們分道揚鑣。

她看了看仍舊處於對視的兩個男孩，各自成一個氣場，他們站著不累，她看得心很累。

好吧，她走。

孰料走沒幾步，後頭兩人都跟了上來，分別站在她的身側，柯瑾瑜本來還不覺得有什麼，直到周圍不時傳來側目，她才後知後覺地發現，託他們的福，自己瞬間光環籠罩，彷彿集鎂光燈於一身。

「你們……教室跟我不同棟吧。」一直被外人盯著看很不自在啊。

嚴亦：「同方向。」

何岳靖：「順路。」

柯瑾瑜也懶得再多說，加快腳步要遠離他們。

一抹人影從車棚走了出來，熟悉的身影，柯瑾瑜馬上就認出對方，「燕歆！」

劉燕歆頓了一下，抬眼看到她身後的人時，又愣了更大一下。

「我先走了啊，拜拜。」柯瑾瑜像是看到救世主，立即轉身朝後方的兩人揮手。

「下課後，車棚等我。」何岳靖一如往常地提醒。

「喔、好……等等！」柯瑾瑜尾音一轉，呼了幾口氣，差點就按照習慣點頭答應了。

何岳靖蹙眉，微微抿緊脣。現在只要聽到與他相左的答案，尤其那人還是柯瑾瑜，他的心情就極度不佳。

「又怎麼了？」聽得出來他很不耐煩。

柯瑾瑜悄悄瞥了一眼嚴亦，這個微小的動作沒有逃過何岳靖的眼，他的脣緊抿了幾分。

「我跟嚴亦要一起去吃飯。」她說得很快，就怕自己有那麼一點遲疑，被精明的何岳靖發現。

「中午不是吃過了。」何岳靖下意識回答。

柯瑾瑜心虛地抿了抿上脣，嚴亦居然一聲不吭，搞得像是她一廂情願，偏偏她又最不會說謊。

「奇怪，我跟你之前也天天一起吃啊，誰規定只能一起吃一餐？」

何岳靖的臉色有些沉。

「總之就這樣啦，你下課自己先回家吧，不用等我。」柯瑾瑜手一揮，一心只想趕快逃離現場。

這舉動看在何岳靖眼裡，徹底觸怒他的神經，好像他是一隻召之即來，揮之即去的寵物。

「喔，是嗎？」何岳靖聳肩，冷嘲道：「我正好樂得輕鬆，每天接送我也很累，還有人不懂得感謝，我何必呢？」

柯瑾瑜本來還有些愧疚，聽完何岳靖這番話，甚至將她塑造成是那種「用完即丟」的女生，她硬生生收起歉意，嘴角緩緩抿起，「那你從今天起可以不用再接送我了。」

何岳靖冷冷地抬眼，沒有回應。

柯瑾瑜見他事不關己，好似她真的是一個麻煩，心中埋藏已久的悸動與翻騰的現實混雜在一起。

她心如死灰，最後撂下一句，「我也不稀罕。」

何岳靖的眼神倏地一凜，當著所有人的面直接走人。

柯瑾瑜當然不會讓著他，扭頭往反方向走，走得比他更快、更遠。

直到後頭的劉燕歆喊她，她才猛然回過神。

劉燕歆見她上課心不在焉，好不容易撐到下課了，柯瑾瑜焦躁的心情依舊沒有停歇。

開著何岳靖的聊天視窗，她不知道該不該輸入文字。

「所以說，一開始就別這麼對他說話啊。」劉燕歆忍不住說道：「事後又要後悔、道歉。」

柯瑾瑜捏著手機，「是他先找我吵架的，不然我哪會說出那些重話……」要不是何岳靖先激怒她，她也不會把場面搞僵。

「你們兩個就是誰都拉不下臉，硬碰硬，難怪每次吵起來都一發不可收拾。」

柯瑾瑜不滿意地努嘴，「哪一次不是我先去道歉求和的？」

「因為妳每次都是錯的那一方。」劉燕歆毫不留情地回道：「妳這衝動還有老愛自作主張的個性再不改改，以後肯定會後悔。」

她想，沒了嘮叨的何岳靖，倒是多了苦口婆心的劉燕歆。

「……不過妳真的要和社長單獨去吃飯啊？」劉燕歆突然問道。

柯瑾瑜點了點頭，但沒說出是為了疏離何岳靖這件事，這種說不清的事還是愈少人知道愈好。「最近因為社團的事，得常常和社長討論。」

劉燕歆淡淡地嗯了一聲，斂下眼睫。

柯瑾瑜沒發現她的異樣，開心地說：「而且我成功說服他演男主角了喔！」

「真、真的嗎？」劉燕歆驚訝，「社長……怎麼會願意？」呂淨敏也曾拜託過他，但嚴亦堅決不出演，只願做幕後。

連與嚴亦最有話聊的呂淨敏都勸不動了，當然沒人敢有二話。

柯瑾瑜聳肩，也沒往別處想，「成了社長就要做些犧牲啊。」

劉燕歆笑了，「快去赴約吧，時間不早了。」

「妳要去打工了啊？」柯瑾瑜見她點了點頭，又想起了什麼，「對了，我打算推薦妳當這次的女主角。」

劉燕歆點頭，似是習慣被人交待事情，剛想答應時，眼眸驀地張大，「女主角……什麼？我、我嗎？」

柯瑾瑜被她的驚叫聲嚇了一跳，心想平常說話柔聲柔氣的劉燕歆，原來也有嗓門這麼大的時候。

「嗯啊！我也跟社長說了這個想法。」

劉燕歆立刻站起身，手足無措地揮著手，說話結結巴巴：「那、那他說了什麼？社、社長答應了嗎？他、他會不會覺得我不配他啊……」

「他沒說什麼，但也沒反對，只要我別亂來而已。」柯瑾瑜抓了抓腦袋，「別擔心，一部戲能不能成功不光是靠演員，所有人都有責任，妳不要覺得壓力太大。」

儘管柯瑾瑜這樣安慰，劉燕歆依舊全身緊繃，拿著車鑰匙的手握得死死的，指節處都泛白了。

「妳還好吧？有這麼緊張啊？」柯瑾瑜知道劉燕歆是個容易想多的人，加上個性內向，突然要她演女主角難免不能適應。

「如果真的不行也沒關係，我再找找看別人，妳別勉強。」柯瑾瑜怕她壓力過大，連忙說道：「不演女主角也可以……」

「我、我要演！讓我演！」

劉燕歆的嗓門再次震懾柯瑾瑜，她縮了一下脖子，今天大家的情緒反應怎麼都如此劇烈？

「瑾瑜……就讓我試試，好不好？拜託——」劉燕歆誠摯地握住她的手，小臉皺成一團，柯瑾瑜都被她弄懵了。

面對劉燕歆突然正式的請求，柯瑾瑜都覺得她下一秒要跪下了，「好、好，當然好！妳願意試試看我當然很高興。」

劉燕歆露出笑容，微微低頭將長瀏海往耳後勾，握住柯瑾瑜的手微微施力。

送走劉燕歆後，柯瑾瑜準備去面對某尊大佛，那才真的是累人。

☪

柯瑾瑜和嚴亦約在夜市，她今天特別嘴饞，想吃炸牛奶、QQ蛋、臭豆腐，總而言之，她想大吃一頓！

嚴亦依舊穿著一身黑，筆挺倨傲地佇立在來來往往的人群中，高眺的身影幾乎要融進夜裡。

路人經過都忍不住看他幾眼，忽然有三、四個穿著高中制服的女生，扭扭捏捏地擠到嚴亦面前。柯瑾瑜立刻了然，當下也只有替她們祈禱的份。

「那個……我朋友說，你長得很帥，可不可以跟你要社群？」女生的臉紅撲撲的，小手緊緊攥著。

周圍都是來去的人潮，他們停滯的身影特別明顯。

柯瑾瑜心想，那個朋友就是她自己吧，這似乎是搭訕慣用的手法，以為天衣無縫，看在外人眼中卻有些蠢。

她站在一旁偷笑，想看臭臉王會怎麼答。

嚴亦習慣性地皺眉，深邃的五官，在忽暗忽明的夜市燈光下顯得陰鬱。

「不行。」

喔，果然如柯瑾瑜所預料。

女生尷尬了一下，隨後不氣餒地繼續問道：「為什麼？你是覺得我醜嗎？臉太大？裙子不夠短？還是我們學校的制服不好看？我跟你說，我穿便服很好看的……」

柯瑾瑜嘖嘖稱奇，現在的高中女生說話挺直白的。

她很好奇嚴亦會怎麼回答，認同肯定被說是人身攻擊，不認同又得交出自己的聯絡方式。

嚴亦似乎是第一次遇上這麼難纏的對象，女生們眼巴巴望著他，不知情的人搞不好以為是他誘拐了她們。

柯瑾瑜盯著嚴亦愈發難看的臉，低頭噗哧笑了出來，心裡罵他活該。

一道冷光朝她發射而來，柯瑾瑜打了一個冷顫，抬頭時，便與嚴亦四目相接，嘴角的笑意僵得徹底。

她轉了轉眼，仍然不打算上前。

嚴亦扯了扯嘴角，「我女朋友來了。」他伸手將那群女生往旁推去，直接走向柯瑾瑜。

短短幾步距離，他走得毫不猶豫，深沉發亮的眼眸緊鎖著柯瑾瑜，讓她心底泛起了絲絲異樣。

但這奇怪的感覺沒有維持太久，嚴亦走到她面前後，直接勾住她的脖子將她拖行帶走。

柯瑾瑜都想當街大喊救命了。

柯瑾瑜捧著一堆夜市食物，心滿意足地走到一旁的公園。

嚴亦無奈地看著她，覺得柯瑾瑜一定是披著女生外貌的男生，食量都要比他大了。

好笑的是，她一邊嚼著食物，臉色卻是愁雲慘霧。

她嘆口氣說道：「我生來就是最不會道歉了……」

「誰生來是為了道歉？」嚴亦無言。

「每次都想說要很有骨氣從此不理他，偏偏我們住在同一個屋簷下，怎麼樣都會見到。」柯瑾瑜咬著臭豆腐，「見了面怎麼可能不說話啊？」

「搬出來不就得了。」

柯瑾瑜想過這個方法，但是她很喜歡現在住的公寓，大家住在一起很熱鬧，無聊時隨時可以去隔壁房串門子。

「自己住會覺得很孤單啊。」

嚴亦睨了她一眼，「妳以後總會交男朋友，遲早都要面對這個問題。」

柯瑾瑜愣愣地點頭。

說得倒容易，真要認真談起這件事，還真不知道怎麼開口，完全沒有一個合適的說法，想到的全是破綻百出的理由。

「那也要等到我有真正的男朋友再說吧。」

「那就去找一個。」

「你不要什麼事都想得那麼容易好不好，男朋友又不是嘴上說說就會跑出來！」不然她也不會到現在都還是單身。

柯瑾瑜看向他，「你就會說我，你的女朋友呢？又在哪裡？」她咕了一聲，「連承認喜歡淨敏都不敢了。」

聞言，嚴亦身體一僵，不客氣地瞪向她，「我說過不准再說她。」

「你哪有說過。」柯瑾瑜朝他扮鬼臉，「我就是要說，說到你承認為止……唔！」

下一秒，柯瑾瑜的眼神凝滯，瞳孔內全是嚴亦放大的臉，而此刻他們的嘴唇貼在一起。嚴亦沒有其他動作，任由柔軟的唇瓣碰在一塊。

她幾乎石化了，定定地看著緩慢退開的嚴亦，久久無法回神。

「我現在說了。」嚴亦面無表情，彷彿剛才的接吻只是柯瑾瑜自我想像。

半晌，柯瑾瑜的大腦才甦醒過來。

她慌忙起身，站離嚴亦五步之遠。她粗魯地擦了擦嘴唇，「你怎麼可以隨便親我啊！變態嗎？你、你和我、我……啊！」她大叫。

他怎麼可以隨便親她！

「有那麼嚴重嗎？」嚴亦不明所以，鄙視的目光上下打量她。「少一塊肉了？」

「……」

「吃一吃趕快走了。」他不耐地說道，完全沒有做錯事該有的反省態度。

柯瑾瑜不可置信，她的嘴唇就這麼不值錢？「等等，嚴亦你給我說清楚……」

她現在連叫社長都不屑了。

嚴亦偏著腦袋望向她，眸光幽深，一副洗耳恭聽的樣子，反倒讓柯瑾瑜不知所措。她清了清喉嚨，「你……為什麼親我？」

「因為妳太吵了。」

這是理由？

「那夜市叫賣的人你是不是都要親一遍？」

「我會看狀況。」

「……」這人沒女朋友再正常不過了。

柯瑾瑜嘖了一聲，但生氣終究沒有肚子餓重要，她還是默默地挪回腳步，拿起食物袋，坐離嚴亦一公尺遠的地方，一邊生悶氣一邊吃。

嚴亦嗤了她一聲。

她悠然地開口，「既然那麼喜歡淨敏，為什麼要讓給何岳靖？」

「……」

「我不管喔，現在是你對不起我。」柯瑾瑜高傲地抬起下巴，流氓氣十足地咬了一口骰子牛，「所以你要誠實回答我，總不能白親吧。」

柯瑾瑜覺得自己也挺豁達的。

空氣靜默了幾秒，柯瑾瑜想，嚴亦要是不回她，她也拿他沒辦法。

「就像妳把何岳靖讓給淨敏一樣。」嚴亦撇了她一眼，嘴角勾起嘲諷的笑容，不知是對著柯瑾瑜，還是自己。

柯瑾瑜一愣，隨後彎起笑，仰頭看了一眼夜空，「我還真不知道為什麼我就讓了。」

明明最不會隱瞞事情的她，卻連一小步都不敢試著朝他走去……

「因為想當朋友。」

柯瑾瑜沒有預料嚴亦真的回答她了。

她眨了眨眼，忽然笑了，雙手抵著木椅，晃了晃腳，心情得到前所未有的放鬆。

「他太好了。」嚴亦輕哼，「所以他們應該在一起。」呂淨敏這麼好，就該和更好的人在一起。

「我覺得你也不錯啊。」柯瑾瑜歪頭，「雖然脾氣有些差，講話偶爾酸溜溜，但整體來說我覺得你很好，是個能夠依靠的人。」

她講完也笑了，夜晚果然是讓人心平氣和的好時刻，但也容易多愁善感，總想起一些……過分美好的事。

以前，還沒有呂淨敏的時候，他們太快樂了。

回過神，柯瑾瑜才發現嚴亦正直勾勾地看著她，平時冷峻的外表竟有幾分溫柔，月色漫過天際，將他繃直的臉給柔化了。

她有些愣住，視線中的嚴亦變得朦朧飄忽，她有些移不開眼。太溫柔了，就像何岳靖一直以來給她的感覺。

溫暖。陪伴。

「不如我們交往。」

柯瑾瑜的眼眸瞬間凝滯。

「都親了。可以算是開始了。」

嚴亦他媽的在說什麼鬼話！

「你這是酒後亂性吧？」

……不對，沒有酒，也沒有性！

嚴亦見她慌張地起身，甚至站得更遠，忍不住失笑，眸光瞬然黯淡，「我不想再做無意義的期待了。」

儘管嚴亦沒有明說，柯瑾瑜卻十分明瞭他的心情，她何嘗不是這樣呢？

嚴亦比她老實多了，是她從不敢正視這些問題，始終擱在心裡，就怕拉出一絲回憶的軌跡，所有的疼痛都會隨之而來。

柯瑾瑜大大呼了一口氣，下定決心似的，「說交往太快了，我們還是按部就班來比較好，不然第一天就吵架分手，很糗耶。」

嚴亦仰眸，映入眼簾的是柯瑾瑜白淨的側臉，牽起一抹笑容，眼底鋪滿斑駁的碎光，溫柔且堅定。

她太像呂淨敏了。

☪

最近柯瑾瑜只要在床上醒來，就會有種宿醉的恍然。

原先平淡無奇的生活變得難以預測，彷彿所有事都朝著她從沒想過的地方發展。

例如，嚴亦提出交往，又例如，她到現在居然還沒和何岳靖說上一句話，這是很不容易的，畢竟住在一起，可以想像每天視線交會有多麼讓人生不如死。

她不是討厭，只是好不習慣。

生活多了嚴亦，卻少了何岳靖。

他們從沒冷戰超過一天，如今已經一個禮拜都沒說話，吵架只要過了熱度，就會不知道該怎麼給自己和對方台階下。

黃凱橙和許怡茜也發現他們最近相處怪異，各自出門，各自回家，見了面都不說話。

「反正他們每次吵不了多久就會和好，勸架還會被圍攻。」黃凱橙見怪不怪了。

不過身為新住戶的許怡茜很好奇，「怎麼又吵架了？」

柯瑾瑜嘆口氣，為了接送這種小事，說出來也挺丟人的，不過現在想想，其實何岳靖沒必要生氣啊，她這是替他省事。

聽完她的描述，許怡茜點了點頭，下意識地說：「他是吃醋吧？」

「啊？」

「完全就是不高興妳跟那個嚴亦太好。」

「可是他們是朋友。」

「所以就更不爽啊。」

柯瑾瑜揮了揮手，「怎麼可能？他們兩個是會聯合起來一起損我的好朋友耶！」好幾次都被他倆毒舌轟炸，火氣都快延燒到太平洋去了。

許怡茜聳肩，「不過我也覺得是何岳靖管太多。」

「是吧！」柯瑾瑜彷彿找到知己一般，畢竟劉燕歆覺得是她說話太衝，所以惹毛何岳靖。他的好脾氣是大家公認的，但柯瑾瑜幾乎三天兩頭就讓他爆炸一次。

「不過妳真的確定……他沒有喜歡妳嗎？」

柯瑾瑜愣了愣。

「因為這些衝突完全就是情侶鬧彆扭。」

柯瑾瑜彎唇一笑，「嗯，其實高中的時候，我已經間接被他拒絕了。」

她搔了搔頭，反正都決定要和何岳靖劃清關係，有些事攤開來說才能過去。

高中時，柯瑾瑜不是沒想過要和何岳靖坦白心情，不一定要得到什麼回應，只因她是一個憋不住情感的人。

只是……早在那之前，就被以「好朋友」這個詞委婉拒絕，也就沒什麼好說的了。往後的日子她只能更用力地隱藏，甚至想盡辦法消除這些不該有的情感。

上了大學，思想比較成熟，也看過太多分合，但何岳靖始終都在，後來，他和呂淨敏交往了。

柯瑾瑜這才發覺，原來何岳靖一直以來都不屬於她。

許怡茜看著她，發自內心覺得男女之間的友誼真是難懂，前進一步太多，後退一步太疏遠。

好險她跟黃凱橙之前不是朋友，但如果那時候是朋友，可能也不會喜歡了。

有時相遇的時機很重要。

他們的冷戰依舊在延續，何岳靖對她不聞不問，柯瑾瑜非常懊惱。

她其實多次想打破這種窘境，但何岳靖死都不與她對眼超過三秒，讓她到口的話就這麼硬生生吞回。

今天一早亦是如此，何岳靖完全忽視她。

明明所有人都在客廳吃早餐，何岳靖出了房門，連瞥她一眼都沒有，對著黃凱橙和許怡茜說最近呂淨敏經常半夜來找他，打擾大家很不好意思。

呂淨敏確實很常來，時間不是一大早就是深夜，然後住一晚就走，原因不外乎是她假日經常要加班，無法陪何岳靖，只能平日搭車北上。

黃凱橙揶揄道：「遠距離情侶居然比同居情侶還閃，小茜我們不能輸啊！」他大手撈過許怡茜，猛親了她的臉頰好幾下，惹得許怡茜又羞又氣，拚命打他。

見狀，何岳靖忍俊不禁。

看著縮在彼此懷裡打打鬧鬧的他們，柯瑾瑜腦中閃過嚴亦前陣子親了她的事……她的臉突然泛紅。

現在回想起來，身為一個女生，她、她怎麼會那麼冷靜，最後還和他聊起心事！

「柯瑾瑜妳沒事臉紅做什麼？」坐在對面的黃凱橙賊兮兮地看著她，「春心蕩漾！就叫妳趕快去交男朋友，大一、大二聯誼都不去，大三沒人要了吧。」

他的笑聲很討厭。

不等柯瑾瑜發作，許怡茜就直接揍他，「我就是太早要你，都少看了好多小鮮肉。」

「寶貝！妳怎麼可以這樣傷害我的幼小心靈，難道我會比那些鮮肉差嗎？」黃凱橙不要臉地屈起手臂，露出惡補的肌肉線條。

許怡茜明顯遲疑了一下。

黃凱橙捧著心口，「不，我不行了……」他將自己埋進沙發。

「沒有啦，我開玩笑的，我的寶貝最棒了！」

黃凱橙抹了抹根本沒眼淚的眼角，用噁心的語氣討親。

柯瑾瑜無奈地翻了一圈白眼。

她想，正好趁著這股歡樂氣氛，看能不能和何岳靖重修舊好，否則一直憋在心裡頭，她都快得內傷了。

「你們不要太過分喔！好歹體諒我這單身女子的感受。」柯瑾瑜開玩笑地嘖了一聲，紛紛指了指他們三人的臉，「以前要看何岳靖他們秀恩愛，現在換成你們，早知道就不讓小茜入住了。」

柯瑾瑜假裝若無其事地提起何岳靖的名字，如果他能順其自然地回話，這架也就吵完了。

孰料現場一片靜默。

原來大家發現這是柯瑾瑜求和的舉動，都不說話，想讓何岳靖開口，誰知反而讓氣氛變得尷尬。半晌，當事人終於冷冷開口，「那還真是抱歉，不滿意的話可以搬出去。」

此話一出，眾人皆僵直了身體。

柯瑾瑜徹底震撼了。

何岳靖這次真的是鐵了心要和她作對，她都已經率先開口和他說話了，他還有什麼不滿？

「我是殺了你的家人？還是放火燒了你家的房子？」柯瑾瑜猛地起身，死死瞪著眼前仍舊淡著神色的何岳靖，「我不懂你有什麼好生氣的？」

「妳當然不懂，妳什麼時候懂過？」何岳靖的表情一沉，眼神布滿陰霾，語氣像是已經隱忍多時，「總是這樣，只顧著自己的感受，不知道自己做的事、說的話有多傷人。」

柯瑾瑜愣了愣。

何岳靖的話語直白犀利，想讓柯瑾瑜好好地反省。

「從以前到現在，只要發現情勢對妳不利就逃避。一旦喜歡就不管旁人的意見，一意孤行去做，事後受傷才哭哭啼啼回來說我錯了。」

柯瑾瑜被賭得啞口無言，他果然是何岳靖夠了解她。

黃凱橙見情勢似乎真的不太對勁，連忙起身想勸架。

柯瑾瑜冷笑開口，有些自嘲，「看來你是忍很久了。」

「……你們幹麼啦？有話好好說啊。」黃凱橙陪笑，緊張地看了一眼身旁的許怡茜，想讓她也來勸和。

「對啊，瑾瑜，坐下來好好講嘛，又不是什麼大事……」

「我下學期會搬出去住，現在都學期中了，房子難找。」柯瑾瑜看了一眼何岳靖，發現他居然連看她都不願，胸口那團火燒得劈里啪啦。

「不好意思，讓你還得再多看到我兩個月。」

柯瑾瑜端著一張冷臉，將背包甩在肩上，直接出門去學校。

確定是決裂了。

公寓靜謐無聲，黃凱橙坐立難安地望著四周，怎麼才短短幾分鐘的時間，世界就變了？

許怡茜也愣住，不就是接送問題嗎？有嚴重到連陳年往事都要拿出來罵一輪嗎？

「何岳靖你是發什麼神經，幹麼這麼凶她？」黃凱橙抓了抓頭，看著何岳靖冷硬的臉色，也不敢再隨便亂說話。

「別管她，說說而已。」過幾天肯定又厚著臉皮來和他撒嬌。

「我覺得她是認真的。」許怡茜忍不住道：「你這次真的把話說重了。」

何岳靖深邃的眼眸一滯，薄唇緊抿，攥緊垂放在褲邊的手，指節處泛白得駭人。

「我覺得你為她做太多了，其實根本沒必要不是嗎？不覺得對你的女朋友不公平嗎？」

黃凱橙拉了拉許怡茜的手臂，要她別隨便評論。

但許怡茜就是不明白，「你不可能一輩子都在瑾瑜身邊，你不是她的誰，總有一天她會是別人的，就跟你現在一樣。」

你不屬於她。

☪

柯瑾瑜每走一步，怒氣就增添一點。

最終，她氣得直接踹了一旁的電線杆一腳，接著又把它當作何岳靖那張臉狠狠地再補一腳。

本來還在前往學校的路上，但這把熊熊烈火讓她真的沒心情上課，索性蹺課，直接前往劉燕歆打工的麵包店。

劉燕歆一見她氣呼呼地推門進來，就知道原因沒別的，自動進去拿了一盤完整的金黃色起司蛋糕出來，二話不說直接推到她面前，「吃吧。」

柯瑾瑜接下叉子，沒有馬上開動，「妳現在住的地方還有沒有空房？」

「空房？我得問問房東……」劉燕歆用手抵著下巴，眨了眨眼，「怎麼突然問起這件事？你們那層公寓應該可以住到畢業吧？」

語落，劉燕歆倒抽一口氣，「該不會是吵到要搬出來了吧？」

柯瑾瑜勾勾嘴角，吃了一口蛋糕，帥氣地彈了聲響指，還很俏皮地配音，「賓果！」

劉燕歆簡直無語了。

「不、不是啊……怎麼會吵成這樣？」居然吵到要搬出來住，依照他們兩人的關係，這事就跟情侶鬧分手、夫妻鬧離婚一樣嚴重！

「沒為什麼，就他受不了我，我受不了他。」柯瑾瑜冷靜地又吃了一口蛋糕，濃郁的起司香氣在嘴裡擴散開來，她卻覺得食之無味。

柯瑾瑜準備再吃下一口時，劉燕歆直接整盤拿走，準備好好審問，「好好說清楚，什麼叫作受不了？你們的相處模式根本是老夫老妻。」

「嗤！都裝的、裝的。」她想拿回蛋糕，卻被劉燕歆拍掉了手。

「又是妳做了什麼惹他了吧？」劉燕歆嘆道，有時她也挺同情何岳靖的角色，就是專門收拾爛攤子的，「我都跟妳說過了，做事別這麼不經大腦，說話也別這麼愛面子……」

柯瑾瑜立即舉起手申冤，「這次真的不是我的問題，是那傢伙有病！」她將早上何岳靖的行徑鉅細靡遺地說了一遍。

聽完，劉燕歆露出相當震驚的表情，張開的嘴遲遲無法闔起。柯瑾瑜委屈地想，這次劉燕歆總該站她這邊了吧！

孰料劉燕歆想了又想，「我覺得何岳靖說得有道理啊，確實都是妳常做的事。」

柯瑾瑜沒好氣地拿回她手中的蛋糕，大口大口吃了起來。

「但我也認同妳說的，他太小題大作了。」

柯瑾瑜故作輕鬆，「反正我們確定是絕交了。」

其實算是好事吧……至少不用再煩惱別人會怎麼曲解他們的關係，她對呂淨敏也能少一些愧疚。

然而，心裡那股悶脹感始終揮之不去。

柯瑾瑜突然發現自己沒了食慾，索性繞了一圈店內，突然想起這個時間……她瞥了一眼牆上的時鐘，已經中午了。

她自然地拿起手機，撥了電話。第一通沒接、第二通也沒接，柯瑾瑜瞪了一眼屏幕上的名字。

好不容易電話終於在第三通被接起了，但對方僅僅是壓了接聽鍵，估計四肢都還是黏在床上……

「喂，起床了，別賴床！」柯瑾瑜嘖了他一聲，「昨天又打一整晚的遊戲了吧？活該，遲到別怪我喔，我可是叫你了。」

柯瑾瑜像是在對空氣說話，另一端遲遲沒聲音。

「嚴亦你再不起床，我待會真的要去你家把你踹醒。」柯瑾瑜被何岳靖的事搞得心煩意亂，說起話也特別凶悍。

孰料原本安靜的另一頭傳來回應：「好啊。」

嚴亦剛睡醒的聲音低啞性感，柯瑾瑜的心跳不爭氣地加快了。

「好什麼……醒了就快起來。」原先氣呼呼的語調不自覺緩了幾分。

「妳送午餐來我家。」

耳邊傳來棉被的摩擦聲，嚴亦估計是起身了，沉穩的嗓音彷彿靠在她耳邊說話似的，令人臉紅心跳。

思及此，柯瑾瑜不自在地將手機拿開了一點，「不要，我為什麼要……」

「這樣我晚上就沒力氣去社團排演。」嚴亦說得理所當然。

「這根本兩回事吧。」

他言簡意賅，「我現在餓得下不了床。」

柯瑾瑜簡直想透過手機揪住嚴亦的衣領揍他，她深吸一口氣，咬牙切齒道：「想吃什麼？」

「隨便，妳買的都好。」

原先還在腦海想著要怎麼折磨嚴亦，誰知下一秒就聽到這曖昧指數爆表的話，柯瑾瑜的腦袋徹底當機。

「你、你很囉嗦耶！」她匆忙掛上電話，沒發現自己的語氣有些嬌嗔。

另一頭，坐在床上的嚴亦挑了挑眉，無言地看著被掛斷的電話。

他不是什麼都沒要求嗎？

「燕歆，我要先走了喔。」柯瑾瑜一邊背起包包，一邊和剛幫客人結完帳的劉燕歆道別。腦袋想著要買什麼給嚴亦吃，他那麼挑食，到時買到他不喜歡的，肯定又要進她肚子了。

「咦等等！」劉燕歆忽然喊住她，柯瑾瑜好奇地回過頭，「妳……剛和社長通電話啊？」

柯瑾瑜點頭。

「妳叫他起床？」

「對啊。」柯瑾瑜回道：「每次都賴床，真是受不了。」

「你們什麼時候變那麼好啊？」劉燕歆笑了笑，神情有些僵硬，「叫起床這種事，不都是曖昧對象或是情侶之間才會做的嗎？」

柯瑾瑜搔了搔臉頰，不知道該怎麼解釋他們目前有些詭異的關係。

說交往也還沒定局，說曖昧也不是，頂多就是偶爾聊聊電話，一起出去吃飯，沒有什麼特別的事。

嚴亦依然嘴巴很壞，至於相處起來，也不知道是習慣了，還是他偶爾真有釋出一些善意，總之柯瑾瑜也不反感。

「就……最近比較要好啦。」

聞言，劉燕歆低著頭，習慣性地將長瀏海勾至耳後，細如蚊蚋的聲音傳來：「真羨慕妳……」

「嗯？羨慕什麼？」

「跟誰都可以輕而易舉變成朋友。」

嚴亦我行我素，防備心卻重，不輕易與人交心，但柯瑾瑜做到了。

柯瑾瑜自嘲：「沒有啊，我現在就跟何岳靖徹底變仇人了。」誰知說出口卻特別心塞。

這麼久的友誼，居然因為幾句話碎裂。果然無論是哪種關係，都沒有人能保證是永遠。

劉燕歆也感到無奈，「我相信好好說，何岳靖還是能理解，他又不是不能溝通……」

「他是不可理喻。」柯瑾瑜用力哼了一聲，「我絕對不會再跟他說半句話了！」

半小時後，柯瑾瑜提著飯菜還有劉燕歆給她的小蛋糕，在大樓外來回踱步。她實在不懂這種情侶間的送飯樂趣，怎麼會發生在她和嚴亦身上……

警衛見她遲遲沒上樓，好奇地上前詢問：「小姐，請問妳有什麼事嗎？」

「那個……能不能請你幫我把這些東西拿給五〇七的住戶？」柯瑾瑜將手上的食物塞給警衛，「我有急事要先……」

「妳不是沒課嗎？今天也沒社團活動。」突如其來的聲音讓她抖了一下，她愣愣地回望，發現嚴亦一身休閒服，手裡攥著手機，慵懶閒適地出現。

「你怎麼知道我來了？」

嚴亦看著她，不耐地指了指身後的大樓，柯瑾瑜順著看了過去，發現正好是五樓的窗戶。她一愣，隨後大叫，「你居然站在那偷看，你這變態！」

「在別人大樓前徘徊的人沒資格說這種話。」嚴亦扭頭，「上來。」

哼！他和何岳靖果然物以類聚，一樣討打！

見狀，警衛伯伯笑咪咪地將食物遞回給她，「男朋友捨不得妳走，就陪陪他吧。」

柯瑾瑜瞬間漲紅了臉，「他、他才不是我男朋友！」

「我有說妳是我女朋友嗎?」走在前頭的嚴亦惡毒地補了一句。

遭打槍的柯瑾瑜頓時顏面盡失,忍不住氣沖沖地跟上去理論,「先提出交往的好像是你喔,現在想耍賴是不是?」

「我就耍賴,妳想怎樣?」

柯瑾瑜頓時語塞,她確實不能怎樣。

可惡!怎麼搞得她在倒追嚴亦一樣!

她哼了一聲,用力推他一把,搶先他一步進門,後頭的嚴亦失笑,忍不住搖頭。

扣除何岳靖和黃凱橙,這是柯瑾瑜第一次進到男生的住屋。布置擺設很有嚴亦的風格,簡潔單一,個人物品不多,室內幾乎是一塵不染。空間不大,但一個人生活剛剛好。

柯瑾瑜好奇地四處打轉,有點喜歡這裡,「你的房東還有沒有空房間要租?這裡一個月房租多少啊?水電怎麼算?」

嚴亦看了看她,「妳要搬出來?」

她點頭。

「何岳靖知道?」

「喔,就是他讓我搬的。」柯瑾瑜心平氣和,闡述給劉燕歆聽的時候,怒氣已經發洩得差不多了。

嚴亦蹙眉。

柯瑾瑜捧著劉燕歆給她的小蛋糕啃了起來，一邊解釋，「然後他就對我大發飆……咳！咳！」

嚴亦起身遞給她一杯水，神情不耐地拍著她的背，「妳嘴巴就不能只做一件事嗎？」

柯瑾瑜接過水快速地喝了一大口，拍了拍胸，仰起被嗆到而溼潤的雙眸，不似平時大剌剌的模樣，特別楚楚可憐。

嚴亦的眸光一暗，忽然沒說話了。

他這一安靜，讓室內的氣氛更加躁熱，柯瑾瑜張嘴想繼續接下去，卻在撞見他深邃的眼神，後知後覺地察覺異樣。

她的視線胡亂飄，下意識抿緊了嘴，手心滲出汗，卻沒有力氣移動半分。

嚴亦循著自然反應，緩緩俯下身，雙手撐在沙發兩側，男性的氣息鋪天蓋地而來。

柯瑾瑜微愣，除了何岳靖，她沒這麼近距離靠近一個男生，近得能夠細數他濃密的睫毛，以及呼吸頻率。

嚴亦的雙眼彷彿一潭幽深的泥沼，讓她無法直視，卻也無法避開。

上次的接吻來得太快，柯瑾瑜根本沒有時間揣摩心境，甚至是細細感受這曖昧的情緒。

她甚至只當是嚴亦開了個玩笑，而後他們確實也沒發生什麼事，但此刻他的主動，才讓她想起——

他這人不開玩笑的。

柯瑾瑜想脫離這股異樣的氛圍，但她整個人都在嚴亦身下，幾乎動彈不得，平時力大如牛的她，此刻居然手無縛雞之力，任人宰割。

她的心臟跳得飛快，胃裡的甜食劇烈地翻滾著。

索性心一橫，眼一閉，兩塊肉碰在一起沒什麼的，她是成年人還這麼扭捏，多丟人啊！

閉上眼後，身體的感官更為清晰，感受到男孩身上的溫度和略沉的呼吸，柯瑾瑜狠狠地擰著眉毛。

倏地，熟悉的鈴聲大響，柯瑾瑜震了一下，頭就這麼撞上嚴亦的，來不及喊疼，她飛也似的抓過身旁的手機，從嚴亦的兩臂之間低身穿過。

「……喂？」她的手在抖。

「瑾瑜啊。」是劉燕歆，「妳還在社長家嗎？」

「嗯。」她莫名有些心虛，不敢看向身後的嚴亦，「怎麼了？」

劉燕歆頓了頓，「喔……也沒什麼啦，只是想跟妳說，裝小蛋糕的保鮮盒明天要記得還我，那是店裡的，我怕店長罵我。」

柯瑾瑜了然地點了點頭，「好啊，我等等馬上拿過去給妳也行。」

劉燕歆掛上電話後，柯瑾瑜極度不想拿下耳邊的手機，實在不知道怎麼面對嚴亦。

孰料他就像什麼都沒發生過似的，坐在矮桌前吃飯、滑手機，順便讓她把剛才沒說完的話補完。

聽完之後，嚴亦沒什麼太大的反應，漫不經心地撥弄著飯盒裡的食物，眉一皺，「為什麼都是青菜？」

「你吃太少青菜了。」柯瑾瑜盤腿坐在床沿滑手機，和嚴亦保持安全距離，就怕再次擦槍走火……

同時，手機畫面跳出呂淨敏的貼文，照片是她工作後買來犒賞自己的名牌包，柯瑾瑜順手查了一下款式，居然要花呂淨敏將近兩個月的薪水。

柯瑾瑜很震驚。

大學時，呂淨敏會為了特價品去排隊，好幾次她都被拖著一起去，後來她實在太懶惰了，就拜託何岳靖陪呂淨敏去。

現在想想，呂淨敏根本是何岳靖的理想型，勤儉持家，善解人意。

因此她能理解她不厭其煩北上，寧可自己舟車勞頓，也不願何岳靖勞累。

柯瑾瑜抬頭就發現嚴亦正準備把青菜全倒進廚餘桶。

她驚叫，衝上去阻止他，「喂！浪費食物會下地獄！」柯瑾瑜抓住嚴亦的手臂，發現菜類完好如初，他根本沒碰。

「我吃了這些才會提早下地獄。」

「幼稚園小孩都知道多吃青菜有益身體健康，你都幾歲了，還不知道營養均衡的重要？」

嚴亦低眸掃過她，「那妳餵我。」

柯瑾瑜抓住他手臂的手一瞬間僵直，她愣了愣，將疑惑說出口：「你、你是嚴亦吧？」

嚴亦也覺得不自在，錯愕自己怎麼會說出這種話，一張臉生硬得像是吃了鉛塊，濃眉抽了抽，轉身就要倒飯菜。

見狀，柯瑾瑜噗哧一笑，連忙搶過他手中的飯盒，夾了一口菜到他面前，「來！嚴小朋友，姊姊來餵你吃菜菜嘍。」

嚴亦臉一黑，抗拒地撇過頭。

柯瑾瑜極力憋住笑，在他身旁打轉，「你是吃還不吃？」

最終嚴亦受不了她在旁嘰嘰喳喳，勉為其難地吃了一口，而後又被柯瑾瑜逼著再吃幾口，儼然上演著老師和幼稚園孩童的戲碼。

第四章 下弦月

期中考週就要到了，這段期間，柯瑾瑜很少在公寓出現，每天早出晚歸，想盡辦法不與何岳靖待在同個空間，何岳靖也沒有主動找過她。

柯瑾瑜是屬於氣消了就好的人，她也知道何岳靖雖然待人溫煦有禮，但只要踩到他的地雷，絕對是讓對方求饒他都嫌不夠。

她有時會想，之前他們吵架，隨便列出一條都比「接送」這點嚴重多了，到底是為了什麼吵得不可開交，居然一個月都不聞不問。

柯瑾瑜也是有自尊心的，每次吵架都是她先求和就算了，何岳靖這次還當眾不給她面子，直接數落她，所以她這次絕不回頭！絕不！

她揉了揉胸口，異常的悶。

她偶爾會去劉燕歆打工的店裡撒野，吃免費的蛋糕，中午就買飯到嚴亦家跟他一起吃飯看電影，盯著他吃完青菜。

這天，柯瑾瑜窩在麵包店的角落讀書，劉燕歆招呼完客人，端著剛烤好的餅乾出來，「地上涼，來椅子這坐。」

柯瑾瑜咬著筆慢吞吞走過去，視線沒有從書上移開。

「房東說如果要空屋的話，等下學期畢業季的時候，有些學長姊會退租。」劉燕歆突然問道：「你們還是不講話啊？」

柯瑾瑜點頭，吃了一塊巧克力餅乾，「也沒什麼見面。」

「從高中到現在的好朋友，為了小事說絕交就絕交？」劉燕歆皺眉，「妳真的捨得？」

柯瑾瑜頓了一下，隨後又若無其事地再吃一塊餅乾。「他都捨得了，我有什麼好捨不得？」她哼了一聲，「何況先開戰的可是他，為什麼是我去拜託他跟我和好？」

劉燕歆無奈地嘆了一口長氣，平時柯瑾瑜胡鬧就算了，怎麼連何岳靖這樣深思熟慮的人都跟著瞎攪和？

「但我住的地方沒空屋了，還是妳要暫時跟我住一起？」

「喔，妳別擔心，真沒地方我就去嚴亦那吧。」

「社長家？」劉燕歆的神色一凝，「你、你們該不會交往了？」

柯瑾瑜搔了搔頭，模稜兩可地說：「算是……曖昧吧。」她不確定。

別人都是以結婚為前提交往，他們卻是以交往為前提當朋友，想來也是挺好笑的。

柯瑾瑜已將嚴亦家視為她的後院，三不五時光顧，睏了就直接在他家睡一下午，然後兩人再一起去吃飯，上下課也是由嚴亦接送。

柯瑾瑜喜歡出遊，但嚴亦討厭吵，所以他們待在家的次數遠比在外多。大概是初嘗戀愛的滋味，柯瑾瑜變得容易妥協，甚至是依賴他。

嚴亦看上去沒什麼太大改變，依舊淡漠寡言，出口的話仍然讓柯瑾瑜想掐死他，但至少偶爾能看見他對她笑。

他總會在她不注意的時候盯著她看，特別是她苦惱的時候，例如大考前，或是社團又有什麼事情要處理。

礙於他的眸光總是過於強烈熾熱，柯瑾瑜想不發現都難，她會問他到底在看什麼，嚴亦就會笑著伸手揉了揉她的腦袋，眸光流露出少見的溫柔。

嚴亦自從在夜市提出交往後再無後續，柯瑾瑜也不惱，反倒覺得現在這樣很好，日子過得快樂，有時還能發現嚴亦不曾顯露的另一面。

例如，嚴亦不敢看鬼片。

這讓柯瑾瑜取笑了很久，說他人高馬大，膽子卻這麼小，很丟人，然後嚴亦就會腦羞一吻堵住她的嘴。

這招總是很管用，最後她都會乖乖閉上嘴，窩在他懷裡。

近期戲劇社要選定下學期的公演劇本，柯瑾瑜每天忙得不可開交，雖然劇本內容都不差，但就是沒有讓人眼睛為之一亮的作品。

柯瑾瑜深感焦慮，呂淨敏也特地打電話關心她，要她別給自己太大的壓力，放手讓學弟妹接手，順便培養下屆的編劇團。

柯瑾瑜覺得有道理，再半年她就大四了，有自己的人生規畫，甚至想申請交換生，不可能一直待在社團。這麼想之後，也就舒心許多。

「辛苦妳了，到時公演日期再告訴我，我一定會排除萬難回去看演出！」

「好！」

「對了，怎麼最近都沒見妳在家？問凱橙他們也說不知道，是在忙專題嗎？」

柯瑾瑜聽了繃緊神經，看來何岳靖沒說他們吵架的事，「喔……前陣子期中考比較忙一點，幾乎夜宿圖書館。」她不敢說待在嚴亦家。

柯瑾瑜也不知道為什麼，好像只要提起呂淨敏，所有的現實與封存的情感都會爆發開來。

掛了電話後，柯瑾瑜像是虛脫般趴在麵包店的吧台。

「我說妳都幾天沒回家了？」

「我只有偶爾才住嚴亦家啦，平常都有回家。」

劉燕歆的眉頭微不可察地皺起，抿了抿脣，碎念道：「你們不是還沒交往嗎？這樣三不五時進出男生的租屋，不好吧……」

「我也這麼覺得。」她答，微微斂下眼。

最近被曖昧沖昏了頭，每天與嚴亦見面就是吵鬧鬥嘴，偶爾的肢體接觸，都快忘了她和嚴亦還沒正式交往。

柯瑾瑜雖然為人豪邁大方，但對於男女關係，尤其是第一次談戀愛的她來說，按部就班是必須的，該有的過程絕不能草率敷衍。

只是嚴亦一直沒有再提最關鍵的步驟了。

以前柯瑾瑜覺得不要緊，他們可以慢慢來，但隨著曖昧時間一久，就會覺得像是不能曝光的地下戀情，兩人只是互相取暖。

「社長……說過喜歡妳嗎？」

柯瑾瑜搖頭，「沒有，我也沒對他說過。」

劉燕歆明顯遲疑了一下，接著問：「那妳喜歡他嗎？」

柯瑾瑜擰眉，抵在桌沿的腦袋微微仰起，一時之間答不上話，因為沒想過這個問題。

她怎麼會沒想過呢？這麼重要的一件事。

她喜歡嚴亦嗎？

晚上九點，嚴亦來接柯瑾瑜，按照最近的習慣，今天是要住在他家。

他依舊一身黑衣黑褲，帶著一貫的冷漠，劉燕歆見到社長來了，原先趴在桌上的身體立刻挺直，下意識整理儀容，戰戰兢兢地看他需要什麼幫忙。

嚴亦環顧店面，視線最終落在柯瑾瑜身上，「要買些吃的回去嗎？」她最愛一邊看電影，一邊吃東西。

柯瑾瑜卻出乎意料地搖頭，背起地上的書包，拉著他的手，轉身和劉燕歆道別。

劉燕歆微愣，望著他們交握的手，發現自己停頓太久，連忙牽起嘴角，「騎車小心。」

柯瑾瑜戴上安全帽，忽然說道：「今天還是送我回公寓吧。」她想了想，「我得回去趕個專題，期末又要來了。」

嚴亦側頭看了她一眼，沒說什麼，僅僅點了頭算是答應。

到了公寓樓下，柯瑾瑜摘下安全帽，微笑叮囑嚴亦騎車小心便轉身離去，倏然一股拉力迫使她後退幾步，下一秒她的背脊抵在冰涼的鐵門，發出震耳的碰撞聲。

嚴亦一手抵在她身後，高大的身軀籠罩著她。

柯瑾瑜自認自己的能力不會比男生差，男生可以做的，她一樣也可以。

只是談起戀愛來，真的不自覺變得嬌弱……她對這種姿勢最沒抵抗力了，渾身包裹在男性的氣息之中。

「怎、怎麼了？」

「這是我要問妳的。」

柯瑾瑜微愣，「我？沒怎樣啊。」她嚥了嚥口水，覺得她跟嚴亦真的好不對勁，「我只是想回家做報告……」

她的聲音愈來愈小，原因是嚴亦的唇愈來愈靠近她，柯瑾瑜是不排斥，但心裡更多的是不踏實。

當嚴亦溫熱的唇幾乎輕抵著她的上唇，氣息拂過她的鼻息時，柯瑾瑜忽然說道：「你……真的喜歡我嗎？」

同時她也在問自己，這樣的發展是對的嗎？

嚴亦想親她的舉動驀地停下，夜色中他的眸光清冷閃爍。柯瑾瑜的思緒有點亂，平時樂觀的笑臉有些無措和迷茫。

嚴亦低眸看著她，神色一如往常的冷靜，他的手臂忽然環過她的腰際，將她帶進自己懷裡，彎身吻上她柔軟的唇。

他的吻依舊輕柔而纏綿，熱烈且深入，不似他外貌給人的冰冷。柯瑾瑜有些招架不住，雙手抵著他胸膛，氣息凌亂。

醇厚的嗓音懸在他喉間，輕應了聲，「交往吧。」

柯瑾瑜迷離的眼神驀地清亮，黑白分明的眼眨了眨，還摸不著頭緒時，耳邊傳來由遠而近的腳步聲，在寂靜的夜裡彷彿慢下了，來人的步伐不輕不重，如同他平時的沉穩與內斂。

她的手腳倏地變得冰涼。

嚴亦沒有退開，依舊將她環扣在自己懷中，絲毫不在意被誰撞見他們的親密，更像是挑釁。

柯瑾瑜微微抬眼，熟悉的運動鞋，熟悉的率性站姿，她不敢再往上看，就怕與他四目交接。

空氣一片死寂，柯瑾瑜死咬著唇，緊握著拳，她不知道現在該用什麼表情比較恰當。

高興嗎？嚴亦和她交往了，他們是真正的情侶，是她的第一個男朋友。

難過嗎？何岳靖看到她和嚴亦在一起了。嚴亦是他的好朋友，他肯定沒什麼意見，不會再反對了。

柯瑾瑜的思緒好混亂。

「去哪了？」嚴亦率先打破沉默，嘴角彎著。

「剛從淨敏那回來。」何岳靖的聲音平穩，就像平時的寒暄。

柯瑾瑜沒有注意嚴亦的反應，反而意識到自己好久沒聽到何岳靖的聲音。

他的聲音醇厚好聽，語速平穩從容，大概只有罵她的時候，才會像裝上子彈似的又快又狠。

柯瑾瑜特別喜歡他低笑的樣子，不張揚，嘴角清淺地翹著，眼眸帶笑，乾淨清爽。

想著想著，她不自覺抬起目光，不偏不倚與何岳靖交會。他噙著淺淡溫柔的笑，眼底映照著稀薄的月光。

一如往常。

憤怒、壓抑、不屑，在他身上全然見不著，彷彿他們吵架的事，只是柯瑾瑜一個人在鬧脾氣。

她一瞬間被弄懵了。

「今天是要回來睡嗎？」何岳靖看著她，情緒平穩。

「嗯、對。」柯瑾瑜簡直要被嚇死了！何岳靖這是要跟她和好嗎？居然主動和她說話。

何岳靖確實擁有高情商，但那宛如聖人的光輝是怎麼回事，這一個月發生了什麼事嗎？

臨走前，嚴亦旁若無人地親了親她的額頭，柯瑾瑜一張臉瞬間漲紅，催著他趕快回家，而何岳靖從頭到尾一聲不吭。

柯瑾瑜盯著緩慢上升的電梯樓層數字，雙手緊攥著書包背帶，視線全然不敢亂飄。

壓力好大，還有種被抓姦在床的愧疚感……

當電梯門緩緩打開，柯瑾瑜就直接走了出去，想趕快逃回房間，孰料何岳靖同時要出電梯門，下一秒兩人的手臂撞在一起，齊齊卡在電梯口。

柯瑾瑜嚇得連忙後退幾步，「你先吧……」

何岳靖也不客套，偏過頭朝她勾起嘴角，黑眸含光，「謝謝。」

柯瑾瑜打了一絲冷顫。

一踏進客廳，正在打情罵俏的情侶檔出於習慣動作，順手向他們打了聲招呼，又開始玩起無聊地抱來抱去的小情趣，完全不在乎這裡也算是公共區域。

下一秒，他們像是發現奇怪的事，紛紛停下動作，機械式地轉著脖子。黃凱橙誇張地跳上沙發，「你、你們回來啦！」

「你不是才打過招呼。」何岳靖一臉莫名其妙。

「怡茜，妳以後別給他打太多電動，腦子都壞了。」柯瑾瑜好心提醒。

許怡茜張大眼，點了點頭，「嗯。」

「搭車有點累，我先去睡了，你們也別太晚睡。」何岳靖按了按後頸，有些疲憊，「尤其是柯瑾瑜。」

莫名遭到點名的她愣愣道：「好……」

待房門一關，柯瑾瑜幾乎是全身癱軟地倒在沙發上。黃凱橙和許怡茜見狀，立刻抓著她，「你們和好啦？」

柯瑾瑜搖頭。

「你們剛剛不是一起回來嗎？」黃凱橙壓低聲音，隔牆有耳啊。

「樓下遇到。」

許怡茜問道：「怎麼突然沒事了？」

柯瑾瑜還是搖頭，她才是最搞不清楚狀況的人。

「最近發生什麼事嗎？」柯瑾瑜急切地問，何岳靖會不會是受到了什麼打擊？

黃凱橙抓著下巴，左思右想，「沒有啊，就是淨敏偶爾會來。」

「那平時在家，何岳靖都在做什麼？」

許怡茜回：「沒做什麼，跟平常一樣。倒是淨敏感覺比較像是來過夜的，常常隔天又回公司了。」

柯瑾瑜瞥向何岳靖的房門，這樣的話完全說不通啊？

「不過妳真的和嚴亦在交往啊？」黃凱橙忽然問，「我看你們最近同進同出，我們系上也傳得沸沸揚揚。」

加上之前為了吃飯，居然特地借了一間教室，怎麼想都不可能只是朋友關係……

即使在男生多的工學院，嚴亦處事也低調，但他生來就有張不低調的臉，難免還是引人注目，何況是交女朋友這種事，絕對是茶餘飯後的八卦對象。

柯瑾瑜疲憊地將自己的臉埋入沙發，腦子再度響起嚴亦的話，「算是吧。」

黃凱橙以為她是害羞，嗤了她一聲，「嚴亦居然收了妳，他順遂的人生準備風雲變色了喔——」

柯瑾瑜沒好氣地瞪他一眼。

原先吵得驚天動地的架就這麼莫名其妙落幕了。

柯瑾瑜卻沒有鬆了一口氣的感覺，反而胸口異常鬱悶，彷彿所有的日子都朝著錯誤的方向前進，大家卻任由這些事發生。

生活又恢復到最初的狀態，唯一的變化是，柯瑾瑜和嚴亦成了情侶。

何岳靖對她和以往差不多，適當的問候，適時的關心，不會再有人誤會他們，但只有柯瑾瑜發現，他們無形中多了一層隔閡。

何岳靖當然也知道，因為執意這麼做的，是他。

更可笑的是，他沒有做錯。

她和嚴亦交往的事很快就傳開了，無疑是因為嚴亦是戲劇社社長，有點名氣，加上柯瑾瑜人緣好，兩人湊在一起自然成了一陣子的話題。

大學生活和高中不同，只要別礙著自己，大家沒有那麼多閒工夫管別人，因此也沒有太多紛擾，日子過得挺安逸的。

一切都再正常不過，柯瑾瑜卻隱隱約約覺得不安。

這學期選修了商業英文，去商學院的次數變多，有幾次都會碰上對她很有意見的學妹。

以往學妹都是斜眼看了看她就趾高氣揚地走了，今天倒是有興致跟她聊兩句。

張菜琳擺著小公主的高傲姿態，幾乎是以鼻孔在看人，眼底充滿對她的不屑。

柯瑾瑜深感荒謬，原來被人莫名其妙針對，真的會發生。

「總算想通了喔，知道丟臉了吧？」張棻琳冷嘲，下巴抬得很高，「人真的別做太多偷雞摸狗的事，呵！」

柯瑾瑜無語。

「淨敏學姊就是太善良才會引狼入室，還把妳當作朋友看待。」張棻琳滿臉嫌惡，「我要是她，絕對把妳這種勾引別人男友的行為昭告天下，讓大家撻伐！」

柯瑾瑜簡直忍無可忍，平常不回嘴只是不想把局面弄得難看，但張棻琳壓根以為她是默認。

「我就問一下，妳是淨敏嗎？還是妳是我？或者妳是何岳靖肚子裡的蟲？」

柯瑾瑜板著臉，嚴肅的語氣令張棻琳震懾，塗著口紅的唇微張，正準備反擊時，柯瑾瑜搶先一步說話。

「還是淨敏讓妳來教訓我的？」

「不是！妳不要亂說！」張棻琳有些急，聲音驀地尖銳了起來，似乎很怕她誣賴呂淨敏，「是我自己看不過去……學姊那麼溫柔，我要是不幫忙看著點，哪天妳就上學長的床了！」

柯瑾瑜冷笑，對於她偏激的想法，不知道的人還以為何岳靖是張棻琳的男朋友。

「妳明明也不是我們的誰，到底有什麼資格對我評頭論足？」柯瑾瑜偏頭朝她走近，「何況妳也知道我有男朋友了，我跟何岳靖完全不是妳想的那樣……」

柯瑾瑜抿了抿唇，在心底自嘲。

張棻琳氣不過，只能惡狠狠地瞪著她，因為他們現在的關係確實分得很清楚。

她是嚴亦的女朋友了。

那天，張棻琳氣得跺腳離開，柯瑾瑜卻沒有勝利的愉悅，反倒覺得一陣悲涼，但她不允許自己多想，她現在跟嚴亦處得很好就行了。

☪

晚上，柯瑾瑜回到公寓，屋內一片漆黑，她脫了鞋踩在冰涼的磁磚上。

黃凱橙和許怡茜跑去山上看難得一見的流星雨，她本來也想找嚴亦一起去，但是他討厭吵，不喜歡人擠人的地方，為此她還有些失望。

而劉燕歆得打工，柯瑾瑜一時也找不到人陪她，加上自己沒車，去哪都不方便，為此她不免小小埋怨了嚴亦一下。

他也該偶爾配合一下女朋友吧，每次都是她在妥協，嚴亦總是一副理所當然的模樣。

她氣憤地關上紗門，現在和何岳靖雖然和好，但是關係僵得像是灌上水泥似的，她臉皮再厚，都不可能跟以前一樣死皮賴臉地拖著他去。

她嘆口氣，啪一聲打開牆上的電燈開關，心裡想著要叫外送來發洩苦悶。

一回頭就看見一抹修長的人影坐在沙發上，上身穿著灰色毛衣，袖子拉至手臂處，襯出他寬闊厚實的肩膀，筆直的腿微開，手肘抵著膝蓋，修長的手指交扣在胸前。

「呃，你、你在家呀。」柯瑾瑜抖了一下，乾笑幾聲，「怎麼不開燈……」她的視線停留在他微紅的雙頰以及蹙起的眉，貌似喝了酒有點不太舒服。

何岳靖沒回答，解開領口的扣子，擰眉撐額不想理人。

他不常喝酒，因為酒量差，喝多了後果可不堪設想，只有避不開的聚會，或是自己的生日他多少才會喝兩杯。

她確實聽嚴亦提到他們班下午要替班導慶生，大概是那時候喝的吧。只是明知道自己不會喝，還喝這麼多……

柯瑾瑜見他不想說話，也不再問下去。

自從他們的關係變得奇怪，柯瑾瑜在他面前都相當有分寸，不敢表現出一點任性。

因為……不知道何岳靖是否還會包容她。

柯瑾瑜轉身準備走進房間，走了幾步，一番天人交戰後，她還是彎進廚房，不出幾分鐘就捧著杯子走到客廳。

「喏，給你。」她遞給他，「熱牛奶，應該可以解解酒。」

何岳靖低垂的臉緩慢抬起，深邃的眼眸有些迷離躁動，他抿唇撇過頭，骨節分明的手覆在兩側太陽穴，試圖舒緩隱隱作痛的腦門。

柯瑾瑜有些擔心地看著他。

高中的時候，柯瑾瑜第一次見識到何岳靖喝醉，園遊會的慶功宴，他被班上的男生灌酒，喝得很茫，最後錯把酒直接當水喝。

喝醉的何岳靖，與平日不苟言笑、注重形象的他判若兩人。

笑得有些傻，有些可愛，眼眸鑲著溫潤的光，如同降至人間的月色，暈染著他微翹的嘴角，溫柔得窒人，讓柯瑾瑜捨不得移開眼。

最重要的是，柯瑾瑜說什麼，他都無條件支持。

「柯瑾瑜很漂亮對不對？」

「……嗯。」

「柯瑾瑜比何岳靖聰明對不對？」

他抬起泛紅的面頰，朦朧眸光帶著笑意，看著她緩慢地點頭，「對……」

這副模樣簡直萌死柯瑾瑜了！

她拉著他的制服袖口，怕他重心不穩跌倒，接著朝他招手，「你蹲低一點。」

何岳靖沒有猶豫，微微垂下腦袋。

「唉唷——我們何岳靖真可愛！」柯瑾瑜玩心大發，笑著揉揉他的腦袋，掐著他的兩頰，「真希望你平常也這樣。」

不過沒關係，他怎樣她都不嫌煩。

何岳靖忽然問：「妳喜歡這樣嗎？」

柯瑾瑜不疑有他，「嗯，喜歡啊，看起來好欺負，你不知道你平時有多討人厭，什麼也不讓我，就愛跟我爭。」

「我也沒讓過別人。」

這句話確實有理，柯瑾瑜認同。

「我讓妳的話，妳就會喜歡我一點嗎？」

柯瑾瑜見他路都走不好，是個小醉鬼，存心要逗他，「可能會喔。」

「那我……」

「可是如果我喜歡你讓我的時候，那我就不是喜歡何岳靖這個人了。」

何岳靖呆呆地站在人行道上。

蹂躪他的臉一陣子後，柯瑾瑜總算心滿意足地放下手。

「走，我們去搭車。」她鬆開何岳靖的衣袖，哼著小曲走了幾步，發現他沒跟上，疑惑地轉過身，「怎麼了？」

何岳靖只是抿著嘴，朝她伸長了手臂，眸光清淺溫潤，帶點煩躁。

「走不動嗎？」柯瑾瑜覺得不妙，「先說我可扛不動你，少在街上耍賴要我背你……」她率先警告。

「妳走得太遠了。」

柯瑾瑜皺眉，完全連接不起來前言後語。

他瞇眼，「我看不到妳。」

「啊?」

「過來。」何岳靖擰眉,貌似不高興了。

「什麼啊……你開始發酒瘋了是不是?」柯瑾瑜才剛覺得他可愛,現在立刻就想把他打醒,「哪有很遠?才幾步的距離而已。」

礙於街上都是人,高大的他站在路中間難免有些引人注目,她只好一邊碎念,一邊朝他走去。

柯瑾瑜還認真數著自己的腳步,一、二、三、四……「你看!才五步!」她仰頭,注意力便被何岳靖洶湧的眼眸攫住。

柯瑾瑜微愣,抿唇咳了一聲,拉過他的手就走,「走啦,再晚要沒公車了。」

「要一直這樣。」

「什麼?」

「在我的範圍內。」

柯瑾瑜轉頭看他。

倏然,一雙溫熱的大掌摩挲過她的臉頰,柯瑾瑜的心跳漏了一拍。

「我伸手就能碰到的範圍。」他垂眸,聲音低醇,令人無法抗拒的詢問,似是誘哄,「好不好?」

柯瑾瑜鬼使神差地點了頭。

何岳靖看著她滿意地笑了,「真乖。」

柯瑾瑜有點懊惱,她雖然也喝了一點酒,但很確定自己是清醒的,怎麼會不管何岳靖說的話是什麼意思，就胡亂答應呢？

但她根本來不及細想，何岳靖已彎下身，薄唇動了動，眸光熠熠地看著柯瑾瑜，語調平穩卻說著令人心跳不已的話。

「我要親妳。」口吻像是要糖吃的小孩。

何岳靖的話像是提前告知，實則根本沒給她思考的時間，因為他的話和動作是同步的。

微醺的酒香環繞在他們的呼吸之間，男孩身著白色制服，俯身的模樣宛如天邊的皎月，潔淨明亮，領帶垂掛在胸前，溫熱的大掌捧起女孩透紅的臉頰，晚風挽起了她及肩的髮，撓過他的手臂和肩頸，帶著一絲麻癢與難耐。

他傾身吻了上去，脣碰脣的剎那，柯瑾瑜的腦袋一片空白，他如同蜻蜓點水般輕啄她的脣、她的眼和她的臉龐。

柯瑾瑜幾乎要沒了呼吸，無法動彈。

她沒跟別人接吻過，當然不知道該如何回應他，而且對方還是她的好朋友……

柯瑾瑜猛然回過神，死咬著脣逼迫自己清醒一點，她到底在做什麼？心靈出軌嗎？

她本想直接回房，卻還是因為該死的心軟和習慣，再次轉頭看向窩在沙發中的男孩，視線落入他深深的眸光之中。

如同高中時的對望，連眨眼都慢了的瞬間，才會讓當時的她誤以為何岳靖是喜歡她的。

愛慕的目光原來只是他慣有的溫柔。

柯瑾瑜彎起嘴角，沒再看他，「有什麼需要幫忙的再叫我。」她倉皇得只想跑，因為實在是太丟臉了！誤會何岳靖心意的她，真的……好愚蠢。

「過來。」

她一頓。

「太遠了。」何岳靖疲憊地閉上眼，頭暈得不像話。

柯瑾瑜微愣，腳步卻動彈不得。

何岳靖微睜開一隻眼，見她沒有任何動作，眉毛蹙成一團，「快點。」

面對他久違的不耐煩，柯瑾瑜下意識就想過去，但剛跨出的腳立刻停下，她現在已經無法再像高中那樣，毫無顧忌地走到他身邊。

「你想要什麼，告訴我，我幫你……」柯瑾瑜沒動作。

何岳靖緩慢睜開眼，黑眸宛若一片汪洋，他忽然用手抵著沙發，不穩地起身。

柯瑾瑜嚇得想伸手扶他，內心卻躊躇，因為目光沒辦法從何岳靖的眼睛移開。

她癟嘴，眼裡布滿水光。

為什麼又要用那樣的眼神看著她？他明明就不喜歡她！

「妳不過來，那我過去了。」

柯瑾瑜還沒來得及阻止他，何岳靖便踏著踉蹌的步伐走向她，四肢不受控地歪歪扭扭，甚至撞上了桌椅都渾然不知，狼狽的模樣和平時游刃有餘的他完全不一樣。

柯瑾瑜的神色複雜，喜悅與罪惡感交織，讓她倍感惶恐，就在何岳靖準備跨出最後一步時，連日未睡的身體早已到了極限，他痛苦得瞇起眼，抿緊的唇微微泛白，下一秒就要往後摔去。

柯瑾瑜嚇了一跳，連忙抓住他的手臂，用力將他拉了過來，但何岳靖身形高大，她根本撐不住他的重量，腳步略微不穩，往後退了幾步。

直到背脊靠上了牆，才終於讓她找到支撐點。

何岳靖重重靠在她身上，因為剛才的混亂，兩人的呼吸有些急促。待氣息逐漸平穩，柯瑾瑜才真正感受到何岳靖在抱她，死緊的。

她被他圈在懷中，耳畔傳來何岳靖的呼吸聲，他的臉頰不安分地蹭了蹭她的肩頸，一股電流瞬間竄滿全身。

柯瑾瑜的雙頰漲紅，不敢亂動，就怕一發不可收拾。

他們的心跳交疊在一塊，柯瑾瑜吞了吞口水，何岳靖柔軟的黑髮輕抵在她的下巴，他是如此靠近，屬於他的氣息一點一滴剝奪她的理智，讓她幾乎忍不住想回抱他。

柯瑾瑜垂眼輕笑，想起他當時親她，她也是這麼不知所措，都過幾年了，面對何岳靖她依然不長進。

「你親我是……」柯瑾瑜欲言又止，神情呆滯，被好朋友親了這種事她毫無經驗，現在她該裝作若無其事？還是應該大喊非禮？

她心跳得飛快，下意識咬唇，頓時想到何岳靖的溫度還殘留在她的唇上，柯瑾瑜的身體再次一僵。

「嗯，我親妳。」大概是因為醉酒，何岳靖很誠實，沒有平時的傲然，眸光迷離帶著傻氣，貌似還想親第二次。

柯瑾瑜連忙伸手遮住他的唇制止他，「等等！你、你不可以親我。」

「嗯……為什麼不可以？」

男孩張嘴的同時，唇瓣若有似無地擦過她的掌心，柯瑾瑜只覺得雙腿發軟。

哪有為什麼啊！朋友可以互相親吻嗎？

柯瑾瑜崩潰，完全不明白事情怎麼會演變成這樣？

看著何岳靖深邃的眸光，她臉頰一熱，怎麼突然就無法直視他了？

她撇過頭，「因為、因為……我們是朋友啊，怎麼可以這樣？」

何岳靖瞇著眼，傻傻地點頭，「這樣喔……朋友不行，好吧。」

空氣突然安靜了。

柯瑾瑜本來還期待能得到某人的解釋，孰料一片靜默，耳邊只傳來車輛呼嘯而過與路人對談的聲音，而何岳靖……

她轉頭，那個人已抱著人行道上的樹睡著了。

回想起來，還真被他當成白痴耍得團團轉，搞了半天，兵荒馬亂的反而是她。

柯瑾瑜抽出手艱難地拍了拍他的肩，「何岳靖……」她試圖動了動肩膀，孰料只是被他愈抱愈緊。

「該不會睡著了吧？」見他一動也不動，真的把她當成枕頭，四肢並用地纏上，柯瑾瑜氣結。

經過一番戰爭，她終於將何岳靖拖進房間，重複蓋了數十次被他扔在地的被子。

「何岳靖！」她踹了他的床沿一腳，「你下次要是再喝酒，我絕對把你埋進土裡……」柯瑾瑜看著他糾成一團的眉宇，也不忍再教訓他，伸手撫平他打結的眉頭。

「睡覺就好好睡，是在做什麼國家大事嗎？我最近也沒給你惹事，要睡得安穩一點才行啊！」她邊說邊替他再次蓋好棉被。

目光流連在他俊朗的五官，驀地彎起一抹笑容，全然無法忽視心口的跳動，一次比一次更讓她不能掌控。

怎麼辦？到底該怎麼辦？

「你到底憑什麼……」讓我這麼喜歡你。

回到房間後，柯瑾瑜雖沒有一夜未眠，卻也胡思亂想到了早上才昏沉睡去，醒來時已經中午了。

她的心情仍無法平復，不知道是罪惡感，還是想讓自己清醒一點，她打電話給嚴亦，心血來潮地想與他講電話。

但十分鐘不到他們就結束通話了。

柯瑾瑜縮在被窩中，再次回到一個人的空間，暗罵嚴亦真的很沒耐心。

她滑著手機，今天沒課，也沒人約，完全找不到可以分神的事，難不成真要任由亂七八糟的思緒，延伸一些不該有的想法……

這樣下去的話，真要成為張棻琳口中的賤女人了。

柯瑾瑜搖頭，絕對不行這樣！

她是嚴亦的女朋友、女朋友、女朋友！她在心裡不斷默念，逼自己清醒一點。

不料腦海卻突然跳出何岳靖的臉！

柯瑾瑜爆了一句髒話，覺得身心靈都快受創。

忽然，手機叮的一聲發出訊息提示音，柯瑾瑜懶懶地點開，呂淨敏上傳了一張白淨的自拍照，服貼的妝容，白領襯衫襯得她的臉蛋清麗無瑕，手裡正驕傲地拿著一本企劃案。

貼文內容寫著：「第一次做的企劃案被副總稱讚，他說給我加薪，我好像終於有點職場幹練女人的氣質了喔。」後面俏皮地加上表情符號。

柯瑾瑜笑了笑，呂淨敏還是一樣可愛。

柯瑾瑜順手按了讚，赫然發現嚴亦也按了。

他平時很少瀏覽社群，大概是對呂淨敏設了特別關注吧，所以任何動態都不會錯過。

柯瑾瑜沒想太多，順手留了一句：「趕緊回來看看妳的江山啊，戲劇社很缺經費，求贊助！」

留言完，又疲憊地倒回床上，滾了幾圈後，她靈機一動跳了起來。

明天是假日，今天也沒課，不如就南下去找呂淨敏吧，給她一個小驚喜。

呂淨敏每回都說在公司沒什麼交心的朋友，親朋好友都在北部，一個人難免有些孤單。

思及此，柯瑾瑜便興致勃勃地收拾簡單的行李，洗澡換上外出服，還特地畫上全妝，確認最重要的錢包、手機、充電線都帶齊後，她什麼人也沒告知，就搭著高鐵南下了。

就如何岳靖所說，做事都不瞻前顧後，事後才哭哭啼啼回來要他善後。

柯瑾瑜也知道這是壞毛病，想過要改，但是只要知道後頭總有何岳靖在，就覺得任性是可以被原諒的。

她望著窗外變換的風景，她果然……太不要臉了。

☪

到站時已是傍晚，正好遇到下班人潮，柯瑾瑜折騰了好一陣子才終於到了呂淨敏的公司。

她興高采烈地提著呂淨敏喜歡吃的甜點，站在公司外的大廳等她。

沒多久，呂淨敏一身白衣窄裙，踩著高跟鞋走了出來，脖子上還掛著工作證，刷過感應門後，她和周圍的同事道別，轉身就要趕著去別的地方。

柯瑾瑜手藏在背後，彎唇俏皮地朝她走近，呂淨敏一開始還沒察覺，拿起手機不知道撥給誰，電話還未被接通，呂淨敏就認出她了。

清澈的大眼瞠大，同時電話那頭也接通了，「下班了？我在……」一道男聲微微傳出。

呂淨敏緊張地說了句：「晚點再打給你。」便掛了電話。

「怎麼來了?」呂淨敏收起震驚,滿臉感動地跑上前握住柯瑾瑜的手,「妳自己來的嗎?」

柯瑾瑜點了點頭,「沒課,所以就來看看妳。」

呂淨敏扁著嘴,大眼盛滿水光,一副要哭的樣子,「妳怎麼這麼貼心,還跑來這探班,光車錢就不便宜了。」

「順便來玩啊!」柯瑾瑜豪邁地揮了揮手,表示不要緊。「一起吃飯吧,難得來了,介紹我吃了不後悔的餐廳吧。」

呂淨敏的眼神閃過猶豫,柯瑾瑜立即問道:「還是妳有約了?那沒關係……」

「妳一個人對這裡又不熟,而且妳久久才來一次,我一定得好好陪妳!」呂淨敏說道:「同事聚餐這種事隨時都可以,不要緊的,我帶妳去吃一家我超愛的店。」

呂淨敏興高采烈地拉著她,一路上都在分享工作上的趣事與糗事,柯瑾瑜從到尾靜靜地聽,不難看出她已經開始適應這份工作。

「我記得這家公司是妳之前實習的公司。」

「對啊!待遇和年終都不錯,所以一畢業我就投了履歷,正好也有在這實習的優勢,就順利錄取了。」

柯瑾瑜點點頭,羨慕她總是知道自己要什麼,會努力去實踐,是一個很有想法的女孩。

「說說妳吧,馬上要學期末了,戲劇社還好嗎?」

柯瑾瑜懊惱地咬著筷子,「就那樣嘍,現在還在改劇本,但一直不是很滿意……」

呂淨敏微微一笑,「沒關係,這種事急不得,妳已經做得夠好了,剩下的交給學弟妹吧,總是要讓他們學點東西，否則你們這些資深社員一走，戲劇社也跟著垮了。」

柯瑾瑜點了點頭，忽然說道：「妳知道嚴亦這次要擔任男主角嗎？」

呂淨敏本來還喝著湯，就這麼嗆個正著，「什、什麼？小亦嗎？」她拿衛生紙擦了擦嘴，「怎麼可能……他自願的？」

「算是被我半強迫啦。」

聞言，呂淨敏輕笑，「大概是拿妳沒辦法對不對。」

柯瑾瑜笑著點頭。

「小亦他啊，也不是真的壞心眼，就是需要多一點耐心和死纏爛打。」呂淨敏手撐下巴，「我高中也是這麼和他變好的。」

柯瑾瑜愣了愣，「你們是怎麼認識的啊？」

「我們是補習班同學。」

「咦？」

「我們國中就認識了，後來才念同一間高中。」呂淨敏笑道，「妳絕對想像不到他之前又矮又胖的樣子。」

柯瑾瑜倒抽一口氣，驚愕的表情惹得呂淨敏直笑。

她在腦海想像嚴亦矮矮胖胖的身材畫面，這……完全湊不起來啊！

「所以都說小時候胖不是胖，我高中畢業那天，他來送我花，我才突然發現他長高好多，整個人變得好帥氣。」

柯瑾瑜簡直驚訝得說不出話來。

「那時候好多人都以為他是我男朋友。」她笑，「怎麼樣都想不到，他是國中時被我保護在後，還愛哭的那個小胖子。」

呂淨敏又丟下第二顆震撼彈了。

「他、他愛哭？」嚴亦這人有所謂的淚腺嗎？她認真想問。

呂淨敏哈哈大笑，「這麼說可能有點難想像，國中的小亦可愛多了，雖然膽小怕事這點令人頭痛，但是現在的他真的太嚴肅了。」她沉吟了一下又說：「不過也可靠多了。」

柯瑾瑜點頭，一時半刻還沒辦法抽走嚴亦在她心中的冷酷形象。

「我想，這就是長大的代價吧。」呂淨敏微微斂下眼，「這世界一直是公平的，所有東西都是換來的。」

柯瑾瑜瞥見她眼底和以往不同的成熟與悵然，下一秒又恢復成平時俏皮的模樣，笑笑地看向柯瑾瑜。

她想，呂淨敏大概還不知道她和嚴亦交往了吧。

畢竟對外他們還是低調的，兩人都不喜歡張揚，社群狀態也沒有設成穩定交往，因為她覺得這個舉動很蠢。公開宣揚自己有男女朋友，分手的話，不就是讓大家看笑話，還得苦情地改回單身狀態。

不如，保持原樣。

嚴亦也鮮少使用社群，更不用說拍照，還討厭吵，生活簡直過得宅又無趣，他們目前似乎還沒有一張合照，柯瑾瑜默默嘆口氣，回去得趕一下進度了……

話題圍繞著嚴亦，柯瑾瑜也就順勢問了一些關於他的事。因為嚴亦從來不說，之前以為他是高冷，多說一句話都會降格調，後來知道他是不願提起。

現在正好有人可以問，交往後，還不了解對方真的說不過去了。

呂淨敏說，國中的同儕壓力特別重，只要稍稍和別人不一樣就會成為箭靶，成為班上同學捉弄的對象。嚴亦常常被人欺負，無非是他大一號的體型，以及畏首畏尾的個性。

呂淨敏是個正義感重的人，初次在補習班遇見嚴亦時，看不慣大家對他頤指氣使，甚至用言語羞辱。「大家都是父母的心肝寶貝，有心有肉，不是生來讓別人打罵，這對任何人都不公平。」

柯瑾瑜用力地點了點頭，表示贊同，霸凌這種事真的太可恥了！

她之所以那麼喜歡呂淨敏，不外乎是兩人的價值觀相似，換作是她，絕對也會站出來相挺。

「後來他就成了我的小跟班，整天在我身後打轉，說要幫我做這做那。」她笑，「其實他的奴性挺重的，只要別人對他好，他就會無條件的對那個人更好。」

柯瑾瑜噗哧笑出聲，這點倒是有跡可尋，雖然嘴巴壞，但是嚴亦未曾虧待過她。交往期間，儘管大多時候嘴上說不要，他還是會趁著她不注意的時候，默默去做。

「我國中畢業之後就很少見到他了，但還是有在聯絡，聽說他高中考上我們學校，我還特別請他吃飯恭喜他。」呂淨敏說，「那時候的他除了身高變高以外，其他都跟以前一樣，似乎還變胖呢。」

柯瑾瑜沒忍住笑出聲，光是想到滿臉肉乎乎的嚴亦就覺得違和。

「大概是因為考高中壓力大的緣故，加上沒有運動習慣，我就勸他減肥，否則過重身體負擔也大。」說到此，呂淨敏自顧自地笑了出來，「結果他反而跟我生氣，說我是個只在乎外表的人，國中的時候還說他胖胖的很可愛。」

柯瑾瑜簡直無法想像嚴亦鬧彆扭的模樣，怎麼想都覺得……驚悚！

「我跟他解釋肥胖會造成慢性病，還一一查資料證實給他看。」呂淨敏想起來還覺得不可思議，「結果他問我，如果他變瘦，是不是就會好看一點？更多人喜歡一點？」

「我那時候就說，變好看是一定的，但是最主要是健康。」呂淨敏努嘴，「之後就是現在這樣了，其實我沒想到他會那麼認真減重，大概是上高中後開始注意外貌了吧。」

聞言，柯瑾瑜淡淡笑了，「大概吧。」因為喜歡。

她似乎有點明白嚴亦為什麼會喜歡呂淨敏了。看過他最糟最懦弱的時候，卻還是守在他身旁，甚至出面替他打抱不平。

至於嚴亦喜歡一個人的方式，就是努力為了那個人改變。

而他做到了。

柯瑾瑜幾乎是脫口而出：「妳覺得嚴亦是個怎麼樣的人？」由女朋友親自問男朋友之前暗戀的女生，這種感覺還真說不上來，不知道該說大愛？還是思想開放？

呂淨敏想都沒想，「老實說，我比較喜歡他以前的樣子，現在的他距離感太重，有時都不知道該怎麼和他說話。」

柯瑾瑜頗有同感，「然後每天都一號表情。」

聊起嚴亦的個性，兩人簡直一拍即合。

「有捨就有得，所有事都是一體兩面。」呂淨敏似是有感而發，「他成為穩重勇敢的大人，卻變得難以親近，小時候的他絕對沒想過自己會是這樣的吧。」

「就是說啊。」柯瑾瑜微笑，忽然好想見見小時候的嚴亦。她會跟他說，減掉身上的肉就好，不要把熱情也減去呀。

「沒想過自己會變成……當初最討厭的那種人。」呂淨敏淡淡地垂下眼，嘴角噙著淺笑，有種說不出來的惆悵哀戚。

有一瞬間，柯瑾瑜覺得呂淨敏離她好遠，明明就坐在對面與她談天說地，她卻似乎感受不到以往的真心與率性。

「怎麼了？我臉上有什麼嗎？」呂淨敏見柯瑾瑜盯著她直看，摸了摸臉，「眼線暈了嗎？還是脫妝了？」

柯瑾瑜驀地回過神，接著搖頭，原來呂淨敏有這麼在意妝容嗎？之前都是素面朝天的……反而是她常因化妝而拖拉，惹毛何岳靖。

「沒有，妳還是很美。」柯瑾瑜揚起笑，俏皮地對她豎起大拇指。

呂淨敏失笑，「妳就是那張嘴巴最甜，難怪小靖總是拿妳沒辦法。」

提起敏感人物，柯瑾瑜嘴角的笑立刻僵住，為了不掃興，她還是跟平常一樣揮了揮手，「我大概是他人生中的一大爛攤子吧。」永遠都收拾不完。

「給他一點人生歷練也好，以後危機應變能力就能厲害一點。」

兩人哈哈大笑，如同大學的時候，將可樂當作啤酒，將天花板當成星空，酒杯碰撞發出清脆的聲響，接著一口乾杯。

她們之後又去了有名的藝術特區，柯瑾瑜買了幾樣文創商品，準備帶回去送給劉燕歆他們。

「真的不來我那住一晚嗎？」

「妳明天不是還得加班嗎？我去只會給妳添麻煩，我已經訂了青旅。」柯瑾瑜打開手機螢幕，信誓旦旦地說：「別擔心，我都二十幾歲了，能照顧自己的。」

「好，有什麼問題再打電話給我喔。」呂淨敏拍了拍她的肩，「到了青旅也傳訊息跟我說一聲。」她不忘提醒。

「好。」柯瑾瑜失笑，「快回去休息吧，我自己在附近逛逛。」

呂淨敏再次叮嚀，隨後笑道：「妳可別回去和小亦說是我爆料，他肯定會怨死我。」

聞言，柯瑾瑜正經八百地用手指在嘴上比劃出一條線，表示自己會誓死守密。

「我走啦！」

「好。」

「有事打給我喔。」呂淨敏做出打電話的手勢。

「知道了。」這瞎操心的毛病，跟何岳靖還真像。

所以她怎麼能夠……介入他們呢？

她早就沒有機會了。

柯瑾瑜走沒幾步，才後知後覺地發現手上還提著要送呂淨敏的蛋糕。

這是呂淨敏最喜歡吃的栗子乳酪蛋糕，因為貴，她一直不敢吃多。柯瑾瑜知道她的個性簡樸，但對朋友和何岳靖出手卻很大方。

剛和何岳靖交往就分隔兩地，一個人在人生地不熟的地方工作生活，她想著都心疼，毅然決定把蛋糕送到她家。

幸好之前呂淨敏搬家時，她順便記下地址，查了一下地圖，發現離這不遠，捷運搭個兩站就到了。

柯瑾瑜興高采烈地下了車，依循導航來到一棟大樓前，想起待會呂淨敏看到她時，肯定又驚又喜，搞不好又要哭了。

她這人最常因為感動而哭……

倏然，柯瑾瑜的腳步停下，本來還翹著的嘴角此刻不自覺斂起，她眨了眨眼，全身的血液彷彿倒流，心口涼得發顫。

「抱歉，今天大學朋友來，沒冷落到你吧？」呂淨敏軟聲軟嗓，俏皮的動作如同她每次向何岳靖撒嬌那樣。

這樣熟悉的畫面，柯瑾瑜看過很多次。

男人一身西裝革履，卻不難看出歲月在他的髮上留下了痕跡，帶著斑駁的白，以及微凸的肚腩。

呂淨敏挽著男人的手，嬌俏的小臉微仰，在夜色的襯托下顯得撫媚誘人，男人低頭便與她脣舌交纏，在人來人往的大街上，絲毫不在意他人的眼光，儼然是對熱戀的情侶。

柯瑾瑜發現自己提著蛋糕的手微微顫抖，緊咬著脣，雙眼乾澀。

「今晚要住我這裡嗎？我朋友說不住了。」呂淨敏眨著水亮的雙眼，粉嫩的脣微噘，「還是你得回家陪你太太？」

她的語氣不難聽出失落，明顯就是要男人的安撫與妥協。

男人的眸光一暗，看著她的眼神毫不遮掩地染上慾望，粗糙的大手撫上她白皙的臉龐，「哪都不去，就住妳這。」他一手摟過她，雙手不安分地游移在她的腰臀。

柯瑾瑜看得一陣反胃，呂淨敏卻笑得宛如戀愛中的少女。

看著他們親暱地走上樓，她腦袋一片空白，即便有所預料那人不是單身，但聽到呂淨敏和一個有婦之夫在一起，她還是起了雞皮疙瘩。

如此善良有正義感的呂淨敏，怎麼會成為別人的小三？還是有家室的人？萬一對方還有孩子……

柯瑾瑜不敢再想了。

☪

她不知道自己是怎麼走回青旅，滿腦子只有呂淨敏與男人親密的畫面，她想尖叫，想當面問清楚，可是她沒有勇氣，在緊要關頭時她退縮了。

彷彿只要走上前拆穿呂淨敏，這一切就成了事實。

那……何岳靖該怎麼辦？

柯瑾瑜第一個想法就是——絕對不能說！

下一秒，她立即抱頭，這想法不對！難道要讓何岳靖被矇在鼓裡？他是最該知道的人啊！

她滾在床上踢著被子，同房的旅客以為她是離家出走，或者跟男朋友吵架被趕出來，還勸她別意氣用事。

柯瑾瑜連忙澄清，安分地綑著被子躺好。

該去找呂淨敏問清楚嗎？說不定這其中有什麼誤會？搞不好是被強迫的？但看著他們兩人的互動，怎麼看都是你情我願……

還是先告訴何岳靖，讓他自己來處理？

柯瑾瑜嘆了一口氣，覺得她的頭快爆炸了。

枕邊的手機忽然震了震，柯瑾瑜嚇了一跳，發現是嚴亦的來電。

她努努嘴，這小子總算想到她了啊！

「喂？」

「在哪裡？」

柯瑾瑜嗤了一聲，還真是半句不廢話。「南部。」

他沉靜了下，又問：「去那幹麼？」

「玩嘍。」

「跟誰？」

柯瑾瑜揚眉，故意說道：「跟其他男生啊。」

嚴亦沒太大的反應，只淡淡丟了一句，「何岳靖？」

柯瑾瑜立刻從床上坐起，逗他的樂趣全沒了，「不好笑！」

她也不知道自己為什麼反應這麼大，就像是被誰拆穿了什麼心事，而那個人……正是她的男朋友。

「所以妳幹麼說呢？」

她哼了一聲，他不是應該吃點醋或是生悶氣？居然這麼冷靜，真是一點情趣都沒有。

彼此陷入了沉默，柯瑾瑜望著天花板，知道她不開口的話，這通電話又要結束了。

「喂。」

他應聲。

柯瑾瑜忽然想笑，講電話這種事對嚴亦來說應該很陌生吧，畢竟面對面都不見得會打招呼了。

「你覺得出軌可以被原諒嗎？」

問出這句話時，她才後知後覺發現，怎麼也像她此刻的狀況……

說來還真諷刺！

「要跟我懺悔？」

「沒有。」

「沒有？」他低沉的嗓音微揚，聽不出喜怒。

「我不是那個意思啦……我才沒有亂來！」至少她還是安分守己，明白自己的位置，「就是剛剛看了一部電影有感而發。」

嚴亦默了默，「不行。」

按照以往，柯瑾瑜也會斬釘截鐵地說不行，而且絕對要咒死那些外遇的人才行！

只是現在……

「你覺得那些人為什麼要出軌？」她剛剛好幾次想走向前，這麼問呂淨敏。

「得不到想要的愛吧。」

柯瑾瑜微愣，還以為嚴亦會答他最常說的：「不知道，別問我。」

「那為什麼不能好好跟愛人說明自己的感受？」

「就像妳不會什麼都告訴我一樣。」他的語調出奇地平靜。

柯瑾瑜立刻愣住，下意識咬住脣。

他們果然很像啊……

「兩個人能不能長久，看的是說心裡話的程度。」

嚴亦隔著電話的聲音離她很近，一字一句清晰地敲打著她的內心。

「大家都有朋友，檯面上的應酬話，不需要再多一個人聽了。」嚴亦冷哼。
嚴亦對愛情的解釋一針見血，卻也是事實，她並不厭惡，反倒想起身鼓掌叫好。
「我錯怪你了，你超會聊天。」
嚴亦輕哼一聲，柯瑾瑜完全能想像此刻他鄙視她的眼神與自得的嘴角。
「因為我就是這樣的人。」
聞言，柯瑾瑜沒有一絲震撼，反倒覺得鬆了一口氣，慶幸嚴亦這人有話直說，面對男女關係也是喜歡就追，不喜歡就拒絕。
雖然不顧慮別人的感受，卻是最誠實的。
這大概就是小時候的他，保留下來的善良吧。
「晚安。」
柯瑾瑜看著暗下的手機螢幕，心裡沉甸甸的。
最終她還是沒有告訴嚴亦，關於呂淨敏劈腿的事。
直到現在柯瑾瑜仍不敢相信，「劈腿」這個詞會出現在呂淨敏身上，她是如此善良與美好，牽腸掛肚的都是別人，常常把自己弄得一身傷，卻還是笑著說沒關係。
怪不得呂淨敏這學期常常在奇怪的時間來找何岳靖，假日說要加班大概也是騙人的。
她該怎麼告訴何岳靖這件事呢？
柯瑾瑜心不在焉地滑著手機，今天一整天她都沒有回訊息。

點開通訊軟體，發現何岳靖傳了訊息給她，總是這樣……一眼就能看到他的訊息。

以往他的頭貼都會在第一個，自從上次的搬家風波，何岳靖的訊息框早就沉到最底下了，這大概是近期唯一的訊息。

她猶豫了下，這般忸怩的狀態還真不像自己，一鼓作氣地點開訊息，真要輸入文字時又開始陷入糾結，打了又刪，刪了又打，以往她都嫌麻煩直接撥電話過去，即便兩人都在家，僅僅只隔著一扇門。

對何岳靖她總有用不完的任性與嬌氣。

好似只要一直對他鬧脾氣下去，有天他就會受不了離開她，如此一來，她就能好好地傷心一回，然後再愛上別人。

但是，何岳靖一直沒走。

為什麼不走呢？柯瑾瑜沒敢問，因為心存僥倖。

「在哪？」

何岳靖的訊息只有一句，不符合他平時總打一長串的風格，一看就知道在生氣，大概是猜到她又做了些亂七八糟沒計較後果的事了。

柯瑾瑜努努嘴，不對……照理來說，應該打電話過來開罵了。

「這次居然忍住了。」柯瑾瑜嘀咕，想輸入文字的手驀地停下。

忍耐？何岳靖在忍耐？

她一恍神，手指就這麼按下通話鍵，等到回過神，想切斷已經來不及了，對方比她想像中還要快接起電話。

「喂？」

何岳靖的聲音很沉很淡，與昨天醉酒的憨傻截然不同。

柯瑾瑜的聲音一瞬間哽在喉嚨，一方面是許久沒和他講電話，另一方面是知道呂淨敏現在正和別的男人在一起，她突然不知道怎麼閒話家常……

高中時，每回她睡不著，總要拖著他一起熬夜，何岳靖沒有熬夜的習慣，怕他偷跑去睡，她就藉著與他通話來監視他，每隔十分鐘就說一句睡了嗎？不准睡！我睡了你才可以睡！

現在回想起來，她會這麼無法無天，搞不好就是何岳靖寵的。

「怎麼了？」何岳靖見她遲遲沒出聲，淡然地問了一句，「要我幫妳什麼？」

柯瑾瑜無言，何岳靖果然是她的保母，不用天花亂墜地扯，直接切入重點。

「沒，什麼都沒。」她無奈，「我很好，好得不得了。」

「是喔，真是對我太好了。」

聽著他意有所指的嘲諷，柯瑾瑜下意識地哼了一聲，「沒有你我也過得很好……」她的聲音莫名弱下，一掌狠狠地拍在自己的額頭，怎麼又意氣用事了！

「嗯，那很好。」

何岳靖的聲音出乎意料的平靜，沒有一絲起伏，聽在柯瑾瑜耳裡卻覺得心塞。

她其實一點都不怕何岳靖對她發脾氣，她怕的是……現在這樣。

對於她的好與壞不再過問，甚至沒有興趣知道。

想到這，柯瑾瑜突然不敢再開口了，就怕他們的距離真的會愈來愈遠……

高中時總覺得他會一直留在自己身邊，所以肆無忌憚地對他使壞，她以為他們會永遠這樣，偶爾鬥嘴，卻也不會真的吵散，歡騰地過著有彼此的每一天。

直到有人問起她和何岳靖的關係，柯瑾瑜才發覺，他們什麼關係也沒有。

「跟他告白試試？你們感情這麼好，我覺得有百分之八十的機率會成功！」

人生初嘗戀愛，柯瑾瑜心高氣傲，認為憑什麼是由她來說？要也是何岳靖主動。男追女，才符合戀愛的程序。

於是她說：「我不跟朋友交往的，以後分手多難堪啊。」可是如果那個人是何岳靖的話……或許真的有可能。

而後她就捧著這份自以為是，等了又等，卻等來了呂淨敏。

「我能不能問你啊？」

「我說不行，妳還是會問吧。」

孰料，柯瑾瑜卻說：「如果你真的不想回答，那就不勉強。」

何岳靖默了默，微弱的呼吸聲盤繞在她的耳畔，她的心跳微微加快。

「說吧。」

她在心裡鄭重做了幾次深呼吸，「淨敏……你喜歡淨敏哪裡啊？」

這個問題她從來沒問，一方面是怕忌妒，另一方面是怕何岳靖會發現什麼。

她不想看到他愧疚的臉，更不要他的嘲笑，會顯得她很可憐，像個白痴。

何岳靖沉默，就在柯瑾瑜以為他大概是不想說時，他緩緩開口，「她很善良，雖然常常意氣用事，明明就是女生，卻愛跟別人講義氣，還有就是輸不起，說什麼都要贏，總是在逞強。」

他的聲音帶著笑意，明亮而溫暖。

聽著聽著，柯瑾瑜眼眶一酸。

「所以，不照顧她不行。」

柯瑾瑜抿緊了唇，拚命抑制快要崩塌的情緒，聲音變得很低，「就是說啊……」

何岳靖安靜了幾秒，「妳問這個做什麼？」

「沒有啊，就是好奇……」她笑了幾聲，聲音意外的沙啞。

敏感的何岳靖立刻察覺不對勁，「妳是不是感冒了？」

柯瑾瑜愣了愣，為了不讓他察覺異樣，乾脆誤導他，裝模作樣地吸了吸鼻子，「哪有！我那麼強壯，一年生病不超過一次。」

想當然何岳靖從來沒相信過她的話，接著就是他一連串的嘮叨。

她已經好久沒見識到這威力十足的碎念，柯瑾瑜勾起苦澀的笑，嘴裡嚷著好啦、知道、你好煩，眼底的酸意卻遲遲沒有消退。

何岳靖真的太奸詐了。

不喜歡她，還一直對她好。以為她是木頭人嗎？不會有感覺，還是不會心動？

那是不是就表示，何岳靖從來沒有想過別種可能，連一點想法都沒有。

「何岳靖。」

「嗯。」

「如果你很信任的人，有天變成大家都很討厭的那種人。」她說：「你會不會再也不理她了？」

難得這次他沒有猶豫，略沉的語調輕撫過她的心尖，震動著她的耳膜。

「既然是我信任的人，那我也只信她說的。」

柯瑾瑜應了聲，忽然笑了，心裡卻空蕩蕩的。

☾

呂淨敏今天說要加班，但柯瑾瑜心裡有底，一大早就退房跑去她的大樓外偷偷待著，怕被認出，連墨鏡都戴上了。

原來電視劇演的都是真的。

忽然，她的手機響了，是呂淨敏來電。

柯瑾瑜的呼吸一窒，下意識地左顧右盼，深怕行跡敗露。

「瑾瑜啊，起床了嗎？昨晚都還好嗎？沒什麼問題吧？」呂淨敏的聲音依舊溫柔，語調輕快活潑，沒有任何異常。

「嗯！都很好！」反倒她有些心虛，「妳要去上班啦？」

「對啊。」話筒似乎傳來她在走路的聲音，「抱歉！難得妳來，我卻沒時間陪妳。下次約個時間，把燕歆他們也找來，大家一起出去玩。」

柯瑾瑜往大樓門口探了探，一抹纖細的人影，一身便裝，粉白色大衣襯著她的身形優美，一手拿著名牌包，另一手持著手機。

正好是與她通話的呂淨敏。與昨天中規中矩、襯衫窄裙的她簡直判若兩人。

柯瑾瑜不知道原來呂淨敏是這麼奢華的人，她以前明明都是穿著簡單，比起亮麗的物品，更喜歡素色的衣著。

「喂？怎麼不說話了？」

柯瑾瑜猛然回過神，「喔！當然好啊！等期末考結束，我們再來找妳玩，到時妳可得把時間空出來喔！」

語落，柯瑾瑜看見呂淨敏身後出現的男人，她的胸口很悶……真的不是她眼花。

男人順手攬過呂淨敏的腰。

「一定喔！」另一端，呂淨敏開心地回應，「否則我一個人在這，真的很無聊，也沒什麼朋友，唉——果然還是當學生最好了，不用看上司的臉色。」

柯瑾瑜看著男人在她頰上落下一吻，面容有些無奈，而呂淨敏嬌羞地笑，笑聲透著電話竟有些尖銳刺耳。

她又感到反胃了，呂淨敏怎麼能臉不紅、氣不喘地撒謊，這根本就不是她認識的那個人……

經過她整夜反覆推敲，柯瑾瑜猜想男人或許是她的上司或同事，日久生情這種事，誰都避不了。目測對方的年紀約莫四十幾歲，身上看起來價值不菲的西裝與皮鞋，上司這個身分是最合理的。然而柯瑾瑜也不敢亂斷定。

「妳上班加油，我們再聯絡。」柯瑾瑜覺得自己快要忍不住了，她匆忙掛上電話，眼睜睜看著男人替呂淨敏開了副駕駛的車門，兩人還嬉鬧了一下。

她想靠近一點偷聽他們在說什麼，又怕被發現，最終只能看著黑色轎車自她的視線中駛離。

柯瑾瑜像洩了氣的氣球，小手卻緊緊攥著拳。她想豁出去和呂淨敏理論，但她知道感情這種事不該由外人來插手。

要也是何岳靖自己解決。

她搭著捷運逗留了一陣子，雖然思緒亂雜，她還是吃了一輪部落客推薦的美食，最後帶著忐忑的心情回學校。

搭車的時候，她無法克制自己胡思亂想，甚至順手查了「天海」的資料，看能不能多少了解那男人的背景。

想當然什麼也查不到。

她忽然想起，呂淨敏曾說這間公司是她大四實習的地方，會不會那時候他們就……

那何岳靖不就是備胎嗎？

柯瑾瑜真的不敢再想了。

第五章　殘月

下車後，柯瑾瑜一陣心煩意亂，不知道待會見到何岳靖該怎麼說，她先去了一趟劉燕歆打工的麵包店。

劉燕歆一見到她，焦急地臭罵她一頓，「妳怎麼一聲不響地跑去南部，嚇死人了！」

她傻笑地搔了搔頭，「心情悶，就出去走走嘍。」

「真是！」劉燕歆沒好氣地看她一眼，「我們本來以為妳回家了，結果何岳靖說妳根本不是個常回家的人，應該是跑去哪裡玩了。」

她的事，何岳靖永遠料事如神。

「我去找了淨敏。」

聞言，劉燕歆眨了眨眼，「她還好嗎？看她最近發的文似乎都是好事，感覺應該過得不錯。」

「嗯……真的不錯。」

「怎麼啦？妳好像不太開心，是遇到什麼事了嗎？」劉燕歆順了順她的瀏海。

「就是覺得……好像什麼都錯了。」

「啊？」

「從一開始就是。」

「妳覺得我追她好不好？」

那時，何岳靖似乎這麼問她了。

這段記憶很模糊，明明是那麼重要的事，柯瑾瑜卻花了一些時間才回想起來。

她總是選擇逃避，只要發現事情對自己不利，最快的方法就是選擇遺忘。

她到底為什麼這麼輕易就讓何岳靖走？他說要追呂淨敏時，她還自以為豁達地當他的小幫手？他說不喜歡她，她就真的不做任何努力？

現在想起來，柯瑾瑜都覺得自己蠢，蠢得無可救藥！

劉燕歆皺了皺眉，「說這話一點都不像妳。」

「嗯？什麼意思？」

「因為妳一定會說，錯了導正過來就好啦，又不是什麼大不了的事。」她說，「所以何岳靖才常說，什麼天塌的大事到妳那，都比肚子餓這件事來得小。」

柯瑾瑜有些愕然、有些丟臉、有些豁然開朗，說話微微結巴：「我、我哪有啊！別聽何岳靖亂說……」

劉燕歆見她恢復成平時大剌剌的模樣，失笑道：「不過我就喜歡妳這樣，世界上本來就沒有什麼過不去的事。順序錯了，我們就重新排序，有時候我們不是要對誰負責，而是想給自己一個交待。」

柯瑾瑜的心臟一縮。

「只要我們心裡都能翻過那道坎，誰能阻止妳跨過？」

她聽完莫名地想哭，癟著嘴抱了抱劉燕歆，「我以後嫁不出去，我就跟妳吧，妳也千萬不要交男朋友……」

劉燕歆噗哧一笑，拍了拍她的背。

柯瑾瑜準備回去前，在門口碰上嚴亦，她這才想起今天要去他家過夜。

她愣了一下，默默抬起手，「嗨。」

一旁的劉燕歆連忙說道：「我跟社長說妳在這裡的。」

嚴亦瞟了柯瑾瑜一眼，沒說什麼，「走吧。」

如同往常，他們買了宵夜回去，到了嚴亦家，柯瑾瑜很順手地將宵夜倒進碗裡，熟悉地擺放起碗筷，在小桌子前坐定。

多虧劉燕歆的一番打氣，她現在渾身充滿力量，但要面對當事人還是有點緊張，所以打算把嚴亦當作練習。

他和呂淨敏交情好，甚至還喜歡過她，告訴他應該和告訴何岳靖的心情差不多，都是很難啟齒的。

她深吸一口氣。

嚴亦坐在她對面，狐疑地看著她，「妳有什麼毛病？」

柯瑾瑜看了他一眼，轉了轉頸子，「那個……我有一件事想跟你說。」

「不要說。」嚴亦回絕得很快。

「為什麼？」

「一定不是好事。」

柯瑾瑜微愣，「我覺得真的有必要告訴你。」她必須找人一起討論這件事，還有怎麼開口比較妥當。既不會傷害何岳靖太深，也能讓呂淨敏有解釋的機會。

嚴亦見她又恍神，略微不耐，「那就快說。」

「是有關淨敏的事。」

柯瑾瑜悄悄看一眼嚴亦的表情，果不其然他的眼眸深了深，即便還是那副不冷不熱的模樣，但她知道嚴亦認真了。

交往期間，特別是兩人獨處的時候，他們就像說好似的，誰也不提起何岳靖或是呂淨敏，也盡可能不去想他們，只專注於彼此。

他們心裡都有底，一旦提起那些人，會顯得他們的愛情很可悲。

僅僅是建立在同病相憐。

柯瑾瑜想過就這麼跟著嚴亦也好，他對她不差，異性緣方面也因為不搭理任何女孩子，自然不會讓她沒安全感。

「我去找她了。」嚴亦的臉色有些沉，柯瑾瑜怕自己退縮，一鼓作氣說完：「我和淨敏吃完飯就分開了，結果我忘記把禮物給她，之前幫她搬家的時候，我們不是有順便記下她的地址嗎……」

「直接說重點。」嚴亦打斷。

柯瑾瑜見他不自覺地蹙起眉，語氣有些不善，忽然覺得不該跟他說……但她管不了這麼多了。

「淨敏她……好像出軌了。」柯瑾瑜抿了抿乾澀的唇，「不是好像，是出軌了。」

嚴亦緩緩抬眸，眼神晦暗不明，柯瑾瑜頭一次見他這模樣，以往再怎麼惹他生氣，他也僅僅是拋了一個眼神，從沒有像此刻這樣，不說話就讓她倍感恐懼。

她避開與他對視的眼，「不過我還沒告訴何岳靖，我想先來和你討論怎麼和他說。」

嚴亦冷聲問：「妳看到了？」

「嗯，我也很驚訝，以為是我眼花了。」

嚴亦再次打斷，「淨敏親口承認？」

面對他忽然咄咄逼人的語氣，柯瑾瑜有些愣怔，他是在懷疑她嗎？

「我沒當面問她，我也不知道怎麼問……但是這種事一看就知道了啊。」

「妳憑什麼這麼說？」

「……嗯？」

「淨敏不可能是這樣的人。」

「但是……」柯瑾瑜不可置信，所以意思是她汙衊她嘍？

「我認識她比妳認識她久。」嚴亦第一次這麼堅定立場，讓柯瑾瑜深感錯愕。

「等等，你現在是覺得我在說謊？」柯瑾瑜起身。

嚴亦沒應聲，但表情已經說明一切。

「我為什麼要說謊？」

他冷笑，「誰知道，就像妳突然一聲不吭跑去南部，我也同樣不知道妳做了什麼。」他抬眼，「我甚至不知道妳是不是真的去找她。」

柯瑾瑜覺得腦袋隱隱作痛，嚴亦明明是這麼明事理的人，現在居然說出這種見鬼的瞎話！

「我沒必要拿這種事開玩笑。」

「妳跟何岳靖不就是這樣曖昧個沒完嗎？何況妳還喜歡他吧。」嚴亦勾起嘴角，句句冷嘲，不假思索地揭開柯瑾瑜以為早已沉澱的心事。

「妳良心不安，所以對淨敏的所作所為開始捕風捉影，好讓妳可以減輕一點罪惡感。」

「我……」

「否則為什麼突然跑去找淨敏？」

柯瑾瑜不懂，為什麼全世界都要護著呂淨敏？何岳靖是這樣，嚴亦也是，更可笑的是，嚴亦現在是她的男朋友。

柯瑾瑜第一次覺得好忌妒呂淨敏……可是有這樣想法的自己，更讓人厭惡。

「所以你現在就是懷疑我，相信淨敏。」她這句話不是疑問。「為什麼？因為她善良？因為她不會傷害別人？還是因為你根本就還喜歡她？」

柯瑾瑜覺得太可笑了。

「這樣的你，有什麼資格說我？」

嚴亦沉默了，看著她的眼神冰涼。

「淨敏就是不喜歡你，你這樣袒護她有什麼意思？還是你奢求她會感謝你？」她冷哼，「別傻了好不好！她早就不是我們認識的那個她！」

從撞見她與別的男人在一起的那一刻，柯瑾瑜始終不敢有「她變了」這種想法，她不相信只是短短幾個月的時間，呂淨敏就成了她完全沒想過的樣子。

可是當她看著嚴亦義無反顧地相信呂淨敏，她忽然看得透澈了。

事實就是，呂淨敏嬌笑地挽著別人的手，與一個他們從來不知道的男人共度夜晚，而且不知道在一起多久了。

柯瑾瑜見他攥緊垂放在腳邊的拳頭，臉色陰霾，平時總是一副無風無浪的嚴亦，居然會克制不住發這麼大的脾氣。

除了深感荒謬以外，她更了解一件事。

嚴亦從頭到尾都沒想過要放開呂淨敏，有的只是強大的抑制力。

他的神色冷硬，深邃的眼眸幾乎將他的理智給淹沒。他倏然起身，高大的身影一步一步逼近柯瑾瑜。

柯瑾瑜雖然害怕，但就如何岳靖所說，她死也不會退縮一步，逼迫自己挺起胸膛，與他面對面。

嚴亦在她面前站定，柯瑾瑜只覺得背脊一陣涼，卻還是堅守立場，定定看著嚴亦。

他驀地勾起唇，笑得柯瑾瑜心底發寒，她的身體終究還是背叛了她，不自覺地後退一步。

嚴亦以為她想逃，眼明手快地捉住她兩隻手腕，徹底限制住她的行動。

他的眸光暗湧，嘴角勾起輕蔑的弧度，「所以妳就喜歡我嗎？」

柯瑾瑜微愣，雙手被他禁錮在胸前無法動彈。她擰眉，不讓自己懦弱地露出驚慌之色，「嗯，喜……唔！」

幾乎是同時，嚴亦高大的身軀向前傾靠，她瘦弱的背脊硬生生撞上身後的牆，掙扎的悶哼聲全吞沒在嚴亦激烈且失控的吻。

他的吻重重落在她的唇、臉頰、脖頸、鎖骨，不斷往下吮吻舔咬，不似以往的溫柔輕巧，甚至讓她覺得痛。

她彷彿成了嚴亦的獵物，任由他撕毀、蹂躪。

柯瑾瑜毫無抵抗之力，逸出胸口的尖叫聲一次又一次被他粗暴的吻給擊落。

嚴亦暗色的瞳孔沒有任何情感，一舉一動都像是循著男性本能，他的手毫無猶豫地探進她的衣衫，溫熱的手掌一吋又一吋滑過她的肌膚。

「既然喜歡，就把該給我的都給我，妳覺得怎麼樣？」

柯瑾瑜雙眼泛紅，劇烈掙扎讓她的頭髮凌亂不堪，本該是最親密，最能夠互相體諒的另一半，卻是最不相信她、傷害她的人。

「這就是妳的喜歡？」嚴亦吮上她的耳垂，低語的話似是誘哄，但更多的是嘲弄，「我憑什麼要心裡有著別的男人的女人？」

嚴亦哼笑。

柯瑾瑜死咬著牙不讓嚴亦將舌探入，她忽然意識到自己討厭他的碰觸，覺得噁心，覺得一切都不對勁！

以往的她雖然不討厭，但也從來沒有習慣。柯瑾瑜一直說服自己這是初戀，所以才會什麼都不自然。現在，她終於狠狠明白了！

柯瑾瑜覺得自己就快要無力承受他一次又一次地越線……她死都不要和嚴亦發生關係！

心一橫，她張嘴用力咬住嚴亦的唇，一抹腥甜瞬間擴散在兩人嘴裡，嚴亦吃痛地擰眉，離開了她的唇，撫摸她身體的手也因而停下。

柯瑾瑜死死瞪著他，手背一次又一次用力擦過早已被嚴亦吻得腫脹的唇，粗魯的舉動讓她的嘴唇也磨破了，一點一滴滲出血珠，染紅了她的嘴角。

平時靈動的雙眼布滿血絲，儘管努力抑止，還是抵擋不了內心真實的反應。

「你不要太過分了……」出口的話帶著哽咽，連她自己都嚇住了。

嚴亦面無表情地看著她，雙手卻握著拳。

「對你來說只有淨敏值得被心疼吧，所以其他人怎麼樣都與你無關。」柯瑾瑜冷笑，唇上的傷口微微拉扯著，「那當初何必說得這麼好聽？一起忘掉喜歡的人？」她彷彿是聽到天大的笑話，鮮紅的嘴唇笑得悲傷。

「你早就知道不可能了，對吧？」兩行溫熱的淚水彷彿承載不住真相的重量，毫無預警地滑落，「你就只是想找個人來陪，或者該說……你從頭到尾都只想守護淨敏。」

柯瑾瑜早該想到，比起她對何岳靖的喜歡，嚴亦對呂淨敏何嘗不是滾燙的愛意，那是他耗上了整個年少在等待的人。

嚴亦沒有說話，卻也沒有再靠近她，冷然的視線定格在她臉頰的淚痕。

「淨敏說得對，你就是別人對你好，你就會不管對錯地對那個人更好。」嚴亦看著她的眼神一凝，「何況是在你最糟的時候，對你伸出援手的人。」

柯瑾瑜垂頭，長髮遮住她一直以來樂觀的笑臉。

「其實我想過要好好了解你，不要我們的交往只是建立在別人的愛情上。」她彎起笑，「我們都需要被愛和愛人，我想你比我清楚，有些人就是強求不來，不管是錯過還是不愛了。」

柯瑾瑜抬起頭看他，瞳孔不似以往明亮清澈，反倒像是一隻被丟棄的娃娃般空洞無神。

「既然我選擇跟你在一起，我也覺得我們應該要好好過，所以我真的在努力了，儘管所有一切都是錯的……」

小時候都覺得談戀愛要選自己愛的，她也確實死心蹋地喜歡上何岳靖，然而長大後的她才明白，有時被愛才是幸福的。

即便你沒有很愛那個人。

嚴亦的眉頭蹙得死緊，他想靠近柯瑾瑜，然而她卻面露驚慌，眼底的懼怕清晰可見。

嚴亦不敢再亂動了，他這才意識到自己真的傷害了她，不只身體，連同內心也被他摧殘得碎裂。

他只是……

半晌，嚴亦低沉的聲線緩緩響起，疏淡卻帶著少有的誠摯，「對不起。」

柯瑾瑜緩緩閉上眼，眼眶殘留的溼潤一傾而下。

「我不接受。」她說。

她倔強地用手抹了抹淚痕，一手俐落地抓起背包，甩門而去。

十二月的氣溫低得像是要滲入骨髓般寒冷，凍得她四肢發疼。

她的衣衫有些淩亂，一個人走在夜色沉寂的大街上，午夜的城市依舊繁華，墨藍的天空綴著月暈，她每走一步，眼淚就掉了一些，直到最後嚎啕大哭。

柯瑾瑜害怕被路人看笑話，一個人窩在巷弄的電線杆旁使勁大哭，像是要把所有壓抑的情緒給哭出來似的。

用力、再用力一點哭……這樣的話，就什麼都會好起來的。

她很久沒有哭得這麼厲害，連何岳靖與呂淨敏正式交往的那一天，她也還是笑著，笑得宛如沒心沒肺。

現在才知道……原來都是忍著，忍到最後成了自然。

不知過了多久，她哭得手都發顫了，抽噎聲仍在繼續，她動了動有些凍僵的手指，翻出口袋裡的手機，下意識想打給何岳靖，過去為了求方便，她還設好快速撥號鍵。

當手指快要觸及螢幕時，柯瑾瑜驚慌地連忙收回手。

這副樣子不能被何岳靖看到。

☪

劉燕歆到的時候，看到柯瑾瑜失神地蹲在路邊。

她從來沒見過這樣毫無生氣的她，一直以來柯瑾瑜都是活蹦亂跳，笑臉迎人，樂觀正向得讓人覺得她幾乎沒有負能量。

「怎、怎麼了？妳起來。」劉燕歆上前拉起她，她的身體虛軟無力，像是隨時會消失。

細心的劉燕歆發現柯瑾瑜手腕上有一圈瘀痕，她的眼睛紅腫，明顯就是剛哭過，她隱約覺得不妙，緊張地檢查起她的全身，「發生什麼事了？怎麼會弄成這樣……被誰欺負了？」劉燕歆焦急地問。

然而柯瑾瑜哭得太累了，幾乎沒了力氣，僅僅只是臉色蒼白地搖頭。

她不想思考，不想說話，只想好好睡一覺。

「燕歆……我今天住妳家好不好？我不想回去。」柯瑾瑜的聲音低啞，幾乎沒了聲音。

她連忙點頭，「好、好！去我家，妳愛住多久就多久。」

劉燕歆問不出個所以然，只好先載她回到自己的租屋。

一進到寢室，柯瑾瑜第一句話就是她想洗澡，她的聲音依舊很沙啞，脆弱得彷彿風一吹就散，劉燕歆也只能匆匆拿了自己的換洗衣物給她。

劉燕歆心裡大概有個底，但是社長不可能會強迫人啊……

柯瑾瑜一進去就是一小時，劉燕歆焦慮地在門外踱步，偶爾喊幾聲她的名字，確認她沒有發生什麼意外。

好不容易等到柯瑾瑜出來，她頂著溼漉漉的頭髮，像個遊魂般走到床邊坐下，發呆似的看著前方，也不知道在想什麼。

劉燕歆擔心地來到她身後，替她吹頭、梳頭。

「他或許是對的吧……」許久，柯瑾瑜緩緩開口，忽地冷笑一聲，「誰喜歡誰這種事，怎麼可能被誰取代。」

劉燕歆聽到她過於冷靜的聲音，立即變得戰戰兢兢，「……誰？社長？」她下意識地猜。

她抬頭看向劉燕歆，「我真的好笨，怎麼會現在才知道。」她又笑了。

天真地想著兩人就這麼相互扶持多好，沒什麼過不去的。

可是換個立場想，如果今天是何岳靖做錯事，無論合理與否，柯瑾瑜知道自己絕對會跳出來袒護他，所以嚴亦有什麼錯呢？

他們一直是同病相憐。

為著另一個人著想，那他們在一起的意義又是什麼呢？

「妳到底怎麼了？」劉燕歆在柯瑾瑜身邊坐下，握住她的手，「告訴我，我們一起解決。」

「解決不了。」她疲憊地笑了笑，何岳靖有了呂淨敏，她要是貿然對他傾訴自己的喜歡，呂淨敏也會心有芥蒂。

她也不想何岳靖難做人，甚至影響到他們本來的友誼。

然而現在呂淨敏出軌了，事情變得更複雜，現在說這些只會讓何岳靖更不知所措而已。

「突然覺得喜歡的人不喜歡自己，根本沒什麼大不了。」因為喜歡上好朋友才是懸崖斷壁，進退兩難。

聽聞，劉燕歆忽然安靜下來。

「我沒事，只是想好好想一些事。」柯瑾瑜淺笑著看她，卻發現劉燕歆心事重重的樣子，「妳有什麼話想說嗎？」

劉燕歆回過神，「啊……沒有啦！我只是想問，你和社長分手了嗎？」

「大概吧，好像也沒有理由繼續在一起了。」

柯瑾瑜簡單說了事發經過，明明自己是當事人，卻說得像是旁觀者那樣輕鬆。

劉燕歆聽了著實嚇住，「社、社長他真的對妳做那種事？」她捂住嘴，「他怎麼會……」

「我覺得他只是想嚇嚇我吧。」逼她看清楚自己的心，強迫她明白他們就是不相愛，儘管如何相像。

「所以他不可能真的對我怎麼樣。」連追回她的打算都沒有。

劉燕歆皺著一張臉，思緒複雜，「這種事誰說得準啊？」

柯瑾瑜忽然意識到，嚴亦喜歡一個人是火熱的，熱血沸騰的，其他人對他來說都不重要，即便是使用卑劣的手段也在所不惜。

她早該發現嚴亦是真心愛著呂淨敏的，只因比起和她在一起，他更想讓她幸福，所以她喜歡誰，他都可以為她鋪路，為她移除一切障礙，做個永遠的守護者。

「何岳靖知道嗎？」

提起敏感人物，柯瑾瑜驀地一震，隨後淡淡地說：「不用特別告訴他……也不關他的事，而且我最近要搬出來了，能少一事是一事。」

劉燕歆一驚，「不是和好了嗎？該不會最近又吵架了？」

柯瑾瑜笑了一聲，「就是因為和好了，才不能讓他繼續擔心了。」之前全是她的私心。

劉燕歆知道勸不動她，「不然妳暫時來跟我住怎麼樣？這裡再多住一個人還行，反正房東阿姨也不常來。妳趁這個時間趕緊找房子。」

柯瑾瑜感激地點了點頭，眼眶泛紅。

「燕歆……妳覺得淨敏是個怎麼樣的人？」剛才嚴亦激烈地反駁，讓她忽然沒有自信她的話有誰會相信。

當初就該拍照留證據，只是她不想做得這麼絕情。

不知道當何岳靖聽到這件事會是什麼反應？相信她嗎？還是跟嚴亦一樣，選擇指責她？

如果連他都不信，還有誰會相信她？

「怎麼突然說起淨敏？」劉燕歆沒想太多，不疑有他地說：「善良、堅強、有理想，雖然看起來冒失，但是心思細膩。很了解自己，喜好分明，想要什麼都會想辦法得到。」

她說了很多都是柯瑾瑜曾經認為的。

「如果有天她做錯事，妳覺得……應該被原諒嗎？」

「看是什麼事吧，沒傷害到誰的話，只要是人，大家都會犯錯啊。」

是啊，人總會有一兩回鬼迷心竅的時候。

柯瑾瑜沒再說下去，催著劉燕歆趕緊洗澡睡覺，自己便先睡了。

隔天上課前，柯瑾瑜先回公寓拿了一些換洗衣物和課本，就匆匆趕去學校。

最近大概是所有倒楣事都被她碰上了，她微嘆。

不遠處，張棻琳正斜著眼看她，柯瑾瑜已經學會視而不見，轉身便走進電梯，礙於已經遲到了，張棻琳不得不跟著進去。

整台電梯就她們兩人，柯瑾瑜來不及吃早餐的胃頓時隱隱作痛。她發呆地看著增加的樓層數字。

「喂！醜女。」

柯瑾瑜懶得理她，連看都沒看她。

「妳知道學姊要調來北部的總公司上班了嗎？」

提起呂淨敏，她的胃更加翻騰。

「很快學姊就會和學長再度同居，妳再囂張也沒多久！趁著自己是小三這個名聲還沒被傳出去之前，有點自知之明快點搬走。」張棻琳瞇起惡意的眼，帶著得意之色，「跟別的男人住在同一個屋簷下還曖昧不清，妳男朋友不吃醋嗎？妳確定他不是只想跟妳上床？」

她的話毫不遮掩，一字一句都正中柯瑾瑜心頭插著的刺。

柯瑾瑜的火一股腦地全竄上頭頂，她舔了舔乾澀的唇，轉過身看向仍舊用鼻孔看人的張棻琳，全身散發著驕縱與妄為。

就是個公主病氾濫的女生。

「妳跟淨敏究竟是什麼關係？」柯瑾瑜覺得煩。

她不是會吃悶虧的人，電梯門一開，她就把張棻琳拉到旁邊，想跟她一次說清楚。

「喂！喂！妳放手！很痛啦！」張棻琳甩開她的手，氣憤地瞪著她，「妳這個做作女，誰准妳隨便碰我！」她用力拍著衣袖，好似柯瑾瑜是什麼病菌。

「既然妳和淨敏這麼要好，那妳知不知道她最近都在做什麼？」

張棻琳一頓，「幹麼？又想從我這套話是不是？妳這心機重的女人，我告訴妳……」

「如果妳們真的很熟。」柯瑾瑜打斷她，「那妳能不能轉告淨敏，不要傷害愛她的人。」她的語氣充滿請求，「好嗎？」

張棻琳到嘴的怒罵停下了，她皺起眉，瞪著大眼看她。

柯瑾瑜沒再多說，她不想事情變得麻煩，呂淨敏出軌的事愈少人知道愈好，如果能不留痕跡地讓它過去更好！

她想當面和呂淨敏談談，或許她真的是迫不得已，也有可能有什麼苦衷。

如果能把傷害降到最小，她願意做。

這幾天，柯瑾瑜幾乎都住在劉燕歆家，偶爾會回公寓，大多是凌晨的時候，不會碰上任何人。空閒時，兩人會討論劇本的走向，男女主角敲定由嚴亦和劉燕歆擔綱演出，柯瑾瑜也盡量配合她的要求與演技去修改。

「我覺得女主角一直不告白好像不太行，這樣整齣劇都是她在暗戀男主角，觀眾不會覺得無聊嗎？」柯瑾瑜敲著鍵盤，有點苦惱。

「可是她的個性不太像會主動告白的人。」

當初為了方便，柯瑾瑜直接以劉燕歆為原型去寫，以她的個性確實不太可能主動。

柯瑾瑜嘶了一聲，懊惱地抓了抓頭。

倏地，她彈了一聲響指，「還是我安排男主角主動告白？」

「但是男主角都說自己不會喜歡女主角了，突然告白不是有點奇怪嗎？」

「男主角本來就口是心非啊。」柯瑾瑜回應。

當初也是以嚴亦的個性為參考，把他渾身的傲骨傲氣都寫了進去，搞得現在男女主角明明互相喜歡，卻卡在沒人要告白這個節骨眼上。

劉燕歆鼓著臉頰，「感覺應該要有一個轉折點，讓他們發現彼此的重要性，才有可能突破朋友這層關係。」

「我也覺得。」柯瑾瑜疲憊地仰躺在身後的床上，雙手大大地張開，「為什麼一定要等到後悔才開始重視呢？明明就互相喜歡，這樣要浪費多少時間啊？」她瞪著天花板碎念。

她忽然覺得世界上的所有事其實都不難，難的是人才對。

「覺得可以等吧。」劉燕歆忽然說道，「所以心裡總是僥倖地想，再等等、再等等，等勇氣多一點的時候，等自己再好一點的時候，等……對方回頭看看我的時候。」

柯瑾瑜猛然起身，瞇著眼賊兮兮地問：「妳之前和我提的暗戀的男生，後來呢？進展如何了？」

劉燕歆心虛地吞了吞口水，「喔……他前陣子交女朋友了。」

聽完，柯瑾瑜比她還失望，隨即朝她打氣，「學校多少男生啊，一定能找到下一個更好的。」

劉燕歆應了聲。

「不過妳就不能透露一下是誰嗎？感覺是我認識的。」

劉燕歆扭捏道：「等我有多一點的勇氣，我再告訴妳。何況看妳這樣，我可不敢亂來。」

柯瑾瑜愣了愣，乾笑兩聲，「哎唷！我這是特例，總要有幾次碰壁，人才會成長啊。」她深吸一口氣，「等從戲劇社卸任，我要去做我想做的事！」

劉燕歆拍了拍她的腦袋，「妳真的不打算跟社長談一談嗎？每天都要見面也尷尬，不如早點說明白。」

柯瑾瑜這才後知後覺地想起這件事，劉燕歆不知道他們是為了呂淨敏而吵，她當時也只是胡亂帶過，說兩人價值觀不合，所以決定分開。

「暫時先這樣吧，我不希望影響到社團。」他們在一起的事，雖不到眾所皆知，但共同朋友多，也算半公開。

分手的消息要是傳出去，總有些八卦的人愛追根究柢，要不然就是過度噓寒問暖，搞得分手像是世界末日，沒事都被說到有事。

劉燕歆喔了一聲，兩人又陷入改劇本的輪迴之中。

☪

隨著學期末的到來，柯瑾瑜每天忙得焦頭爛額。

在社團理所當然會碰到嚴亦，一個社長、一個編劇，私下相處的時間也不少，確實很尷尬，但柯瑾瑜想了想，做錯事的人又不是她，她為什麼得躲躲藏藏？

因此她坦然地面對他，但兩人只有討論公事時會說話，嚴亦也沒有主動求和或是想說明白，大概認為沒必要吧。

除了劉燕歆，大家以為他們仍是情侶，偶爾還會揶揄幾句，柯瑾瑜只能笑笑，嚴亦還是老樣子默不吭聲。

柯瑾瑜簡直要被這股壓抑的氣氛給悶得喘不過氣，加上改劇本的壓力，讓她這個吃好睡好的體質，居然在半夜華麗地流鼻血了。

她嚇得趕緊移開筆電，雙手捂著鼻子，偏偏這種緊急的時候，房間四處找不到衛生紙。

她感覺手指處有些溼涼，估計是鼻血沾滿了手。柯瑾瑜緊張地衝出房門，直奔外頭的浴室，誰知門一開，就見剛好從廚房走出來的何岳靖。

兩人的視線在空中交會，有些日子沒見到，彼此很有默契地定格了一下。

何岳靖一身睡衣睡褲，眼眸很深，在昏暗燈光下顯得清冷。柯瑾瑜一頭長髮凌亂，肩上還披著卡通毛毯，笨拙地摀著鼻子，十足的宅女模樣。

啪嗒一聲，輕碎細小的落地聲在靜謐的夜晚特別清晰，打斷了他們的凝視。

滴答滴答。

鮮紅的血順著柯瑾瑜細白的指縫滴落，潔白的磁磚上染上幾點紅，看上去特別怵目驚心。

何岳靖原先淡然的眸光瞬間一緊，動作快過大腦，邁開了步伐，轉眼就來到柯瑾瑜的身邊。

他的慌張一覽無遺，柯瑾瑜見他不知所措，也跟著手忙腳亂。

「妳怎麼回事？」何岳靖不敢碰她，不知道她傷到哪，怕誤觸傷口。

柯瑾瑜也不知道哪來的閒情逸致，還在研究他好聽的聲音。

「說話啊。」見她遲遲不說話，何岳靖用力擰著眉，「還是不能說話？是傷到嘴巴？還是牙齒？」

柯瑾瑜愣怔，回過神緩緩說道：「喔，就流鼻血而已。」

「……」

柯瑾瑜坐在馬桶蓋上哀怨地捏著鼻梁，一手用衛生紙抵著鼻子，怕血再度滴下來，何岳靖則勞碌命地擦著血跡斑斑的案發現場。

她盯著他蹲著的身影，骨節分明的手正來回擦著地板，接著將抹布換面，又仔細地再擦了一次，地板簡直比原本還乾淨。

何岳靖總是這樣，細心、謹慎、設想周全。她不禁想，是不是他從她身上拿走了女孩子該有的特質，所以她才總是粗枝大葉，什麼都要他出手幫忙。

發愣之際，何岳靖已抬頭看著她，發現柯瑾瑜的注視，他唇一抿，柯瑾瑜立刻感受到不妙，背脊直挺挺，不敢亂動。

何岳靖起身，眉一挑，「看到我挺激動的嘛。」

「哈哈，就是說啊，好久不見。」她配合著開玩笑。

語落，何岳靖就變臉了，單刀直入地問：「幾天沒睡了？」

「有、有睡啊。」這是實話，但柯瑾瑜看著他就是莫名心虛，「大家都流過鼻血，等一下就好了。」她捏著被血染成一塊紅的衛生紙，這話顯得完全沒有說服力。

何岳靖一嘆，深邃的眸光蘊含著千言萬語，最後卻化為冷淡的字句，「早點睡。」

「喔。」

柯瑾瑜不敢與他對視太久，轉著眼四處亂看，幾秒鐘過去，原以為何岳靖會回房，孰料他仍佇立在她眼前，身形挺拔修長，雙手環胸看著她，更像是監督。

「呃，你不睡嗎？」

「要。」

柯瑾瑜微笑看了一眼他身後的房門，「你可以回去了，我真的不會太吵。」她舉起手，寬大的袖子滑落至手腕處，淡淡的瘀痕在她白皙的皮膚上特別明顯。

何岳靖的臉色瞬間繃直，眼神凌厲，柯瑾瑜以為自己說錯話，吞了吞口水，默默縮回手的同時，何岳靖已跨出步伐，搶先一步握住她的手腕，輕巧地避開瘀青處。

溫熱的大掌觸著她冰涼的肌膚，暖得令她怔忡，柯瑾瑜張著嘴突然不知道做何反應，心裡閃過千頭萬緒，有點想哭，有點生氣，更多的是委屈。

每當她看著何岳靖，都特別想對他撒嬌，因為他聰明厲害，什麼都懂，更重要的是她說什麼他都信，即便是對滿月許願這種荒謬的事。

「不是應該是流星嗎？」他納悶。

「你想想，流星飛過的同時，多少人看到啊！一顆流星要達成這麼多願望，難怪我的願望每次都不會實現。」

「既然這樣，有太陽、有雲，為什麼偏偏要月亮？」

「許願就是要在夜深人靜的時候才有氣氛啊，而且比照流星偶爾才出現一次的頻率，滿月也只有農曆十五號才會出現，一個月許一次不為過吧！」她說得沾沾自喜。

這番見解，柯瑾瑜從國小開始就不知道說給多少人聽過，大家給她的回饋永遠都是「滿嘴歪理」。

「真貪心。」

她記得何岳靖當時好像這麼說了。

「為什麼？」

「流星多久才能看到一次。」他說，嘴角帶笑，不似以往那些人對她的嘲笑，而是令人沉溺的溫柔，「滿月每個月都能見到，妳就能許一次願，這樣還不貪心嗎？」

柯瑾瑜沒想到何岳靖居然較真了，當下還有些反應不過來，「可、可是有流星雨啊！這樣就可以一次許好幾個願望。」

何岳靖睨了她一眼，「那些不叫願望，叫欲望。」

「哪有什麼差別啊！」

「願望是發自內心的期望，欲望單純只是不滿足。」

柯瑾瑜頭一次見到有人認真和她探討這個問題，除了覺得好笑，也覺得何岳靖真是吹毛求疵。

「好啦好啦，你說什麼就什麼，總之我就是喜歡對著月亮許願！」

對他，柯瑾瑜最常任性，因為說不贏，只能耍賴。

「實現過嗎？」他問。

她微愣，一時答不上話，因為從沒有人想知道。

何岳靖低眸看她，「不會只是唬我的吧？」

「當、當然有啊！」她抬起下巴驕傲地說道。

「是什麼？」

「不告訴你。」她朝他吐舌。

當時的他，僅僅只是無謂地笑了笑，卻讓柯瑾瑜知道，何岳靖真的信了。

「妳最近到底都做了什麼？」何岳靖的語氣很冷，即便怒氣顯著，他也沒有表現出任何情緒，語調仍舊平穩。

柯瑾瑜見他小心地避開她的瘀青，這種不經意的溫柔最可怕了。

「為什麼讓自己受傷，妳會不會保護自己？」他蹙眉，是她很想念的模樣，「妳為什麼永遠都讓人這麼不省心？」

她仰頭看他，眼眶泛紅，輕咬著唇，「那你就別管我了好不好……」

就是因為這樣，才讓她不知不覺淪陷，可是到頭來得到的是什麼？

他們一直都不屬於彼此。

何岳靖屬於呂淨敏，也會有別的人走入她的人生。如何千迴百轉，他們都不會交錯，這就是殘忍的事實。

無論用多少個滿月來抵換，都無法改變她說謊這件事。對著滿月許願，從來沒有實現。

她從一開始就對何岳靖說謊了。

何岳靖抿著唇沒有說話，蹙起眉宇，表情深不可測。

「柯瑾瑜。」

她抬眼。

「我們……」他欲言又止，忽然蒼涼一笑，薄唇微啟，帶著自嘲，「到底為什麼會變成這樣？」

柯瑾瑜瞳孔一縮，一股莫名的酸澀湧上心頭，她微微低頭，披肩的長髮流瀉而下，她逞強地想揚起輕鬆的笑容，卻有些力不從心。

「不然你說，我們該是怎麼樣？」

何岳靖垂眸，指腹撫過她的臉頰，濃密的睫毛輕斂，遮去了他一直以來明亮理智的雙眸。他緩緩俯下身，薄唇紅潤，眼眸深沉，他的呼吸輕巧地拂過她的臉頰。

柯瑾瑜緩緩低下眼，真實感受到何岳靖的存在，是如此靠近與溫暖，不再是遙不可及的月光。

「怎麼啦？發生什麼事了嗎？」伴隨著房門的開啟，呂淨敏的聲音從何岳靖房內傳出來。

柯瑾瑜猝然回過神，她連忙起身，與何岳靖保持距離。

呂淨敏眨了眨眼，視線落在柯瑾瑜的衣服上，她焦急地走上前，「妳的衣服上怎麼有血？」

「啊，應該是剛剛鼻血沾到的，好像已經沒流了。」語畢，她還笑笑地揉了揉鼻子。

「怎麼會流鼻血？妳最近是不是太累了？」

「沒有啦！就、就剛在房間不小心撞到衣櫃門，所以才流血的，已經沒事了。」她隨口胡扯，「抱歉！把你們都吵醒了，趕快回去睡覺吧，真的沒事。」

她推著呂淨敏進房，自己也趕緊回房。從頭到尾她都不敢看向何岳靖，他們剛剛是不是差點就……

何岳靖是喝醉了嗎？

她搖頭。

不對，他分明很清醒。

☪

柯瑾瑜本想趁著大家都還沒起床時早點出門，孰料昨晚太晚睡，今早直接睡過頭，起床的時候，所有人都在客廳吃早餐了，包括呂淨敏。

她想死的念頭都有了，但還是得假裝熱絡地加入他們。

「妳這傢伙是名人嗎？還是大明星？一個禮拜幾乎見不到一次面。」柯瑾瑜一坐下就遭受黃凱橙的言語霸凌，「妳跟嚴亦要不要這麼——啊！」

不等他說完，柯瑾瑜就直接扣住他的脖子，「怎樣？太久沒見到我，想我了是吧？」她像是逗弄小寵物一般，用力地揉著黃凱橙的頭髮。

「我是有婦之夫的人喔！妳別對我動手動腳。」黃凱橙推開她，立即找許怡茜尋求安慰。

柯瑾瑜哼了一聲，順手拿了杯豆漿。

「那是無糖。」何岳靖提醒。

「是喔。」柯瑾瑜皺了皺鼻子，她最討厭喝無糖飲料，根本就是白開水，她掃了一眼餐桌，都沒有她想喝的。

忽然，呂淨敏將自己未開封的奶茶遞給她，「給妳，我知道妳早餐喜歡喝點東西。」

柯瑾瑜一愣，對上呂淨敏盈滿笑意的小臉，她仍舊一身簡單的穿著，妝容淺淡，和以前沒什麼不一樣，讓她不禁懷疑，那天會不會真的只是她眼花。

那位一身名牌，穿著華麗，妝容精緻的女人，根本就不是呂淨敏。

「怎麼了？妳不想喝嗎？」

「喔，謝謝。」柯瑾瑜笑笑地接過，插入吸管，坐在一旁默默喝著。

「咦！難得我們幾個人終於聚在一起，寒假也快到了，要不要約出去玩？」

「欺負上班族啊！出社會可是沒有寒暑假的。」呂淨敏沒好氣，「我這次也是因為出差才偷偷跑來這裡。」

聽到出差，柯瑾瑜想起張棻琳說呂淨敏要調來台北工作了，她笑了笑，「我聽說妳要調來總公司上班，看樣子是真的喔。」

「妳怎麼知道？」

「我可是妳的忠實粉絲啊。」柯瑾瑜打趣道：「妳的任何一項大事我都不能錯過。」

她以往都會這麼開玩笑，然後呂淨敏就會笑著嫌她煩。

今天她卻在話語落下之時，諷刺地回味這句話。

她的任何事，柯瑾瑜真的都沒錯過。

從何岳靖追她，交往，甚至最後的出軌，柯瑾瑜一樣都沒漏地看著。

一聽到這個消息，黃凱橙就興奮了，「真的嗎？要回來了？」

「還不確定，所以一直沒說，最快可能也要明年。」呂淨敏說道，軟軟的身體依偎著身旁的何岳靖，纖細的手臂親暱地勾著他。

柯瑾瑜愣愣地看著這些親密動作，為什麼呂淨敏可以做得如此自然？對著兩個截然不同的男人。

「不過瑾瑜是怎麼知道的？我誰都還沒說呢。」

她一愣，慌張地抬起眼，偏偏這副窘促的模樣，讓她恰好和何岳靖對視，柯瑾瑜故作鎮定地咳了一聲，揚起笑，「一個學妹跟我說的，她好像跟妳很熟，叫張棻琳。」

呂淨敏的眼神微微一閃，隨即彎起笑，「啊，是我公司同事的女兒，之前去實習的時候，他們一家對我很照顧，偶爾都會讓我去家裡蹭飯，所以就認識棻琳了。」

柯瑾瑜微微皺眉，公司同事的女兒？

她記得張棻琳的爸爸是外商公司的副總，媽媽似乎是家庭主婦。

她有種不好的預感。

「妳怎麼認識她的啊？她的個性有些任性，需要多點耐心。記得她一開始也不是很喜歡我，是後來比較常接觸，才慢慢變好的。當初我推薦她來考我們學校，她還說不要呢！她啊只是嘴巴壞，其實人很善良。」

柯瑾瑜聽了默默在心裡翻了一圈白眼。何止是任性可以形容?根本唯我獨尊,個性偏激還聽不懂人話,完全以自我為中心。

「我們是宿營認識的,不過也沒特別熟,就是偶爾路上碰到會說說話。」都是被罵的份。

「這樣啊,我都還沒有機會問她在學校過得怎麼樣,改天介紹妳們正式認識,替我多照顧她喔。」

柯瑾瑜乾笑。

聽她的語氣,不難想像她們的感情很要好,張棻琳捍衛她的愛情,呂淨敏關心她的近況,看上去沒什麼異狀,就是同事的女兒這點,讓柯瑾瑜隱約覺得不安。

柯瑾瑜頭一次這麼沒食慾。

呂淨敏和何岳靖似乎約好去哪玩,她不好意思打斷他們少有的相處時間,只能暗自盤算下次再找機會與呂淨敏單獨談談,至於黃凱橙被許怡茜轟去上課,家裡就剩她們兩人。

見其他人都出去後,柯瑾瑜整個人癱在沙發上,長腿掛在沙發把手晃啊晃,好久沒覺得待在公寓是這麼放鬆的事了。

「妳最近都去哪了?怎麼都半夜才回家?」柯瑾瑜知道她怪異的行為,絕對會被他們起疑,但還是打算先斬後奏,「學期末要到了,劇本一直搞不定,還有專題報告,我的肝可能不存在了。」

她誇張地說著,許怡茜習以為常地笑了笑,忽然說道:「淨敏真的很美。」

柯瑾瑜望著天花板,這種讚美她聽多了。呂淨敏與何岳靖郎才女貌、天造地設這種夢幻形容,她早已習以為常。

因為是事實，沒什麼好反駁。

「可是感覺有種說不出的距離感。」

「顏值高都會給人這種感覺啦。」柯瑾瑜回答。

當初她也是不太想和何岳靖打交道，總覺得他長得好看就自以為是。

「我說的距離感不是那個意思，是她和何岳靖的相處模式。」許怡茜撓了撓頭，「妳也有男朋友啊，怎麼會沒看出來？」

「啊？」

「他們的互動感覺很不真實。」

「什麼意思？」柯瑾瑜完全聽不懂。

許怡茜見她疑惑，焦急地想從腦中抓出貼切的形容詞，忽然拍了下手。「啊！逢場作戲！對，就是這個！」她激動地說：「妳不是戲劇社的嗎？怎麼會看不出來什麼是真？什麼是假？」

柯瑾瑜一臉茫然地從沙發起身，覺得她和許怡茜現在是處於兩個世界。

「一個演戲，一個配合。」

柯瑾瑜一頓，隨後朝空中揮了揮手，「不會吧……要是真的是演戲，也太累了吧？而且完全沒必要啊。」誰要做這種吃力不討好的事情，跟自己不愛的人在一起。

她一愣，她跟嚴亦前陣子不就是這樣嗎？說來還真自打嘴巴。

「我是不知道他們之前怎麼樣，但就我住進來後這幾次的觀察，都覺得好怪異。」許怡茜像個偵探似的搓著下巴，「那我再問妳，妳看過他們吵架嗎？」

她之前剛搬進來時，因為好奇何岳靖和柯瑾瑜的關係，稍微從黃凱橙那兒打探了不少他們三人的事。得到的結論就是過得相當和睦，沒什麼大風大浪。

她也問過黃凱橙：「淨敏都不介意瑾瑜的存在嗎？畢竟他們這麼要好。」

黃凱橙回答：「淨敏一開始就清楚柯瑾瑜和何岳靖的關係，在這樣的狀況下，也是淨敏先釋出好感，而何岳靖追求，老實說過程滿順利的，幾個禮拜就在一起了，柯瑾瑜也一清二楚。」

「好像……沒有吧。」許怡茜和黃凱橙吵架那次，何岳靖也說，他和呂淨敏沒這樣吵過。

「天底下哪有情侶不吵架的。」

「那不就表示他們感情好？」柯瑾瑜下意識地回答。

「怎麼可能！不吵架怎麼溝通？」

「好好說不可以嗎？」

「妳跟何岳靖不是情侶，有哪次是好好說過？」

「我……」柯瑾瑜張口，卻不知如何反駁，思緒亂七八糟。

「朋友都可能一言不合就大吵，情侶朝夕相處，怎麼可能沒有任何衝突？」

聽聞，她才後知後覺地察覺不對勁，「可是他們……一直都是這樣。」

沒有任何交往經驗的她，不懂情侶的相處之道，以為只要兩情相悅就沒什麼大問題。她和嚴亦交往的時候，也是抱持這樣的想法，他們也不怎麼吵架。

「情侶跟朋友不同，未來有可能成為家人，無時無刻牽絆在一起。這樣的關係是不能有祕密的，兩人要共同承擔生活的一切，一旦彼此有了想隱瞞的事，關係也就瓦解了。」

柯瑾瑜安靜地聽著，愁眉不展。

就如同她和嚴亦，彼此都帶著祕密，無法做到全然的坦白，因為一旦那些事說出口了，他們就無法視而不見。

「所以結婚誓言並不是說說而已。」許怡茜下了結論，「很多人覺得結婚不過就是張證書，所以輕易結婚、隨便離婚。」

這個世界把愛看得太廉價，也太過慎重。

太愛一個人，所以變得小心翼翼；明明沒那麼愛一個人，卻可以為了被愛而愛。

「只能說這就是真實人生啊。」許怡茜感嘆道：「長大後才發現，有時不是不願，而是身不由己。」

聽了她的話，柯瑾瑜久久無法開口，腦袋不斷重播這句話。

身不由己。

所以……何岳靖是這樣嗎？

上社團課時，柯瑾瑜都還在想這件事，直到劉燕歆拍了拍她的背，說社長叫她，她才回過神。

聽到嚴亦的名字，她全身的血液彷彿衝上腦門，戰戰兢兢地挺直腰桿。

嚴亦沒多說什麼，只是瞥了她一眼，「沒事的人可以回去了，編劇留下。」

柯瑾瑜本來還鬆了一口氣，聽到自己的名字，一顆心又懸了上去，社員們鼓譟了幾句就識相地散了。

劉燕歆見她一臉準備壯烈犧牲的模樣，便問：「要不要我在外面等妳？」

「沒事，外面冷，妳先回去，我晚點再打給妳。」柯瑾瑜讓劉燕歆先走，自己則捧著電腦走到嚴亦身邊。

「什麼事？」

「劇本我看了。」

「喔。」見嚴亦似乎沒話要說，安靜的氣氛肯定很尷尬，所以她自己接話，「覺得怎麼樣？」

「老梗。」

「……」

「男女主角是眼瞎還是沒有腦子？」嚴亦看著劇本，面無表情地評論，依舊一針見血又討人厭，「這樣還看不出來彼此情投意合？不是說男主角挺聰明的嗎？他這種水準……要麼他們學校裡都是笨蛋，要麼就是編劇是笨蛋。」

柯瑾瑜抿緊唇，用力深呼吸，穩住自己即將噴火的眼神，微笑反擊，「男主角是以你去寫的。」

果然接收到某人凶狠的臉色，柯瑾瑜挑釁地聳肩。

「給我馬上改掉。」

「大家都說這劇本好，很清新，愛情的氛圍會讓人想起高中時代。」

柯瑾瑜首次挑戰有愛情元素的劇本，意外的一致獲得社員好評，連戲劇老師也誇獎她一番，說她寫得深入人心，情節流暢。加上這次選角有嚴亦的顏值撐場，還有算是新人的劉燕歆挑戰，大家都相當期待。

「不好。」他反駁，「男女主角太遲鈍了，這都喜歡了幾年？兩人沒有在一起就算了，女主角還跟別人在一起？」

「我不覺得增加戀愛經驗有什麼不好。」柯瑾瑜理直氣壯地回，「有些人就是對戀愛一竅不通，把最愛的人給推開了，所以先有點歷練有什麼不好？遇到真愛才能勇敢向前啊。」

因為誰都不想再後悔了。

嚴亦忽然沉默，室內變得安靜，柯瑾瑜才後知後覺地發現自己和嚴亦說了好多話，而且一點都不緊張。自從上次的事件後，她對他們單獨相處這件事還有些陰影，只要兩人在密閉空間，她的思緒就會特別緊繃。

柯瑾瑜下意識地後退一步，怯怯地抬眼看他，嚴亦的雙眼依舊冰冷淡漠。

「那他們還會不會在一起？」

半晌，他的聲音緩緩傳來，柯瑾瑜一瞬間以為自己聽錯，愣愣地看著他，這是他少有的提問。她的內心有些怔忡，不知道他這句話的用意，是為了他們的關係發問？還是單純只是想知道劇本的後續發展？

嚴亦見她呆著一張臉，不耐地說：「不是愛情喜劇嗎？男女主角沒在一起，還分隔兩地？妳的判斷能力沒問題？」他的眼神明顯透著不可思議。

柯瑾瑜默默在心裡翻了一圈白眼。

「不知道。」她誠實地說：「因為再寫下去故事就太長了，演戲的時間只有兩小時，會演不完。」

嚴亦的嘴角抽了抽，在心裡認定她就是個笨蛋，「隨便妳，別寫一些太白痴的台詞給我。」他轉身，一手勾起後背包準備離開。

柯瑾瑜傻傻地站在他身後，突然問道：「你是不是還是不信我？」

此話一出，嚴亦果然停下了腳步。

她有些自嘲地垂眼，「我的確不能逼你什麼，我只是討厭不被相信。」何況做錯事的人不是她，為什麼她要承受譴責？

「我知道你和淨敏有著旁人無法介入的感情，我承認，如果今天是你指責何岳靖，我也會一樣袒護他。」

她說：「但是錯了就是錯了，你不能試圖掩蓋過去，或是假裝沒這回事。」柯瑾瑜見他攥緊了拳頭，「我想你一定也知道，對吧？」

呂淨敏的一舉一動，她身邊的任何風吹草動，憑著嚴亦對她的執著與敏銳，他不可能沒有察覺什麼。肯定是打算默默處理這件事。

柯瑾瑜見他不語，情緒沒有上次來得劇烈，就順勢問下去：「這件事……很久了嗎？」

嚴亦沒有回答，表情卻凝重。

柯瑾瑜心裡大概有底了，其實她也覺得這件事絕不會是這陣子才發生的。

她接著問：「所以你打算怎麼解決？」

「沒有要解決。」嚴亦忽然冷笑，「與我何干？」

柯瑾瑜微愣，「難不成你要這樣坐視不管？」讓呂淨敏繼續與那男人糾纏不清？讓何岳靖繼續被蒙在鼓裡？

「你不是喜歡淨敏？何岳靖不也是你的朋友嗎？」

「這兩者有什麼關聯？」

柯瑾瑜一瞬間也不知道該接什麼話才好，忽然瞪大眼說道：「難不成……你、你想幫淨敏？」

「都說不關我的事了，我能干涉什麼？」

「怎麼不可以？」她激動地回道：「這一看就知道誰對誰錯，我們怎麼可以視而不見？」

「誰對誰錯？」嚴亦瞇起眼，「那妳倒是告訴我，誰做對了？誰又做錯了？」

見他神色倏地陰冷，柯瑾瑜縮了縮肩膀，害怕嚴亦又失控，但正義感旺盛的她，不能什麼都不做，讓事情惡化下去。

她說：「怎麼看都是淨敏不對吧。」

「那我問妳，何岳靖做對了什麼？」

柯瑾瑜一瞬間啞口，因為她從來沒有想過要探究何岳靖的行為。

「讓淨敏出軌的人不是他嗎？感情是兩個人談的，不可能只有一方錯。」嚴亦的聲音低冷，語氣帶著不容置疑，「何岳靖絕對也有問題，他一點一滴消耗淨敏對他的愛，所以演變成今天這樣，淨敏將愛轉移到別人身上，卻也放不開何岳靖。」

聞言，柯瑾瑜的表情愣住了，腦袋的思緒跟不上嚴亦犀利的字句。

「再來，何岳靖的腦子不是裝飾用的，兩個人在一起，不可能什麼異狀都沒察覺。如果何岳靖真的不知情，就表示他根本沒有想像中在意這段感情。」

嚴亦看著她，「所以何岳靖做對了什麼？」

他的話重重敲在柯瑾瑜心尖，震得她發冷。

何岳靖不可能會這樣……他是如此真誠，任何違心之舉都不可能做，他的道德感強烈，是非對錯分得很清楚。

許久，柯瑾瑜彷彿才找回自己的聲音，「你的意思是說，何岳靖縱容淨敏出軌？」

「我不知道，不管我們說什麼，都只是猜測。」他說：「因為我們都不是他們。」

若是之前，柯瑾瑜會覺得嚴亦的話無疑又在袒護呂淨敏，但這次她居然無話可說。

從她知道呂淨敏出軌之後，她沒有想過背後的原因，單純認為她做錯事，而她確實也錯了，只是為什麼錯？

柯瑾瑜沒細想。

嚴亦說得沒錯，感情的事沒有絕對的對錯，每一件事都是環環相扣，事出必有因。

而這個因，出在何岳靖身上。

她的思緒好亂，久久無法平息，這回嚴亦倒是先開口了，「妳先叫何岳靖把自己的感情整理好，才有資格教訓淨敏。」

柯瑾瑜猛然抬眼，視線與嚴亦深沉的眼眸糾在一塊。

「否則他的行為，跟淨敏根本沒什麼不同，半斤八兩而已。」

語落，柯瑾瑜的眸光瞬間清明，伴隨著急促的步伐以及大力的開門聲，聽得出來對方很焦急。

「柯瑾瑜。」

熟悉的聲音，帶著微微的慍怒與她習以為常的挨罵前兆，清晰落進她的心底，她為之一震。

是從什麼時候開始，她居然將他的過度關心視為日常生活的一部分，不覺得這樣的他們和一般朋友有什麼不同。

一再掩飾彼此的心跳聲，說服何岳靖所有的好都是出於習慣，終究她也會心如止水，不再執著於他。

嘴一扁，她的眼眶盛滿霧氣。

何岳靖的神色不再是一貫的從容，視線慌亂地掃過教室，見到柯瑾瑜要哭不哭的模樣，他的眼神瞬間陰霾密布。

他疾步朝他們走去，接著以柯瑾瑜無從制止的速度，一拳重砸在嚴亦的臉上，嚴亦似乎早有預料，雖然踉蹌了幾步但也很快出手還擊。

不出幾秒兩人就扭打在一塊，柯瑾瑜第一次見識打架場面，一時沒反應過來，後來趕上的劉燕歆也被這般混亂的情景震懾，傻愣地站在門口。

「你們在幹什麼！好好說話不行嗎！」柯瑾瑜是最先回過神的人，一手就要拉過何岳靖，無奈兩人沒有控制力道，她拉扯著他的衣服，卻阻止不了他出手。

她幾乎整個人都要攀在他身上，但何岳靖彷彿喪失理智，仍舊毫不留情地揍了嚴亦好幾下，想當然嚴亦根本不是吃悶虧的對象，出拳也不手軟。

光聽到這撞擊聲，柯瑾瑜都覺得這骨頭要不是斷了，就是會內傷。

「你們是夠了沒！」

下一秒，何岳靖紅著眼，掙脫了柯瑾瑜纏住他的手，孰料力道控制不慎，柯瑾瑜就這麼被他甩落在地，出於反射動作，她先伸出手來撐地，避免臉砸上地板。

全身的重量直接壓在兩隻手掌上，她撲倒在地，撞歪了桌椅，頓時覺得手腕處火辣辣的，有些使不上力。

突如其來的碰撞聲，讓扭打的兩人都停下動作。

何岳靖瞳孔一縮，立即蹲下身扶她。

柯瑾瑜的臉色有些慘白，手腕處傳來陣陣麻痛，讓她覺得自己的手是不是要廢了。

「我看看。」何岳靖的聲音很溫柔，卻掩蓋不住著急，微暖的指腹輕撥開她額前垂落的髮絲，想看一看她的表情。「還能起來嗎？我帶妳去看醫生。」

柯瑾瑜抬眼望向他，嘴角破裂微微滲出血絲，好看的側臉被嚴亦毫不客氣的力道揍得紅腫，滿是瘀痕。

她這才發現，從認識何岳靖開始，他的眼眸清亮如月，深邃透澈，永遠只看得到她的好與不好。

明明自己都已經一身傷了，卻只想到她是不是哪裡痛？是不是心情不好？是不是⋯⋯

何岳靖的眼神凝滯，只因一抹溫熱的眼淚，自柯瑾瑜的臉龐滑落而下，彷彿熨燙了他的胸口，灼熱且刺痛。

上次見她哭是在地下室，因為驚嚇而哭，她一直不是個愛哭的人。

她是勇敢的，什麼事都喜歡自己解決，但何岳靖知道那是她分不清事情的嚴重性。她不肯依賴他，不是因為她什麼都會，而是她不服輸的自尊心不容許他出手幫忙。

這次卻是何岳靖第一次見她這麼哭，連同他的內心也一併絞碎。

她努力不讓自己哭出聲，抿緊的唇因出力而泛白，瘦弱的肩膀微微顫動，是個連哭都不要別人安慰的人。

何岳靖一時之間不知如何反應，倒是劉燕歆趕緊跑了過來，「瑾瑜妳有沒有怎樣？傷到哪裡了？」

柯瑾瑜搖頭，拚命含著淚讓她沒有多餘的力氣說話，就怕情緒崩潰。

她想起身，卻發現雙手完全使不上力，大概是剛才為了撐住身體，手腕承受的力量太大了。

何岳靖也察覺，下意識地想將她攔腰抱起，然而柯瑾瑜閃避的意味明顯，讓他的手懸在半空中。

柯瑾瑜看向劉燕歆，「妳可不可以拉我起來？」

聽聞，劉燕歆看了看何岳靖，對這尷尬的氣氛有些為難，直到何岳靖冷靜地收回手，微微點頭示意，她才將柯瑾瑜扶起。

「瑾瑜對不起！我就是有點擔心，剛好又碰到何岳靖，所以才會請他來一趟⋯⋯」

「沒事，我們很好。」她說，微微動了動手腕，雖然很痛但不至於不能活動。

柯瑾瑜鎮定地拿起書包，步履蹣跚地走向門口，她覺得頭很暈，視線很模糊，模樣肯定也是狼狽的。

他們是怎麼走到今天這種情況？明明是一件那麼簡單的事，怎麼會演變成這種不可收拾的狀態？

她一個人走出校園，而何岳靖小心翼翼地跟在她身後，保持著距離，如同往常的相處，不進也不退，看似恰到好處的關係，實則模糊不堪。

柯瑾瑜真的好討厭這樣！這不是她希望的結果！

她忽然停下腳步，見她不再前進，何岳靖也不敢往前移動半分，明明只差幾步就來到對方面前了，卻沒有人有勇氣前進。

柯瑾瑜側過頭，呆望著被月光拉得長長的影子。

「喂。」

何岳靖微愣，沒預料到她會開口，慢了半拍才應聲，「嗯？」輕揚的尾音依舊讓柯瑾瑜一陣鼻酸。

「你是不是喜歡我啊？」

語落，何岳靖深邃的眼瞳一縮，薄唇緊抿，眸光凝滯在柯瑾瑜坦然的笑容，這一刻他忽然發現她真的好遙遠。

遠得快要看不見她，讓他莫名心慌。

「高中的時候。」他說。

她忽然勾脣一笑，弧度帶著悲涼，最後化為一句簡單的字句，「我也是耶。」

原來說出來是這種感覺，壅塞的胸口瞬間如釋重負。

早知道是這麼容易的事，她就會早點說出口了，那是不是他們現在就能好好在一起呢？

沒有呂淨敏，沒有嚴亦，沒有那些違心之論。

何岳靖的黑眸很深，鑲著夜晚的月光，薄透輕淡。他幾乎沒有思考就想朝她走去，卻在邁開第一步的時候，見她微微後退。

何岳靖似乎明白了什麼，雙腳佇立在原地，拳頭緊握。

她看著他，忽然說道：「高中的事，現在能夠說出來……也滿好的。」

何岳靖擰眉。

然而柯瑾瑜並不給他機會說話，微微一笑，「不過錯過就是錯過啦。」語氣輕鬆過了頭，聽在何岳靖耳裡著實刺耳。

沒什麼好說的，更不用覺得後悔，畢竟他們當時選擇不說，所以必須承擔現在的結果。

那天，柯瑾瑜是哭著回家的。

她沒想過自己會像個小女孩似的，不顧旁人的眼光在街上嚎啕大哭。她真的好後悔以前沒能好好談一場戀愛，沒有好好哭一遍，所以現在的她只能承受。

「我不知道妳跟何岳靖……」劉燕歆很自責她多此一舉叫何岳靖來，但柯瑾瑜一點都不在意，說沒關係，都過去了。

剛認識柯瑾瑜時，劉燕歆也想過她和何岳靖是不是在曖昧，但日子一久，隨著呂淨敏的出現，這個想法也隨之淡去。

「他們兩個……」那天，劉燕歆和嚴亦目送兩人一前一後離去，忍不住說：「互相喜歡，對嗎？」

嚴亦沒說話，神情淡漠地看著他們離去的方向。

劉燕歆沒想過一切會變得這麼複雜，下意識地說：「那淨敏該怎麼辦？」事情幾乎演變成無法挽回的地步。

倏地，嚴亦冷道：「他們不可能的。」

這句話一直迴盪在劉燕歆的腦海中，她轉頭看了看柯瑾瑜似乎毫無影響地修改劇本的背影。從那天跟何岳靖分開後，她開始沒日沒夜改劇本、做專題。

劉燕歆忽然覺得，儘管嚴亦的話直白不留情，卻是最真實的。柯瑾瑜和何岳靖縱使互相喜歡，又能怎樣呢？

已經過了相愛的時機。

距離學期末就剩一個月，柯瑾瑜還是三天兩頭往劉燕歆家跑，房子也已經找到了，就等下學期入住。

「啊——我終於改完了！」她開心地倒在床上伸懶腰，約莫半分鐘後躍起身，在電腦前敲敲打打，發訊息到群組，「接下來就上傳給大家看。」

劉燕歆端了一杯熱奶茶，「來！休息一下，我來看看劇本。」

「好！」柯瑾瑜接過奶茶啜了幾口，「再來就是好好惡補期末考的進度，就可以安心過年了。」她開心地笑了笑。

劉燕歆邊瀏覽著劇本邊說：「妳先上床睡一覺吧，再這樣下去，身體都要壞了。」

聽到她充滿關心的話語，柯瑾瑜像隻小懶貓，用臉頰蹭了蹭劉燕歆的肩膀，「有妳真好。」

劉燕歆笑她，接著皺眉，看著螢幕說道：「這個結局……是確定的嗎？」

「嗯！我跟戲劇老師討論出來的，這種結局比較不會有爭議，也有頭有尾，不會有突然結束的感覺。」

劉燕歆看了看她，「說得也是，人生本來就沒有所謂最好或最壞的結果。」

每個發生都是當下最好的樣子。

☪

隨著劇本的定稿，戲劇社開始如火如荼地準備，主要演員是嚴亦和劉燕歆，阿圖也開始張羅演出道具。

柯瑾瑜依舊擔任編劇和導演兩職，雖然之前答應嚴亦，他演男主角的話要陪他練習，但她真的沒有太多時間，只好讓身為女主角的劉燕歆與他對戲，正好也能培養彼此的默契。

至於劉燕歆，即使柯瑾瑜已提前告知她要擔任女主角，畢竟還沒正式排戲，劉燕歆還不至於太在意。當看著嚴亦在她面前站定，才讓她真正明白，他們今後是需要常對戲的男女主角。

劉燕歆緊張得五臟六腑都在發顫。

因為劇本是按照兩人的個性去寫，可以說是量身打造，所以劇中的嚴亦還是那副不冷不熱的樣子，不愛笑、說話賤，劉燕歆在戲中也是溫柔害羞，宛如一副小媳婦樣。

這齣戲的背景是在高中，他們是同學，常鬥嘴，交情不錯，女主角暗戀了男主角整整三年，始終沒有勇氣告白。

男主角雖然對女主角也有好感，但因為個性使然，加上有太多不確定的因素，讓他一直沒有說出口。

社員都說，明明是愛情喜劇，劇情卻揪心酸澀。

柯瑾瑜只是笑了笑說：「有時候歡樂的背後，都是悲傷堆疊起來的。」

人生也是。

得知公演劇本敲定，呂淨敏還特地帶了點心和飲料回來社團慰問大家。

嚴亦簡單地丟了一句休息，全部人就像解脫似的，開始上演食物爭奪戰。

「人來就好，不要破費啦。」面對她，柯瑾瑜依舊有些尷尬，「妳一個人住在南部，什麼都要花錢，能省就要省。」

「妳愈來愈像何岳靖了。」

聽到有些時日未被提起的名字，柯瑾瑜微頓，隨後淡淡一笑，「耳濡目染吧，之前每天都被他念。」現在沒了他的叮嚀，倒是自動了起來。

「我調來北部的事已經確定了，這次剛好有時間就來看看大家。」呂淨敏環顧四周，接著看向嚴亦，「看來你這個社長還當得有模有樣，那時我還怕你上任，就把我辛苦撐起的社團給毀了。」

聞言，嚴亦露出難得的笑容，「我說到做到。」

呂淨敏讚賞地朝他豎起大拇指，嚴亦勾了勾唇角。

原來，差別待遇一直都在。

柯瑾瑜在旁看著嚴亦，彷彿就像看到喜歡何岳靖的自己，期盼著能得到對方的一點回應，縱使是無心的。

對何岳靖坦白後，柯瑾瑜一直不敢回想他與她之間的所有事，就怕有好多悔不當初。

她逼自己轉移注意力，連忙問道：「有想要搬回來住嗎？」如果搬回來的話，或許就能跟劈腿對象分乾淨。

結果，她還是不自覺地為何岳靖著想了。

「怡茜不是住了我的房間嗎？」她說：「沒關係，我會再找。」

「我要搬出去了，所以我的房間可以讓妳。」

「妳要搬出去？為什麼這麼突然？」呂淨敏瞪大眼，隨後賊兮兮地說：「該不會是交了男朋友吧？」

「沒有啦。」柯瑾瑜想不出什麼理由，也不能明講是因為何岳靖，「就……想體驗看看一個人住的生活，公寓的大家對我太好，我都覺得自己快變廢人了。」

語畢，柯瑾瑜覺得這個藉口還不如不說，身旁的嚴亦早已一臉鄙視，能夠想像得出來，此刻的她在他眼中有多白痴。

「這樣子啊。」呂淨敏也不知道是信還不信，她點點頭，說道：「不過我還是想住離公司近一點的房子，否則天天都要遲到了。」

「有何岳靖在，不用擔心。」他的生理時鐘比鬧鐘還準時，高中有一段時間，都是他充當鬧鐘叫她起床上學。

柯瑾瑜深吸一口氣，不行！別想了！

「這樣太麻煩他了，他還得上課，而且明明是我比他年長，還讓他來操心，太說不過去了。」她露出俏皮的笑容，「我得長大才行啊！」

柯瑾瑜看著她微微一笑，不再說話。她知道，如果呂淨敏不願意，那說什麼都沒用，而她之所以不願意，原因顯而易見。

他們又閒聊了幾句戲劇社的近況後，劉燕歆突然問道：「淨敏這麼晚回高雄還有車嗎？還是妳要回公寓？」語落，大家才後知後覺地發現已經晚上十點了。

「喔，我今天要住一位學妹家，之前去實習認識的。」她說：「瑾瑜也認識啊，我們約好十點在校門——」

「姊姊！」一道熟悉的女聲傳來，打斷了眾人的交談。

柯瑾瑜看著張棻琳跑來，內心頓時複雜不已。

「走吧！我下課了。」她依舊很沒禮貌，連正眼都沒瞧身旁的人，挽著呂淨敏的手就要走，笑得喜孜孜，

「我還讓我爸開車來呢！搭捷運太累了。」

個性嬌縱的她，如果得知呂淨敏的事，不知會有什麼反應？

張棻琳話匣子一開，像個雀躍的孩子急於和呂淨敏分享大學生活，看得出來她們的交情很深。

「我就先走嘍，我調回來那天再一起約出來吃飯吧！」呂淨敏的眉眼笑得彎，「好久沒聚在一起了，我很想念大家！」

柯瑾瑜感到一陣唏噓，呂淨敏依舊是大學時那副純真調皮的小女孩形象，眼底閃爍著溫和的光，笑容溫暖動人。

但是柯瑾瑜知道，其實他們都變了。不管是喜歡呂淨敏的嚴亦，還是和何岳靖交往卻出軌的呂淨敏，甚至是她和何岳靖……

全部都不一樣了。

或者該說他們從一開始都在假裝，假裝誰都沒有變。

「妳回公寓如果見到小靖，替我和他說一聲，我剛剛打電話他都沒接，可能在忙。我有傳訊息了，怕晚點我睡了就接不到他電話，他會擔心。」走了有一段距離的呂淨敏忽然回頭，朝柯瑾瑜說道。

柯瑾瑜微愣，來不及回話，呂淨敏就朝她揮手道別，和張棻琳兩人手勾手走出校園。

柯瑾瑜今天本來不打算回公寓，她掙扎了下，決定還是撥了何岳靖的手機，發現依然無人接聽。這種狀況不太常出現，至少每次她打電話給他，他都會接，就算漏接，過沒多久也會回撥。

可是已經將近十二點了，她的手機一點反應都沒有。

「擔心的話就回去看看。」劉燕歆見她一晚都不知道看了手機幾回了。

她頓了頓，「淨敏有跟他說了就好。」

「我覺得妳應該跟他說清楚。」劉燕歆語重心長地說，表情是少有的嚴肅，「雖然我不知道你們真正的情況到底是怎樣，但妳不是最討厭不明不白的感覺嗎？所以喜歡、討厭應該一次說明白啊！」

聞言，柯瑾瑜愕然。

這是劉燕歆少有的強勢，也正好戳中她心裡最脆弱的一部分，她眨了眨酸澀的眼，「每次面對他……我都不像我自己。」

想為了他妥協，想為了他變更好，想為了他做好多事，想把最好的都給他……

劉燕歆心疼地摸了摸她的腦袋，「有什麼關係，戀愛本身就是不理智的事。妳該慶幸妳有個這麼喜歡的人，有些人一輩子都不見得會遇上這樣的一個人。」

半小時後，柯瑾瑜站在酒吧外，決定先喝個幾杯壯膽再回公寓，她實在沒有信心用清醒的樣子面對何岳靖。

她深吸一口氣，出示證件後，暢行無阻地走向吧台，她不敢選太濃烈的酒，怕還沒見到何岳靖就先醉死。

她點了一杯水果酒，打算喝個兩杯就走。她隨意環顧四周，大多是上班族、外國人，或是有點身分地位的人。

像她這種穿著打扮都像是學生的人，在昏黃的燈光下挺顯眼的，加上又是隻身一人，短短時間內就被搭訕了兩三次。

柯瑾瑜真不喜歡這種地方，匆匆喝完剩下的酒，拎起背包就要走，眼角的餘光就這麼瞥見舞池中親暱的兩人。

男人一身西裝革履，與舞池的燈光有些不搭，卻笑得開懷，眸光深深地與同樣穿著襯衫窄裙的女人對視，兩人相視而笑，不難看出是一對戀人。

只是兩人外貌年齡似乎差距很大，柯瑾瑜剛喝過酒的頭有點暈，她的酒量並不差，只是隨著悠揚的爵士樂以及流轉的昏暗燈光，她的腦袋嗡嗡作響。

呂淨敏又說謊了。

她怎麼可以這麼做！在離何岳靖這麼近的地方，在他們相遇的城市，有可能一不小心就會被誰發現。她居然一點都不避嫌，甚至明目張膽。

柯瑾瑜咬著唇，果然喝點酒是好事，膽子都大了起來。她沒有多想，跨出腳步就朝那對依偎的身影走去。

「不好意思，我借一下你的女朋友。」她的聲音清脆有力，謙和地彎起笑，冷聲嘲諷，「應該還不是老婆吧？」

兩人的錯愕柯瑾瑜盡收眼底，她沒多說什麼，邁開步伐就拉著呂淨敏朝外頭走去。

這是呂淨敏說的第一句話，小臉冷靜，話語直白了當，沒有一絲該有的愧疚，好似所有事都是理所當然。

「別告訴小靖。」

她的出軌是應當的，她與何岳靖以外的男人做的任何親密行為都是正確的。

這讓柯瑾瑜深感荒謬。

「既然這樣，為什麼還要這麼做？」

「瑾瑜妳不懂，外面的世界複雜多了。」她皺著眉頭，想徵求她的認同，「我會離開那個男人，只是給我點時間，我知道我跟他不可能，我也沒想過要破壞他的家庭，只是、只是暫時的……我目前不能沒有他。」

「是張棻琳的爸爸吧。」柯瑾瑜說道，見呂淨敏的表情閃過愕然，還真的被她猜對了，她覺得一切都好可怕。

柯瑾瑜的雙眼泛紅，張著嘴卻說不出任何話，不知從何原諒呂淨敏的錯誤，甚至是替她辯駁。因為都是錯的，錯得離譜。

許久，她緩緩說道：「他是妳朋友的爸爸！妳們不是很要好嗎？妳這麼做，難道不覺得對張棻琳很抱歉？妳不知道你們這樣的關係，會害多少人傷心嗎？」

縱使他們之後和平地分手，可是發生過的事，不可能說不存在就不存在，有的只是不承認而已。時間會記得，呂淨敏和那個男人也會，出軌這種事有一就有二。

「莯琳能體諒我的。」她說，「我只是想好好生活，他給了我很多，我在外面住的房子是他買的，生活費也是他給的，我一個人沒有依靠，在人生地不熟的地方工作，剛開始什麼都不順，只有他關心我、資助我，我真的不能沒有他。」

「所以妳是為了錢才和他在一起的，是嗎？」

呂淨敏一瞬間安靜，接著斂下眉眼，「我不否認一開始是。」

聽到她的坦承，柯瑾瑜莫名起了雞皮疙瘩。

好噁心。

「可是後來我真的發現自己需要他，他對我很好，是真心想跟我一起過日子……」

對於她這種偏激的想法，柯瑾瑜著實瞠目結舌，「那妳要何岳靖怎麼辦？妳不能一次跟兩個男人在一起，這不對！」

呂淨敏悲涼地一笑，「正如妳所說，我和那個男人是不可能的，這次回來台北，我打算和他分手。」她忽然上前一步握住柯瑾瑜的手，竟異常冰涼，「所以拜託妳別告訴小靖好嗎？這是我唯一的請求，我會好好處理這件事。」

柯瑾瑜一瞬間迷茫了，除了嚴亦，確實沒有其他人知道呂淨敏出軌，嚴亦肯定不會洩漏半句，如果她也不說，這件事是不是就真的過去了？

「妳真的確定何岳靖不知道？」

呂淨敏見她猶豫，彷彿找到了一線希望，「我確定！所以只要妳不說，我和小靖還能跟以前一樣，我也決定搬回公寓了……」

呂淨敏的表情依然是柯瑾瑜記憶中的樣子，那樣無害與純真，彷彿下一秒就會感染到她的快樂。

「妳真的能和那個男人分手？」她不知道他會不會死纏爛打，萬一分不乾淨，到時受傷的還是何岳靖，肯定會更痛更傷。

呂淨敏連忙點頭，「我們已經協議好，如果我想分手隨時可以說，他都同意。」她又說，彷彿像是自嘲：「大家都是成年人，不會像年輕時那樣意氣用事了。他很成熟，是公司的主管，所以他比我更清楚，一旦我們的關係暴露，一定會讓公司名聲受到波及。」

儘管呂淨敏一字一句都合乎道理，但柯瑾瑜就是隱約覺得怪，她確實沒什麼戀愛經驗，可是以她的愛情觀來說，戀愛這種事難道會隨著年紀增加變得成熟理性嗎？

如果真是這樣，他們明明知道這是錯的，為什麼還要不顧外人的眼光在一起呢？

這難道就是成熟的表現？而不是因為相愛？

她不知道，所以不敢妄自下定論。

面對呂淨敏熱切懇求的眼神，柯瑾瑜知道自己已經被她說服了。

「那麼就現在提分手吧，當著我的面。」她平時不是這麼咄咄逼人的人，只是面對何岳靖的事，她不能不小心翼翼。

「瑾瑜，妳是不相信我嗎？」

「儘早分手不是更好嗎?」

語落,一道威嚴的聲音忽然傳來:「妳是柯瑾瑜對吧?」如同面對下屬的氣勢,男人迎面走來。

聽到自己的名字,柯瑾瑜愣愣地看了過去,儘管男人因中年身材有些發福,依舊帶著商場上該有的意氣風發。

「我是。」

呂淨敏沒料到男人會現身,連忙阻止他,「我來處理就好,你快回去。」

男人不理會她,甚至親暱地反握住她的手對著柯瑾瑜說道:「如果要責怪淨敏出軌,我確實沒話說,但如果是由妳來教訓她,我就有意見了。」

柯瑾瑜眉頭一皺。

「現任男朋友給不起淨敏想要的,是他不對,再來因為妳的存在,淨敏有多不安,妳知道嗎?」

「……」

「他們成了遠距離,正好幫妳增加機會不是嗎?」他笑,成熟男人的氣場讓柯瑾瑜半句話都說不上。

「妳們這些小女孩的心思我都知道,喜歡卻不敢告白,等到對方成為別人的再來後悔,甚至想搶?不覺得對淨敏很不公平嗎?這是你們該處理好的問題,為什麼要由她來承擔?」

聽聞,柯瑾瑜張大眼,「我、我沒……」

「有沒有自己心裡清楚,我們就不在這多作探討。」

這個男人果然是張菜琳的爸爸,說話同樣直白不留餘地,但理性不歇斯底里,讓柯瑾瑜無話可說。

即便嘴上說沒有，但她確實喜歡何岳靖，雖然腦袋沒有一刻有想搶奪的念頭，但也沒有避嫌，默許何岳靖對她好。

他們的關係不知從何時開始就不再侷限於朋友，只是柯瑾瑜選擇忽視。既然她裝作不知情，何岳靖也不會有所動作。

以為是最安全的距離，實則把對方愈推愈遠。

「淨敏是無辜的，還得接受你們以友情名義卻曖昧不清的關係。」男人冷笑，「不接受妳的存在要被說小氣，若是接受自己心裡又難受。」

呂淨敏不斷阻止男人說話，扯著他西裝的手一直沒停過，但柯瑾瑜知道，這句句都說出了呂淨敏心裡的芥蒂，否則男人不可能會這麼清楚他們的關係。

呂淨敏一定和他訴苦過，通常對外人說的話是最真實的。

她覺得抱歉，但如果道歉，是不是就表示呂淨敏成了阻礙他們在一起的人？

不對，這不該是她的錯。

柯瑾瑜沒回話，因為說得再多都是錯。

她微微垂下頭，模樣失神。

「講了那麼多，所以你們是分手不分手？」一道冷淡的聲音傳來。

眾人皆怔忡了下，呂淨敏下意識就抽回被男人緊握的手，焦躁地將手攬在胸前。

「既然她不能說，那就我來說吧！」他扯脣，冷道：「別把成為第三者這種事說得多好聽，你們指責她的同時，難道自己就做對了？錯就是錯，不管多逼不得已。」

「小亦，你、你怎麼會在這？」呂淨敏佯裝鎮定，極力擠出笑容。

「這座城市也就這麼大。」嚴亦笑回，口氣是他常有的自傲與鄙視。

柯瑾瑜仍舊處於震驚，除了想像不到嚴亦會出現，更讓她吃驚的是他對呂淨敏的態度。

天簡直要塌了，她抬眼望向天空。

「小亦，我有我的苦衷，你可能不會明白我這麼做的原因……」

孰料嚴亦卻極為冷靜地說：「我明白。」

呂淨敏一僵。

「因為我一直看著妳，從國中的時候，或者更早，我也不記得了。」他說，這也是柯瑾瑜第一次聽他說起呂淨敏，「等我察覺的時候，我就這麼看著妳了。」

柯瑾瑜愣愣地看向嚴亦，依然是倨傲的側臉，儘管面無波瀾，她還是看見他垂放在身側悄然握起的拳頭，逼迫自己隱忍著一些情緒。

果然不可能什麼反應都沒有。

「小亦你在說什麼啊，我們——」

「所以我知道妳只是耐不住寂寞，只是需要有個人陪，然而何岳靖給不了妳，所以妳就去找其他能夠給妳的人。」嚴亦彎脣，「我不知道妳為什麼從來沒想過一直待在妳身邊的我，不過現在看來也不是那麼重要。」

沒有喜歡，就是這麼簡單。

呂淨敏擰著眉，臉色有些蒼白，身旁的男人貼心地圈住她虛軟無力的腰，讓她依靠在他身側，嚴亦頓時冷哼出聲。

他的目光直視前方，卻是對著柯瑾瑜說話：「妳替她圓謊，是將錯誤放大，不是導正。」

「……」

「妳為什麼都不能用點腦啊？」

柯瑾瑜哭笑不得，一方面覺得嚴亦到最後都不給她台階下，但也深深佩服他能夠誠實說出自己的感受，比起他們在一起的那段互相舔舐傷口的日子，此刻的他才是真的對她坦承。

「小亦，我不知道你是這樣看我，你應該早點告訴我……對不起。」

「妳的道歉應該留給何岳靖，不是我，或者妳該坦承，他對妳來說只是掩蓋你們這段感情的擋箭牌。」他說：「不管是出自什麼理由，妳的行為本身就是錯的，即便妳有理。」

呂淨敏的神色複雜，男人眉一皺，似乎也沒有話可以辯駁，他牽起她的手，拍著她的背，溫柔地說了一聲走吧。

細碎的星點灑滿夜空，繁星璀璨，今晚是個無雲的夜晚，月色很美，散著淺色光暈。

柯瑾瑜看著他們在夜色中逐漸遠去的背影，竟有種說不出的孤獨與寂寥。

也許一開始他們都錯了，所以才會愈愛愈寂寞。

「你一定不是路過的，對吧？」柯瑾瑜心裡大概有個底了，「跟蹤淨敏的？」

嚴亦抿唇，「多管閒事。」

「跟你一樣嘍！」

嚴亦雖然哼她一聲，卻沒有讓柯瑾瑜反感，反而讓她有些抑鬱的心情感到舒暢。

許久，她說：「謝謝。」

他頓了一下，似乎猶豫著什麼，接著以彆扭的語氣說道：「我也該跟妳道歉，嗯，那天是我……有點衝動了。」

柯瑾瑜有些愣住，沒能立即反應過來，原來嚴亦還在意這件事，原以為他大概會沒心沒肺地說，又沒有真的發生關係。

忽然想起，自從那天後，他們也沒有正式討論過分手這件事。

嚴亦見她一直沒說話，一個勁地盯著他，讓他有些煩，「我知道妳說不接受，但我能力所及也只能向妳道歉，因為我做了就是做了，不能假裝沒發生過。」

他的口氣依舊充滿傲氣，一點都不像是犯錯的人，令柯瑾瑜無奈又有點想笑。

「如果妳覺得不洩恨一下不行，不然我也給妳摸回去。」

柯瑾瑜一愣，聽他正經八百的口吻似乎是認真的，她突然想到，嚴亦從來不開玩笑。

「什麼！我不要！」

她嚇得連忙後退幾步，邊強調，「真的沒事了！我接受你的道歉，真的！」

「是嗎?」嚴亦見她終於有點反應,不禁莞爾。

見狀,柯瑾瑜也笑了出來,笑著笑著眼淚就掉了下來。

嚴亦眉一皺,「妳這人真的很多事,不是哭就笑。妳不累,我看得都累了。」

柯瑾瑜粗魯地抹了抹眼淚,扁著嘴,特別可憐地說:「我也不想亂哭啊……」她可是跌倒受傷都不曾哭的女漢子,「只是突然覺得這陣子過得好累、好辛苦。這麼簡單的一件事,我卻搞成這樣,為什麼我當初不好好告訴他?」

她就是喜歡何岳靖,可是卻寧願用往後的時間來回憶他的好。

「都錯了,什麼都錯了……」柯瑾瑜放聲大哭。

嚴亦見她哭得聲淚俱下,路人紛紛看了過來,他頓時覺得萬分丟臉,嘴上一邊敷衍,「好,都錯,誰都錯……」一邊帶著她往人潮少的地方走去。

「我也覺得很對不起你啊!」

嚴亦揚眉,「妳對不起我什麼?」

「明明跟你交往,可是我想的都還是何岳靖。」她哭得抽抽噎噎,第一次這麼坦白地訴說自己的心情,「我一直以為只要我努力就好,一定可以喜歡上你,但為什麼就是不行……」

「這種事怎麼努力?」嚴亦驀地哼笑,「要是努力就能愛上別人,我早就做了。」

柯瑾瑜咬著唇,大眼盛滿水光,她忽然伸長手,在嚴亦的注視下拍了拍他的頭,似是摸一隻受傷的小動物,「辛苦你了。」

嚴亦微愣，黑眸凝滯在她滿是淚痕的小臉，下一秒嫌惡地閃避，「不用說對不起，這是我自己選的，妳別哭得很委屈，也不用覺得抱歉，不需要。」

柯瑾瑜只能吸了吸鼻子，嚴亦果然還是老樣子，很不會安慰人。

不過想了想，這就是他啊！要是他哪天突然對她好，她才覺得不自在吧！思及此，她忽然張開手抱住了他，「交往的那段時間真的很謝謝你。」

無論好壞。

「我們分手吧。」

至少結束的時候，要有一個好的開端。

嚴亦的身體有些僵直，隨後哼笑，也張手回抱了她，語氣難得輕柔，「嗯。」

不過，他們之間似乎真不適合肉麻兮兮，抱沒多久，柯瑾瑜就覺得雞皮疙瘩爬滿身，立即抽離，尷尬地整理衣衫，嚴亦也顯得不自在。

嚴亦斂起神色，問道：「妳一個人晚上來酒吧這種地方幹麼？」

「喝酒啊。」

「明天還要排戲，妳喝什麼酒？」他擰眉。

「我不是要買醉啦。」她努嘴，有些不好意思地說出原本的計畫：「我想和何岳靖談談，但保持清醒我怕講不出話來，所以想喝一點酒壯膽。」

「白痴。」

對於嚴亦動不動就言語攻擊她，柯瑾瑜已經習慣了，也懂得適當地回嘴，「你還不是一樣！不是力挺淨敏嗎？結果卻要把她出軌的事告訴何岳靖，你捨得喔？」

她刻意酸他，當初可是因為這件事，他們兩人差點就滾上床，結果剛剛居然代替她訓了呂淨敏一頓，這要不是有人格分裂，就是嚴亦想做好事積德了。

「反正要慘大家一起慘。」嚴亦睨她一眼，「得知這件事的何岳靖，妳以為他心情會好到哪去。」

柯瑾瑜原先還笑著的臉，瞬間烏雲密布，「也是，被劈腿不知道是什麼心情？你有沒有經驗能心得分享啊？搞不好何岳靖就比較能接受了。」

「……」嚴亦抽了抽嘴角。

凌晨，他將柯瑾瑜送回公寓，她躊躇地站在門口，嚴亦淡淡瞟了她一眼，「都到這了，別跟我說妳不談了，我不管妳。」

嚴亦也不是隨口說說，發動摩托車後，毫不留情地揚長而去，留她一人愣在原地。

柯瑾瑜想到待會要面對何岳靖，根本沒心思吐槽嚴亦的狼心狗肺。

她搭著電梯上樓，這個時間，何岳靖肯定是睡了。

早上再說嗎？那是要先釐清他們的關係？還是先說呂淨敏的事？

帶著焦躁的心情，她轉開門，是她預期的漆黑一片。依稀記得許怡茜說要和黃凱橙去南投兩天一夜，再衝墾丁跨年。

真是一對瘋狂情侶，但是卻讓人無比羨慕，因為能和喜歡的人，去想去的地方。

然而，那天何岳靖並不是睡了，而是沒有回來。

第六章　新月

期末考結束那天，大家幾乎都要返鄉過年。

戲劇社也將整齣戲從頭到尾排演了一遍，也讓大家看到社員們不同的一面。

尤其是劉燕歆，簡直是換了一個人，大概是站在台上的次數多了，台風慢慢穩健，說話也多了自信，為了不扯大家後腿，她非常努力在演技方面琢磨，常常留下來練習。

柯瑾瑜偶爾也會陪她，但與她對戲的畢竟是嚴亦，所以她的工作大多是利用導演的身分，命令嚴亦留下來。

他們因此常常練習到凌晨才回家，感情愈來愈好，劉燕歆執著細心，只要她將誰認定為朋友，就會開始嘮嘮叨叨。

最近大概是跟嚴亦熟了，常常見她跟在他身邊叮嚀他大小事，柯瑾瑜頓時覺得一身輕，以往都是她被念到臭頭。

雖然嚴亦難以親近，但劉燕歆是個有毅力的人，來來回回幾次，嚴亦從不理、抗拒，到最後的接受。

「你不能不吃菜啊，這樣營養怎麼夠？」每到中午，絕對能聽到這句。

「我不喜歡。」

「不喜歡還是得吃。」

某人又開始他擅長的，裝作沒聽見。

劉燕歆也不怕嚴亦耍賴，見招拆招，「好！不吃的話，就是要我餵你吧，來！啊——」

戲演久了，再緊張的情緒都能緩解，多練習幾次也開始上手，所以每次的餵食秀，她愈做愈順手。

柯瑾瑜笑著說：「名師出高徒。」

果不其然嚴亦的臉就黑了，伴隨著周圍曖昧的噓聲，柯瑾瑜早就笑得前俯後仰，畢竟這招是她教劉燕歆的。

「餵！餵！餵！」她在旁跟著眾人起鬨。

「閉嘴！」嚴亦冷斥。

見社長生氣了，大家連忙噤聲各做各的事，但眼神不時偷瞄他們的動靜，柯瑾瑜一點都不受影響地看著好戲。

劉燕歆努了努下巴，「要自己吃，還是我餵你？」她朝他微笑，眼眸盈滿了光，嚴亦下意識地皺眉，卻還是默默接過手，吃了幾口。

「要吃完高麗菜啊。」劉燕歆知道他肯定幾口就要交差了事，「待會要拿來給我檢查才能丟喔。」她像是叮嚀小孩般。

起初柯瑾瑜想，這絕對不可能，畢竟當時與嚴亦交往，他最多也只配合吃幾口，所以她勸劉燕歆別白費力氣，免得自己氣急攻心，會老得快。

當時劉燕歆只說：「沒關係，我會看著他。」

而後只要到吃飯時間，劉燕歆會先提醒他一次，吃到一半發現他沒吃菜，就開始上演「不吃，我就餵你」的戲碼，見他吃完就要求檢查飯盒。

剛開始嚴亦根本不甩她，但幾個禮拜之後，發現劉燕歆的飯盒剩下的飯菜比他還多，因為監督他，她根本沒多少吃飯時間。

之後也不知道是過意不去，還是習慣了劉燕歆每天在他身旁耳提面命，有時候她晚點提醒，嚴亦還會損她幾句，說她時間觀念變差，他飯都吃完了。

乍看之下嚴亦還是很不友善，但看在柯瑾瑜眼裡，嚴亦是配合了。

嚴亦冷哼一聲，最後還是很乖地拿去給劉燕歆檢查，然後再很跩地去丟垃圾。面對劉燕歆，嚴亦儼然就跟小孩沒有兩樣，完全沒了平時冷傲的風範。

見狀，柯瑾瑜笑著推了推身旁的劉燕歆，「很乖！很聽話耶！」

劉燕歆笑紅了臉。

劇本定稿那天，她和劉燕歆兩人在家開了小型的慶功宴，兩個女生喝了點酒什麼也就全盤托出，劉燕歆和她坦白自己喜歡嚴亦時，柯瑾瑜著實嚇了一大跳。

後來認真回想她的行為舉止，還有對嚴亦的上心程度，她才發現原來一切都是有跡可尋的。

最後柯瑾瑜總結一句，「妳一定是M。」嚴亦嘴巴那麼壞。

結果她這個不稱職的前女友，還莫名其妙成了軍師。

現在看著他們交談的身影，她很替劉燕歆慶幸，好險她勇敢說出來了，而嚴亦也坦然地走出暗戀呂淨敏的世界。

這樣的時間點，兩人相遇，剛剛好。

公演在今年的五月，他們只剩四個月的時間能夠練習，戲劇社也訂定年假結束後，要提早回學校排演。

社團期末大會結束後，劉燕歆忽然問道：「妳要搬家的行李整理好了嗎？」

柯瑾瑜搖頭，有些自暴自棄，「怎麼才短短幾年我就累積這麼多東西啊——」

「那妳那間房間怎麼辦？空著嗎？」

「淨敏要住進來了。」

劉燕歆皺眉，「你們……」她欲言又止，不知道該不該問。自從呂淨敏出軌的事爆發出來後，她和嚴亦都心照不宣地不談起這件事。

「何岳靖嗎？」柯瑾瑜知道他們都刻意避開有關他的話題，但其實她已經不那麼介意了，至少想起他的時候，不那麼想哭了。

「妳跟他們都還好嗎？」

「嗯，他們都知道我要搬出來，現在淨敏在總公司上班，我們偶爾也會一起吃飯。」

「我是說……妳跟何岳靖怎麼樣了？」

柯瑾瑜似乎早有預感會被這麼問起，抿脣一笑，「還是一樣啊，就朋友嘛。」但過於自然的語氣反倒弄巧成拙，讓劉燕歆擔憂地看了看她。

「何岳靖原諒淨敏了嗎？」

「我不知道。」她這陣子不常回公寓，再來以她的身分去問實在太敏感了，何況她不想讓自己有任何期待的機會，「但看起來是這樣沒錯。」

這是他們兩人之間的事，何岳靖若覺得這種結果是好，那便好。

劉燕歆吐了一口氣，不知道該說些什麼來緩解此刻抑鬱的氣氛，最終也只能淡淡地說：「會遇到更好的。」

「是啊。」她說，「大概吧。」

她真的不知道。

☪

年假一結束，還未開學，戲劇社便開始密集的排練，大型道具也逐漸完成，排練過程中偶爾會有爭吵，不過柯瑾瑜很會緩和氣氛，所以不愉快很快就過去了。

但是男女主角之間的鬥嘴，她可就不好說話了，因為通常都摻雜個人感情。

「社員隨便說句想吃餅乾，妳就做？」嚴亦嗤笑，眼眸充斥著冷意，「妳不用排戲？不用睡覺？」

「我又沒耽誤到你的時間，我今天也準時到啊。」還提早了。

「準時？妳就頂著那副沒睡飽的樣子來見我，我可是要整天面對妳的人，妳這樣我怎麼演得下去？」

一旁的柯瑾瑜連勸架都懶，他就說句心疼她睡眠不足是會怎樣？

是說很久沒見到這麼情緒激動的嚴亦，彷彿看到之前總是斥責呂淨敏老愛幫人收拾爛攤子的他，但最後總會默默上前幫忙。

標準的心口不一。

「那好吧。」劉燕歆有些委屈，「現在是休息時間，你可以不用看到我。」她一臉認真，邊找地方補眠，她是真的睏了。

嚴亦眉一皺，自動起身跟去，「去哪？到社辦去睡，那裡沒人比較安靜。」

柯瑾瑜在後頭失笑搖頭，陷入戀愛的人都傻。

開學時，按照慣例，班導會約談每位學生，詢問近況以及新學期的規畫。

「瑾瑜現在是一個人住外面了吧？」

「嗯，對。」

「之前住的公寓不好嗎？我看妳都住一年了。」班導看著資料單問道。

「我想體驗看看一個人住的生活，獨立一下，以前太依賴……」她頓了頓，隨後笑道：「公寓裡的朋友。」

班導了然地點頭，「這是好事。」她接著說：「如果要訓練獨立，趁著這學期專題結束，不如去參加交換生徵選。這次歐美學校的名額很多，我看妳在校成績都維持前十五，錄取機會應該很高。去參加吧！出去看一看世界。」

柯瑾瑜眨了眨眼。

「讀外文系怎麼能不出國見識見識。」

柯瑾瑜拿著班導給的報名表茫然地走出辦公室，她這陣子也在思考，公演結束後，她的社團生活也差不多落幕了，轉眼就要升上大四。

她到現在連個明確目標都沒有，之後大學畢業，也不知道是該繼續考研究所？還是先去工作？最後，她決定抱著試試看的心情報名交換生。

隨著公演日期將近，社員分秒必爭，開始四處拉贊助與跑宣傳。

柯瑾瑜每天過著蠟燭兩頭燒的日子，專題進入最後審查階段，要瘋狂修改與提升內容，還得被指導教授叮得滿頭包。

嚴重睡眠不足，導致她排戲常常睡過頭遲到，進社團還得被嚴亦訓斥個老半天。

這種水深火熱的日子，柯瑾瑜居然整整熬了三個月，幾乎是半個學期。

眼看距離公演只剩三天，柯瑾瑜的神經愈加緊繃，加上前陣子公布了交換生的面試名單，她雖然開心自己過了初選，但面試日期恰巧就是公演那天，時間還重疊！

身為社團核心幹部，她沒出席實在說不過去，可是好不容易才通過交換生初選，如果錯過面試就要再等下學期——

「去吧，都到面試這關了，沒理由放棄。」

柯瑾瑜參加交換生徵選的事，本來沒打算透露給誰知道，等到確定了再告訴大家也不遲，但心思細膩的劉燕歆早就注意到這件事。

嚴亦也說：「反正編劇和導演都是幕後，不出現也無所謂。」說出口的話永遠不中聽。

「結束再過來就行了，大家還得開慶功宴呢！」劉燕歆說道：「設備組會架設好錄影機，一定會一幕不漏地替妳錄下來。」

柯瑾瑜感動地扁了扁嘴，「謝謝。」

☪

公演開演的時間是下午三點半。

柯瑾瑜一身白襯衫窄裙，腳上套著高跟鞋，面試時間是下午五點二十分，她早上趁空去幫忙布置禮堂和招呼師長。

柯瑾瑜能言善道，雖然何岳靖常說都是些胡說八道，但她確實把學校邀請來的貴賓給逗得笑開懷。

「我們都這把年紀了，還看你們年輕人的愛情喜劇，不知道會不會掃你們的興？」老教授翻著節目冊，不難看出有些意興闌珊。

其實一開始柯瑾瑜也很擔心這種狀況，不過後來她仔細想想，「戀愛的心情肯定是大同小異。」她說：「因為我們都需要透過另一個人，來看見自己的好與不好。」

所以或哭或笑，都是大家共同有的心情，無關年紀。

「瑾瑜！都五點了，妳怎麼還在這？」穿上高中制服的劉燕歆，多了青春洋溢的氣息，臉上的妝容精緻，「快點！面試要是遲到，絕對要被刷下來！」

「好，我要走了。」柯瑾瑜被劉燕歆的焦急感染，匆匆脫下識別證，「妳怎麼演到一半跑出來啦？」

「我要到第九幕才會出場。」劉燕歆邊說邊替她整理儀容、順齊領口，「還不是怕妳遲到。」

柯瑾瑜呼了一口氣，「妳不要太緊張，就快演完了，放輕鬆，深呼吸——」

劉燕歆失笑，都演到後半了，她早就沒了出場前的不安，「緊張的是妳吧。」

柯瑾瑜笑了一聲，對劉燕歆豎起大拇指，稱讚她演得棒，接著朝她揮了揮手，跑出禮堂。

「加油！加油！小心走，不要跌倒了啊！」劉燕歆在後頭小聲替她打氣。

柯瑾瑜一邊看著腕錶，一邊奔跑在人行道上，從這裡到面試教室只要五分鐘，一定來得及！她一路在腦子裡默念講稿，事實上她沒什麼準備，因為心思全放在今天的公演。

待會要是答不出話來肯定很糗。

柯瑾瑜自嘲，她怎麼永遠都在最後關頭才知道緊張？以前還沒怎麼自覺，自從何岳靖不在後，他之前念過她的事，一件一件都應驗了。

因為他永遠都比她還要了解自己。

柯瑾瑜搖了搖頭決定不多想，跟鞋卻在這時候一腳踩上了一塊碎石，腳踝硬生生拐了一下，「嘶——」她身體不穩地晃了幾下，還好用力站住腳才免於摔倒。

她蹲下來看跟鞋有沒有壞，好險當初狠下心多花一點錢買了這雙鞋，她本來是想買夜市的路邊攤，因為款式看起來差不多。

何岳靖說過，鞋子和衣服不同，衣服就算大了點、緊了點都還能穿，可是鞋子一旦不合腳，再美穿著都會疼。

柯瑾瑜莞爾一笑，雖然不想誇他，心裡早已默默贊同他的說法。

現在想想，何岳靖說的話確實鮮少有失誤，他說什麼都對，一直以來都走在她前頭，從容且不急躁，總是一副溫雅謙和的模樣，骨子裡卻有著他的驕傲與原則。

他明明很聰明，卻總是輕易地相信她的話，所以當她說了不會和朋友交往這種話，他也就信了。真笨。

他……

柯瑾瑜愣愣地望著前方，目光凝滯，腦中的聲音就這麼停止了。

是她的想念把他帶來了嗎？還是這又是那可笑的巧合？她有時也挺討厭世界很小這句話。

佇立在她眼前的一抹高大身影，懷裡捧著花，像極了從童話故事中走出來的白馬王子，那是每個女孩夢寐以求的時刻，盼著有一天會有那麼一個人走進她們的生命。

他的神色柔淡，眉眼深邃，黑眸一如往常的透亮。對她來說，何岳靖始終是最溫柔的存在。她的眼眶有些酸。

自從搬出公寓後，他們見面的次數不多，有的只是她遙遠的凝望，因為不同系、不同大樓，現在連回家的路也不同了，再也沒有理由見面。

她才發現原來之前習以為常的事，是那麼得來不易。她以前還總是嫌他煩，嫌他囉唆……

柯瑾瑜斂下目光，挺起胸，撐起微笑，「你是要去看公演嗎？」

何岳靖深似海的眸光緩緩落在她身上，輕輕自喉嚨發出一聲單音，宛如沉入海中的石子，震開了柯瑾瑜的心湖。

「淨敏應該給你VIP門票了吧，怎麼現在才來？都要結束了。」她努力保持微笑。

何岳靖依舊默不作聲，專注地看著她，深怕漏了她任何一舉一動。

「我還有點事，先走了。」她不太敢直視他，怕聽到他的聲音，怕一些情緒沒忍住。

柯瑾瑜沒等他回答，急於逃離現場。

她故作鎮定地從他身旁走過，入夏的熱風吹起了她淡色的長髮，跟鞋敲擊地面的聲音，鏗鏘落在她的心尖。

一下又一下。

他們或許就只能這樣，一次一次地擦肩而過，即便並肩而行，也不會牽手。

剎那，何岳靖忽然啟唇，伴隨著林蔭大道旁枝葉摩擦的細碎聲響，聲嗓宛如融進空氣中，柯瑾瑜以為自己聽錯了。

她沒有停下腳步，直至手臂突然被人拉住，灼熱的掌心溫度燙過她冰涼的肌膚。

她有些愣怔，回頭看向抓住她的何岳靖，他的眼眸很深，讓人猜不透究竟想說什麼。事實上，柯瑾瑜從來沒看透過他，雖然了解他，卻不明白他內心深處的渴求。

以至於她從不知道，原來何岳靖是喜歡她的……

「沒聽到我的話嗎？」

柯瑾瑜癟著嘴，擰緊眉，沒有出聲。

「還是我再說一次？嗯？」

柯瑾瑜的眉皺得更深了，眼眶溼潤，聲音乾澀，「我真的要走了……」

他不讓，「那妳先回答我。」

何岳靖望著她，眼眸如月，目光溫柔得彷彿要化出水。

柯瑾瑜討厭他這樣看她，她好不容易忍住的眼淚又要翻騰了。他憑什麼動不動就讓她哭？

明明已經告訴自己很多次，不要對他留戀……

可是她就是克制不住，只要何岳靖一出現，她就忍不住想對他撒嬌，想跟他說好多好多話，想告訴他這陣子有多累。

想說，她真的很想很想他。

「怎麼了?」何岳靖勾起一邊嘴角，眼裡都是她。

柯瑾瑜眉一擰，唇抿得死緊。

滴答。

然而眼淚終究還是沒忍住。

何岳靖心疼地反手將她拉向自己，距離近得她都能感受到他淺淡的氣息，暖燙的掌心捧起她的臉，拇指輕抹開她的淚痕。

很早很早之前，他就想這麼做了，在人來人往的道路上，毫無猶豫地觸碰她，牽牽她的手，拍拍她的腦袋，跟她說：「我就在這，不要哭好嗎?」

柯瑾瑜的視線再度模糊，紅唇緊抿，她微微垂下頭，長髮自肩上滑落遮去她的側臉，她哭得全身都在輕顫。

何岳靖見狀，眼眶一紅，牽著她的手緊了幾分，怕鬆了她就會消失。

高大的身影一傾，將她緊緊擁在懷裡，雙臂用力地將她托在自己懷中，感受她的呼吸和哭泣，這是頭一次他們真實地擁有彼此。

而這也是他一直以來的渴求。

「我喜歡妳。」

同時，禮堂傳來如雷的掌聲與尖叫聲，只因錯過許久的男女主角再次在月色下的街角相遇，最後一幕是兩人深情地對望，一個開放式結局。

就在布幕即將降下時，男主角忽然一個跨步，捧起女主角的臉，偏頭便吻了上去。

現場一片譁然，後台的演員沒想到會得到這麼劇烈的迴響，紛紛探出頭，驚見這一幕，暗自讚歎社長平時低調，但認真做起事來非要驚天動地。

坐在前排VIP座的老教授們各個飽受驚嚇，不知道現在演戲都這麼講求逼真。

許怡茜也哭得淚如雨下，黃凱橙一邊安慰她，一邊感嘆，「想不到平常看她少根筋，寫的東西還有模有樣的。」

「因為這就是她的故事啊。」是柯瑾瑜一直沒說的事。

呂淨敏站在後方露出苦澀淡然的笑容，原來他們這麼笨……可是她有什麼資格說他們呢？

伴隨著包內傳來的手機震動聲，纖長的手指按下接聽，「我剛結束，你在哪？今天要去我那嗎？」

她也是真笨。

愛是我漫長的孤單，也是我最後的勇敢。

情歌說沒那麼簡單，或許也沒有你想像的難。

原來夢一直沒離開，像落在我胸口的星星。
它說親愛的女孩夜再晚，花一樣會開。
〈落在胸口的星星〉演唱：郁可唯／作詞：唐恬／作曲：金大洲／編曲：周菲比PhebeChou

輕揚的歌曲響遍校園，這齣戲後來成了學校裡傳誦的青春舞台劇，而後戲劇社因此聲名大噪，許多學弟妹慕名而來。

不過這都是後話了。

《煦煦月光》公演，正式落幕。

公演順利成功，當天的慶功宴非常熱鬧，戲劇老師十分豪爽地請大家吃高級壽司，柯瑾瑜是幕後最大的功臣，不出席不行。

被何岳靖這麼一攪和，她一點都沒辦法思考，當時要趕場，但更多的是倉皇逃跑，於是什麼都忘記問，連道別的話都沒說，眼淚擦一擦就跑往禮堂，交換生徵選也沒去成。

慶功宴上，柯瑾瑜根本不知道自己說了什麼、做了什麼，甚至連吃了哪些東西也全然沒印象，全程無意識地進行，啤酒沒了就換，飯碗填滿了就吃。

就連大家揶揄嚴亦和劉燕歆的誇張行為，甚至吆喝著要他們當眾再親一次，她也就愣愣點頭，說了句好棒，接著繼續放空。

晚上十點，柯瑾瑜頂著紅透的臉頰，意識已有些模糊，走起路來搖搖晃晃，加上這幾天作息不正常，她身體的疲累感幾乎要讓她撐不住了。

看到有什麼能靠、能坐的，二話不說就貼上去。

接到電話的何岳靖，一到現場無奈地看著橫躺在公園木椅上的她，剛剛還以為自己被狠狠拒絕，心情陰鬱，殊不知柯瑾瑜是根本搞不清楚狀況就跑。

她穿著窄裙但睡姿糟透了，幾乎要曝光，他趕緊脫下身上的外套替她蓋上，又氣又想笑。

嚴亦瞥了他一眼，口氣幸災樂禍，「她現在是你的了，做你最擅長的事吧。」

他唇一抿，收拾爛攤子。

對於柯瑾瑜的新家，他是不陌生的，因為在思念成災的時候，偷偷來過幾次。

何岳靖一路背著她上樓，在門口還為了找鑰匙而折騰一陣子。

好不容易進屋，柯瑾瑜看到床就識相地撲上去，何岳靖還以為能輕鬆了，下一秒她就從床上滾下來，碰的一下，扎實的一聲。

何岳靖愣眼，趕緊跑上前。

柯瑾瑜被這麼一摔，頓時覺得世界天旋地轉，她慢吞吞坐起身，全身像是散了架似的，她哀怨地揉著屁股，頭更暈了。

「我看看，有沒有哪裡痛？」

柯瑾瑜見何岳靖神經兮兮地看著她的手、她的腿、她的頭，最後視線落在她鼓著氣的小臉。

他淡然一笑，目光柔和，「生氣啊？妳自己摔的。」

柯瑾瑜哼了一聲，特別孩子氣，軟若無骨的手勾上何岳靖的脖頸，「抱我。」帶著酒氣的撒嬌，讓平時見慣她大剌剌模樣的何岳靖眉一皺。

「別鬧。」

「不要，我想抱抱你……」她皺著臉，大眼無辜地看著他。

何岳靖本來就對柯瑾瑜沒什麼辦法，現在她這麼糾纏他，帶著平時沒有的嬌柔與可愛，他就更沒轍。

「好，讓妳抱、讓妳抱。」他邊說邊將她拉進自己懷中，雙臂從後環住她纖細的腰，兩人的氣息交織，曖昧暖和。

「請問柯小姐，這樣還滿意嗎？」他低笑，側頰抵著她柔軟的頭髮，她的髮絲不安分地劃過他的手臂。如同撫過他心底的暖流，逐漸在他的胸口擴散，他最愛的人在他懷中，這是何岳靖盼望已久的時刻。

她柔軟地依偎著他，帶著一股酒氣與難耐的情愫。

幾分鐘後，柯瑾瑜在他懷裡動來動去，何岳靖剛想念念她，就見她頭一側，吻上他的側臉，他愣了愣，眼神一閃。

柯瑾瑜就像得寸進尺的小孩，在他懷中轉身，軟綿綿的手就這麼搭在他的肩上，遵循著內心的喧囂，在他臉上落下一個又一個吻。

唇碰唇時，何岳靖無力招架了，縱使他有再多堅持，終究是個男人，但他並不想在她意識不清的時候與她纏綿，他要她在最清醒的時候看著他，跟他說她想要他。

然而柯瑾瑜除了最會惹事生非，還有一個特長，總能讓何岳靖失去理智。

他用著僅存的意志力制止她，將柯瑾瑜從他身上推開，「該睡了。」

「不要！我不想睡！」只要是對何岳靖，柯瑾瑜總有用不完的任性與驕縱。

襯衫早在回來的路上被她嫌熱而解開兩三顆扣子，加上剛才兩人相擁，女孩露出雪白的肩頸，漂亮的鎖骨若隱若現。

柯瑾瑜再次扯了扯領口，喝酒讓她的皮膚泛起一片嫩紅，這一拉，大半胸口都露了出來。

何岳靖倉促地轉開眼，警告聲有些沙啞，「柯瑾瑜。」

見她半天沒動靜，何岳靖轉頭時，柯瑾瑜的襯衫幾乎是掛在腰上，他能感覺自己的呼吸都加重了。

與呂淨敏在一起的時間，兩人聚少離多，暑假過後，呂淨敏也只是睡一晚就走。她並不排斥發生關係，何岳靖也以為自己能全心全意對她，卻在每個關鍵時刻跨不過內心的一道檻。

就如柯瑾瑜總說他：「世界不會因為你奉公守法，就天下太平。」

何岳靖唇一抿，他也從沒說過自己是個好人。

「柯瑾瑜，妳自己過來的。」

炙熱的吻與她誘人的唇交疊，細密的吻沿著她的耳畔至她的脖頸、鎖骨，輾轉熱烈地讓柯瑾瑜支撐不住。

她呻吟出聲，何岳靖的理智幾乎煙消雲散。

何岳靖轉而親吻她的胸口，當他得知嚴亦強迫她時，心臟彷彿被人掏空，他知道她會有多害怕，也知道依她樂觀的心性，會如何和他說沒關係。

轉眼兩人紛紛跌入一旁的床，柯瑾瑜眨著迷離的眼，長髮散在柔軟的床單上，臉頰紅潤，撩人的姿態令何岳靖呼吸一緊。

他停下親吻她的動作，薄唇貼著她細緻的臉頰，大掌游移在她細軟的腰，靠著她的耳畔廝磨，嗓音暗啞低沉，帶著呼之欲出的情慾。

「我……可以嗎？」

女孩眼底布滿水光，伸手便壓過他的腦袋親吻，最直接地應允。

何岳靖抵著最後一道防線，咬著她的唇問：「知道我是誰嗎？」

柯瑾瑜睜著清明的眼，「何岳靖。」

何岳靖不再給她答話的機會，俯身便是深深一吻，一直以來抑制的情感，這一瞬間全傾洩而出，熾熱的慾望和愛意如同星火般，點燃了他們的心繾綣交纏。

夜幕低垂，明月高掛，薄透的月光流轉於交疊的身影，輕吟婉轉的女音挑起漫天大火，延燒了整個夜晚，留下一室的濃情愛意。

☪

柯瑾瑜彷彿睡了很長的覺，醒來時，累積的疲憊感瞬間消散，腦袋有著前所未有的清晰與舒暢。

她自柔軟的被窩探出頭，很清楚今天是禮拜六，不用趕著去指導排戲，沒有鬧鐘，沒有劉燕歆的奪命連環電話，嚷著嚴亦發脾氣了要她快來。

不用去上課，專題也告一段落，就等著大四展出。所有事情都結束了，她盼著這個假日不知道有多久了。

能夠懶散一整天，能夠好好吃一頓早午餐，還能夠賴床！

她翻身，換個睡姿打算繼續睡，把前些日子熬的夜都補眠回來，她下意識地蹭了蹭她的抱枕，順勢抱緊它。

一道聲音自她頭頂落下，「醒了？」

懷中的女孩一頓。

她猛然睜眼，感受自己被人環抱在懷中，她的視線稍稍往上，瞥見對方的喉結，柯瑾瑜的記憶順勢回籠。

昨天好像……發生了不得了的事。

她生平第一次這麼主動。

柯瑾瑜決心裝死，索性用力閉上眼，男孩見狀，冷聲問：「不會是睡完就不認帳吧？」

她昨天就不該色慾薰心！

柯瑾瑜仍閉著眼，試圖想掙脫男孩的懷抱，孰料他根本不為所動，甚至變本加厲地伸手與她十指交扣。

兩人無聲地拉扯，柯瑾瑜的力氣自然抵不過男孩，他稍稍施力，柯瑾瑜便整個人趴在他的身上，胸部抵著他硬實的胸膛。

柯瑾瑜立刻睜眼，兩人四目交接。

她轉開眼，「何岳靖，你這是占我便宜。」

「我昨天也沒少給妳摸。」

「是、是你非要我摸！」

他揚眉，「看來還記得啊。」

沒想到何岳靖居然正經八百地說出色氣滿滿的話，柯瑾瑜實在沒臉和他吵這種事，昨晚本來想裝醉，藉此看看他會做出什麼事，結果最後反而是自己按捺不住。

她想起身，身後的大掌硬是把她壓回他的身上，昨晚翻滾一夜，她現在骨頭都要散了，「何岳靖！」

「嗯，再多叫幾次。」他抬手撫上她的眉眼，「妳很久沒和我說話了。」

柯瑾瑜咬著唇，想起前陣子的低迷，眼眶有些紅了。

何岳靖抿起笑，撫平她亂翹的瀏海，「昨晚有弄疼妳嗎？」

她委屈道：「腰快斷了，都讓你停了，你還不停……」

他笑，「我沒經驗，以後會輕點，嗯？」挑火的是柯瑾瑜沒錯，不過中間她求饒時，何岳靖雖然心疼，但這種事也不是說停就停，最終還是折騰她到快早上。

柯瑾瑜嘴硬，「我可沒有答應你什麼。」

「哦？那昨晚在我耳邊不斷說我喜歡你的人，不知道是誰？」

她一臉無地自容，「還不是你要我喊的，還說只要我說了，你就會停。」誰知道全是騙人！

他漫不經心地勾著她的髮尾，「還學會裝醉，了不起。」

「我、我那是……」柯瑾瑜一陣心虛，她小聲道，求生欲十足：「我喜歡你。」

他沉笑，「有多喜歡？」

「那就要看你有多喜歡我了。」

何岳靖笑開來，「柯瑾瑜，我愛妳。」

兩人在床上廝磨了一陣子，柯瑾瑜下床時，全身酸疼，幾乎站不穩，可見他們昨天有多瘋狂……

何岳靖笑說要不要抱她，但她還是很有骨氣堅持自己進浴室梳洗。

他忽然蹲下身，視線與她平視，「搬回來住好不好？」眼眸盡是難以言喻的溫柔。

柯瑾瑜覺得自己隨時都會淪陷在他給的寵溺，而她確實也對他沒什麼抵抗力，恍惚間就點了頭。

何岳靖笑彎了眼，眸光熠熠生輝，大掌揉了揉她的髮。

重新回到公寓的柯瑾瑜，心裡除了不踏實，還有些拘謹。她環顧了一下公寓的擺設，還是一點都沒變，她明明離開將近半年的時間，卻像是昨天才拉著行李箱，從這裡踏出這扇門一樣。

只不過短短眨眼的瞬間。

何岳靖沖完澡從浴室出來時，就見她若有所思的模樣，他一屁股坐在她旁邊，順手就將她攬進懷裡。如此不經意的親密動作，是柯瑾瑜連想都不敢想的。

她很怕這一切只是夢，醒來就會消失。

「想什麼？」何岳靖嘴角含笑，修長的手指將她的長髮勾至耳後，剛洗完澡的熱氣噴灑在她四周。

柯瑾瑜忽然撥開他的手，掙脫他的懷抱，何岳靖一靠近她就沒辦法思考，偏偏現在是最需要釐清的時候。

何岳靖一見她抗拒，大概也知道她想問什麼了。

「淨敏這學期就搬走了。」

柯瑾瑜震驚，「為什麼搬走？」

「那個男人給她更好的住所。」

柯瑾瑜瞪大眼，「他們還沒分手？她明明就跟我說……」

「其實一開始我們確實決定繼續交往，因為我覺得該對她負責，而她想脫離那個男人。」何岳靖淡淡斂下眉眼，「只不過後來她跟我提了分手，應該說，自始至終我們不過都是彼此的擋箭牌。」

柯瑾瑜了然，「是真的愛上那個男人了吧。」

其實柯瑾瑜早已發現了，當呂淨敏不想讓他替她出頭時，就說明了一切。她在乎那個男人的名譽，怕他受到波及，情願自己承擔所有的事。

這樣不求回報的行為，不正是愛嗎？

只是當時的她，私心地想讓所有事回到正軌。

呂淨敏能與那個男人分手，回頭和何岳靖重修舊好，然後她試著與嚴亦相處，總有一天或許能慢慢放掉對何岳靖的執著。

他們就能和以往一樣，畢竟當初也是這麼走來的，沒道理突然就不行了。

然而柯瑾瑜卻忘了，時間不會變，人卻會，他們確實也都變了。

「我不知道該怎麼留住她。」何岳靖深深注視著柯瑾瑜，帶著愧疚與滿滿不安，「因為連我都對她的決定感到前所未有的解脫。」

柯瑾瑜心疼地摸了摸他俊逸的側臉，「如果早點說出來就好了……」

她仍然是後悔的，想起這些年他們每次轉身與回望，卻都是在對方不知情的時候，有多心寒。

很多人都以為，要等到確定對方的心意時才能夠說愛，卻不是在該愛的時候去愛，可是這一等，有些人就這麼錯過了。

何岳靖溫熱的大掌覆上她的手背，輕輕握住。

他看向柯瑾瑜，忽然傾身抱住她，像是想確定她還在，想確認她是愛他的。

柯瑾瑜將臉埋進他的胸膛，雙手環過他的背，聽著他清楚的心跳，何岳靖的雙臂也緊緊抱著她，彷彿要將她刻在心底一般。

「那你怎麼現在才來找我？」柯瑾瑜不是想指責，而是想知道，與呂淨敏分手後的他是怎麼過的。

「分手後淨敏就搬走了。」他低沉的語調在她的耳畔響起，「我想過要去找妳，可是我該用什麼樣的身分去見妳？一切都太遲了。」

是高中時喜歡她的何岳靖？還是與呂淨敏分手的何岳靖？或者是只能眼睜睜看她哭，卻無能為力保護她的何岳靖？

柯瑾瑜皺著眉，原來他們想的都一樣。

「但我更怕妳不想見我。」他的聲音很低，淡得像陣轉瞬即逝的風，讓柯瑾瑜將他抱得更緊。

柯瑾瑜知道何岳靖是個心思細膩的人，任何事他都習慣分析好壞對錯，加上道德感強烈，自我要求很高。

他深知愧對呂淨敏，即便對方已經釋懷、原諒，但他過不去自己心裡那關，就算內心渴望不顧一切奔向她，也只能每日每夜在錯誤與懊悔之中徘徊，內心一定煎熬無比。

柯瑾瑜心疼死了。

「然後我就在這樣猶豫不決的狀態下過了半學期。」何岳靖突然低笑幾聲，柯瑾瑜疑惑地從他懷中抽身。「直到有一個人的話讓我徹底清醒，妳猜是誰？」

「不要賣關子，趕快說。」她皺眉。

見她還是這麼沒耐心，何岳靖卻沒有一刻覺得煩。他勾起淺笑，眼眸如月，拇指溫柔地順開她蹙起的眉頭。

「嚴亦。」

柯瑾瑜愣了一下，不出幾秒就笑了出來。她大概能想像他們當時面對面的景象，嚴亦的死魚臉，加上何岳靖的臭臉，畫面一定很好笑。

「那次大概是我認識他這麼久，第一次知道他還挺會開導人的。」

柯瑾瑜笑出聲，「你被他開導？」

何岳靖見她笑得明媚，將她抓來懷中摟著，下巴抵著她的肩頸，感受她每一次的呼吸。

他輕輕應聲，「還是老樣子很不留情，不過也恰好打醒我。」

柯瑾瑜因為他親暱自然的舉動有些臉紅，僵直著身體不敢亂動，「然後呢？」

他吻了吻她柔軟的髮，聲音低沉，帶著他慣有的淺淡笑意。

「他說，何岳靖你一點都沒變，高傲、從容，對所有事都瞭如指掌，然而即便全世界再給你一次機會，你也還是會錯過最愛的人。」

柯瑾瑜一震，暖意在心口處擴散，「真的滿像他會說的話。」諷刺的字眼一針見血。

何岳靖忽然安靜，少了他的聲音，空氣靜默了幾分，柯瑾瑜卻一點也不會感到不自在，反而得到從未有過的放鬆。

半晌，他悶悶的聲音自她身後傳來，帶著柯瑾瑜從沒聽過的緊張情緒。「那妳……還要不要我？」

柯瑾瑜微愣，胸口卻暖烘烘的，她側過頭瞇眼看他，「你現在問這句會不會太遲了？」她說：「你都吃乾抹淨了。」

何岳靖一臉不滿，「我不要是因為這個原因。」衝動果然是魔鬼，昨天怎麼樣都該忍住的！

「我愛你，何岳靖。」

聞言，何岳靖什麼話都不想說了，修長的手指掰過她的頭，低頭落下一個又一個吻。

「再說一遍。」他的聲音充滿誘惑，環繞在柯瑾瑜耳畔，又暖又麻。

她的氣息有些不穩，但面對何岳靖，她身體就是有千百萬種不從的反抗因子，「你、你不可以逼我……」

「昨晚的妳比較乖。」

他輕柔的吻有著濃烈愛意，讓柯瑾瑜氣喘吁吁，「你什麼時候……唔嗯！這麼變態了啊？」

他骨子裡還是有他的驕傲，要柯瑾瑜因為他而沉淪。

薄唇吮咬著她的耳垂，好聽的嗓音輕震柯瑾瑜的耳膜，「說妳愛我，快點……」

面對他的催促，柯瑾瑜覺得自己快在他懷裡化成一灘水，鑽牛角尖的何岳靖真的很要命！

「我愛你。」

得到想要的答案，他滿意地勾唇一笑，像是得到糖的小孩，「我也愛妳。」

同時，公寓的大門被人打開，一進門的黃凱橙和許怡茜就見他們男上女下滾在沙發上。

黃凱橙摟過還有些愣眼的許怡茜，一臉正色道：「寶貝，我們輸人不輸陣！他們在客廳，我們就去廚房！」

下一秒，他們就在黃凱橙慘遭暴力攻擊的叫聲中快速起身，柯瑾瑜也順便搥了何岳靖一拳。

後來，柯瑾瑜退了小套房，重新回到公寓。

生活模式沒太大的改變，上下課何岳靖接送，爛攤子何岳靖收，除了柯瑾瑜的床變得如同虛設，因為都會被拐去和何岳靖一起睡。

他給的理由是：「這樣妳就會早睡早起了。」

柯瑾瑜常常熬夜追劇，她沒睡，何岳靖淺眠當然也睡不著。他沒有追劇的習慣，但為了配合柯瑾瑜，他自然只能找事做。

「我陪妳看劇，妳當然也得陪我做些別的事。」陪他的話，那就真的不用睡了。

被折騰幾回後，柯瑾瑜也只能放棄追劇，半夜十二點一到，乖乖躺好、睡覺。

再來，何岳靖生活作息良好，就算前一天翻雲覆雨，隔天依舊能在鬧鐘響的前一分鐘醒來，但柯瑾瑜就不是這樣了。

她平時就愛賴床，如果前一天還被人很無恥地丟上床，不用說一定是起不來。何岳靖當然也想讓她繼續睡，但課還是要去上，所以柯瑾瑜得到的唯一好處，是何岳靖會抱著她進浴室，還附送替她刷牙洗臉的服務，她有時還會得寸進尺地要他學化妝，這樣她又可以多睡一點。

「不用化妝也沒關係。」

「女人的外貌是武器耶！」柯瑾瑜上了腮紅，神采奕奕地朝身後的男孩歪頭媚笑，「再來，新生學弟要進來了。」

看看小鮮肉，是身為大四老屁股的唯一樂趣啊。

聞言，身後的男孩親和力百分百地點了點頭，「喔，學弟啊。」

她陪笑，腳步已經很孬地移向門邊，「我要遲到了！」轉開門把的同時也被抓了回去。

「啊！妝、妝會掉光啦！何岳靖！」

結論，還是遲到了啊。

☾

升上大四，大部分的人都開始為了出社會做準備。

劉燕歆想開一家麵包店，店裡會有她親手做的餅乾、麵包，但開店必須有資金，她打算先工作一、兩年之後，存點錢再說。

黃凱橙和許怡茜都決定直升研究所，因為還想不到要做什麼，之後再做打算。

柯瑾瑜懶懶地靠在何岳靖寬闊的背，找著研究所推甄的相關資料，她想成為老師，得先去修學程，之後再考教檢，是條漫漫長路。

何岳靖和嚴亦都在這年進了知名科技公司實習，打算畢業後直接轉正職，再視情況決定要不要讀研究所。

兩人在這一年明顯變得很忙，柯瑾瑜得準備推甄和考試，何岳靖的實習朝九晚五，有時還得加班到三更半夜。

何岳靖是公私分明的人，只要不是要緊事，傳訊息、打電話他一律已讀不回，所以一進公司就跟失蹤沒什麼兩樣。

他們明明住在同一個屋簷下，但也曾經一天都沒說到話，因為何岳靖下班後，柯瑾瑜早睡了。

許怡茜說：「工程師這種職業很爆肝，工時又長，妳都不擔心他以後沒時間理妳？而且還有可能搞什麼辦公室戀情。」

畢竟何岳靖一整天都待在公司，柯瑾瑜根本不知道他在做什麼。

柯瑾瑜咬著筆桿，寫著模擬試題，「不會啊，太常黏著我才煩。」她說：「他做喜歡做的事，我當然支持啊。」

明明她和黃凱橙交往比較久，但看著柯瑾瑜和何岳靖的相處，雖說爭吵是一定的，但總是能夠退一步為對方著想，相較之下他們顯得幼稚多了。

許怡茜揶揄，「還沒結婚，就跟老夫老妻似的。」

柯瑾瑜是個滿獨立的人，比起跟最愛的人相依偎，她還比較喜歡他們各自做喜歡的事，然後回來與另一半分享今天的成就。

與何岳靖分開的那段時間，因為沒人會叮嚀她，她也開始注重起生活習慣，現在偶爾會打掃房間，何岳靖光見她自己折衣服這幕，就不知道欣慰多少回。

柯瑾瑜覺得，何岳靖根本不是她男友，是她爸！

這天何岳靖又是忙到凌晨才回家，柯瑾瑜知道他追求完美的性格，不把案子處理到一個段落，並且讓龜毛的他滿意，他是不可能會離開公司。

柯瑾瑜也不催著他回家，只要他別太累。

他回到公寓，進房沒見到柯瑾瑜的身影，轉身走往她的房間，他敲了敲門，無人回應。

「我進去了。」他推開門，暈黃色的桌燈流洩而下，淡色的髮自女孩的肩垂落，在燈光渲染下形成淺淡的暖金色。柯瑾瑜趴睡在一片凌亂的考卷之中，筆電還閃著光。

何岳靖失笑，還真是哪裡都可以睡，也不見她睡不好。

邁開長腿，他安靜地走向她，搖著她的肩膀，「要睡回床上睡。」

柯瑾瑜咕噥了幾句，撥開何岳靖的手，繼續睡她的。

她這幾天忙著期末考試，還有申請研究所的事。

她之前埋怨過何岳靖，說他告白也不選好一點的日子，偏偏是她徵選交換生面試的那一天，她本來想好要是徵選上了，要去加拿大一年。

「那我還真是選對日子。」堵得好。

「為什麼?覺得我不會過啊?」

他將她摟在懷裡,嘴角掛著清淺的笑,口中吐出的話卻讓柯瑾瑜心跳加速,「一年太久了,我受不了。」

「可是交換生只有在學時可以去,等我老了,想去也不行了。」

何岳靖是個講理的人,如果這是柯瑾瑜執意想做的事,並且對她自身有幫助,他一定會同意,但通常會有些交換條件。

「那妳先嫁我,公證之後,我就讓妳去。」

轟!

「什麼?」她以為自己聽錯。

「外面世界誘惑多,我怕妳人還沒回來,分手訊息就先傳來了。」婚結了,之後離婚還得三思,除了辦手續,也牽扯到兩家的人。

柯瑾瑜討厭麻煩,至少她就不會衝動了。

對於她,何岳靖可以說是瞭如指掌。柯瑾瑜當然不會知道自己早已成為他的囊中物,這輩子除非他不要她,但這個情況發生機率為零,所以結論是她跑不了了。

「喂!你也太不相信我了吧!」柯瑾瑜後知後覺地察覺這對話似乎有點怪,「等等……你剛剛那是求婚嗎?」

柯瑾瑜最近才發現,何岳靖很愛用稀鬆平常的口吻說著非常重大的決定,自然地讓人以為他在開玩笑，偏偏這些事都不是能隨便說說。

「如果妳覺得是，那就是。」他側身吻了吻她的眉眼。

「不覺得太快嗎？」縱使他們早在高中兩情相悅，但情侶通常都是相愛容易，相處難，他們現在交往還不到一年，他想太遠了吧！

「不覺得，我了解我自己，所以我知道妳是我想要的。」何岳靖看向她，眸光深情，柯瑾瑜瞬間臉紅。

「而我也懂妳，所以我知道沒有人比我更適合妳。」

柯瑾瑜在心裡默默讚歎這撩撥指數，到最後都不忘給自己加值。

他又說：「明年妳就大學畢業了，籌備婚禮至少一年，因為卡在妳準備考試，籌備時間可能要拉長至兩、三年。這是終生大事，一邊讀書一邊準備，效率不會太高。」

「……」

「所以整體估算起來，妳研究所畢業，婚禮的一切也準備妥當，正好是女人的適婚年齡。」

柯瑾瑜徹底愣眼。

「所以一點都不快。」他笑。

聽完這麼一大串精準的分析，她深刻體驗到工程師這行業不能惹。

「當然，如果妳不要婚禮，只要公證結婚，我剛說的話都可以不採納。」

柯瑾瑜皺眉，「不行！沒有婚禮，哪叫結婚！」穿上婚紗、挽著最愛的人接受眾人祝福是她的夢想，這麼重要的事不能含糊帶過！

何岳靖笑了笑，早有預料她會這麼抗議，寵溺地揉著她的腦袋，「所以我替妳想好了，而且那時候的我們也已經交往三、四年了，不是閃婚。」

只要知道自己想要什麼，時間不會是阻礙，而是證明。

柯瑾瑜完全無話可說，因為這次何岳靖的話，依舊準確無誤。

而柯瑾瑜還是想到國外走走看看，所以就這麼莫名其妙地答應了他的交換條件，也就是求婚。

多年後她回想起來，暗自感嘆自己果然就如劉燕歆所說，是個容易衝動行事的人，連終生都這麼隨便給出去了。

何岳靖拿她沒辦法，彎身將她攔腰抱起，終於感受到動靜的柯瑾瑜，睡眼惺忪地揉著眼，「你回來了喔？」

「嗯，回來了。」

他掀起棉被，將柯瑾瑜放上床，自己也躺了進去，接著將她擁在懷裡，感受到她溫軟的氣息，他彎起笑，又抱緊了幾分。

「今天還好嗎？工作累嗎？」柯瑾瑜縮在他懷裡，貪取他身上的暖意，聲音帶著濃濃倦意。

「不好。」他誠實地說：「有點想妳。」

柯瑾瑜笑了一聲，胸口充滿暖意，「才有點而已。」

何岳靖也跟著笑，低頭吻了吻她的額頭，繼續說道：「因為妳也沒有很想我。」

「你又知道了?」

「柯瑾瑜的事,沒有我不知道的。」他的眼眸皎潔如月光,口吻驕傲,好似這是一件值得拿來炫耀的事。

「那你說錯了,我今天很想你。」她笑答。

「是嗎?」孰料何岳靖邪邪一笑,「原來有這麼想我啊。」

見自己中計,柯瑾瑜不滿地抬眼瞪他,但實在太睏了,殺傷力減半,反倒有點像是撒嬌。

他低眸看著懷中的她,嘴角盡是笑,目光深邃溫柔,映照著窗邊投射進來的月色,明亮清晰。

他們相擁,是那麼的真實與美好,共同承擔生活中的喜怒哀樂。

途中經過的千迴百轉,讓他們痛過、哭過,甚至是心碎,密密麻麻的瘡疤鋪成了成長的道路,正因為當初狠狠地失去,讓他們更懂得珍惜彼此。

「啊,我一直想問,你到底什麼時候喜歡我的?」她閉著眼,一面抵抗瞌睡蟲,一面把握與他的相處時間。

他沉吟了一聲,「忘了。」

「你明明記憶力好到連我的經期都沒忘過。」反而最重要的事卻不記得?

「就是某天看著妳的時候,突然覺得,為什麼有人可以笨到連照顧自己都做不好?」

柯瑾瑜嗤了一聲,「我還不是活得好好的。」

「是因為有我。」

「那我是不是應該謝謝你，出現得那麼剛好？」

「是。」

柯瑾瑜受不了地睜眼，想看看他不要臉的樣子，卻撞見他眸色泛著柔光，是那麼深刻美麗，鑲著對她的寵愛與無可奈何。

她這才發現，從認識何岳靖開始，他就這麼看著她了。

「何岳靖。」

「嗯？」

「我愛你。」

誰先喜歡誰根本無所謂，能夠這麼坦然說出來，才是真正的開始。

他笑，「因為是妳說的，所以我相信。」

對她，他始終如一。

全文完

番外　遺漏的月光

也不知道從什麼開始，何岳靖就這麼一路看著柯瑾瑜活蹦亂跳地走來。

明明初次見面時，兩人一看就知道八字不合，他沒有主動交友的習慣，打從第一眼見到柯瑾瑜就沒好感，更不可能上前搭話。

孰料兩人因為姓氏相像，他是男生的最後一號，而她是女生的第一號，從此叫錯姓氏這種事就頻繁發生在他們身上。

他還記得他們第一次交談，是在罵生物老師的老花程度，「都不知道提醒她幾次了，每次都念錯！」何岳靖當時看著她鼓著一張小臉，一邊碎念一邊整理作業本，因為常常發生叫錯名字的烏龍，生物老師也就順勢讓他們當小老師一起幫忙。

他不自覺地笑了。

柯瑾瑜見他突然笑了起來，皺起眉問道：「你不覺得嗎？柯和何哪裡像啊？發音差那麼多！」

「字是真的滿像的。」

不過他們沒有因為開始聊天而變得要好，反倒老是吵架，因為個性相似，一個倔、一個拗，演變成互不相讓。

只是每場架都來得莫名其妙，卻也和好得不知不覺，從來沒有人往心裡去，依舊吵鬧地陪伴著彼此。

旁人都說他們根本是打情罵俏，怎麼不在一起？

是啊，怎麼不在一起？

回憶起高中的種種，他的記憶裡就只有她。她的笑、她的小脾氣，甚至是想贏他的那股不服輸的精神。

何岳靖全看在眼裡。

他沒有不耐煩，相反的，他的內心是柔軟的。

第一次見她對著滿月許願，是在高三準備面臨學測的前夕，雖然她平時看起來爽朗活潑，沒什麼煩惱，但鑽起牛角尖其實也是挺惱人的。

「我要是不能考到其他城市的學校，我就要住家裡了啦！」她愁著臉，「每天被我爸媽管死死的。」

「住家裡有什麼不好？省錢又方便。」

「大學就是要住外面啊，不然哪叫大學生！」

何岳靖輕嗤，一點都不認同她就是貪玩的歪理。

「那你想考哪裡？」

「離家近的學校。」

柯瑾瑜喔了一聲，「一定可以的啊，我上次聽老師說，要把繁星的名額給你。」

何岳靖輕應了聲，沒太大的反應。

「真不知道上了大學的我們，會變得怎麼樣？」

「妳先把妳的化學救起來再說吧。」

柯瑾瑜努嘴，之後就說起了她對滿月許願的理論，一聽就知道鬼話連篇，完全沒根據。事實上許願這件事，就是自我安慰的行為。

何岳靖實事求是，理所當然不相信。然而出口的話卻是：「實現過嗎？」

何岳靖常常事後才回過神，他自嘲，每回碰上柯瑾瑜都像被下了蠱，變得不像自己，陪著她一起做白日夢，相信她口中毫無真實性的話。

她的出現，毀了他一直以來的信念，卻也成為他日後的信仰。

既然她說對著滿月許願能夠實現，那便會實現。

所以，他閉上眼，竭盡虔誠地許願，縱使知道不會有結果。

她說：「我不跟朋友交往的。」

他信了，因為她說的。

而後他遇上了呂淨敏，因為時常被柯瑾瑜當免費勞工拉去社團幫忙。呂淨敏和柯瑾瑜有些相像，所以才有物以類聚這句話。

多管閒事、熱情活潑過了頭，善良堅強，重點是不服輸的個性和努力的樣子也如出一轍。

何岳靖看得出來呂淨敏對他有好感，他也不討厭她，只是……

「妳覺得我追她好不好？」

何岳靖桀驁不馴，他有他的驕傲與自尊，但也跟大多數的人一樣，害怕輸、害怕被拒絕。

但是內心想擁抱她的躁動已無法忍耐，他想試試看，一次就好，如果柯瑾瑜有那麼一點猶豫，那麼他就不去，他會留在她身邊。

所以當他問出這句話時，心情難以言喻，期待她給的回應，又怕她給的答案不是他想要的，他忍受不了。

結果如他預期，他其實早就知道了，只是始終不願承認，面對柯瑾瑜他比誰都看得透澈。

最後，似是賭氣，更像是心死，短短一個月的時間，他和呂淨敏交往了。這不符合他的步調，但早在遇見柯瑾瑜之後，所有事情都亂了套。

他以為從他接受呂淨敏開始，就會是煥然一新的何岳靖。

不再干涉柯瑾瑜的所有事，不再介意她的任何小情緒，他該看著的人是呂淨敏，是他的女朋友，是他現在該愛著的人……

儘管如此，每回看著柯瑾瑜，他依舊克制不住自己的心情，一次又一次失控，不斷反覆地越界，他快被這樣的自己逼瘋，無法保持他擅長的理性。

看著她與嚴亦交往，何岳靖幾乎麻木了。他想，如果她幸福的話，那就這樣吧。

直到那天，柯瑾瑜對他坦白，他的心情欣喜若狂，然而卻在她退卻的腳步中，看見了她的抗拒。對於她，何岳靖是瞭如指掌的，於是他明白，一切都太遲了。

所以當他看見呂淨敏在酒吧與一位素未謀面的男人親暱，他當下只有愧疚，而不是怒氣。因為不嗜酒的他，就連來酒吧的原因都不是因為她。

這樣的他，有什麼資格對呂淨敏出軌的行為發脾氣？他自己何嘗不是這樣？和她交往期間，何岳靖有好幾次都因為內疚，想要嘗試著彌補，可是他該拿什麼給她？呂淨敏想要的東西，是真心。

他給不了。

然而出乎意料的，柯瑾瑜卻出現了，當著男人的面將呂淨敏叫了出去。她總是這樣，氾濫的正義感，愛多管閒事，也不管局勢多壞。

全程的談話何岳靖都看著，尤其當男人毫不留情地數落柯瑾瑜，他的心臟像是被誰揪緊似的，他想衝出去好好抱一抱她。

然而他的身分不允許，因為他是呂淨敏的男朋友。

何岳靖打了通電話給嚴亦，雖然對於他先前對柯瑾瑜動手的事，他仍舊氣憤，但他知道現在只有嚴亦有能力保護她。

之後，看著在嚴亦面前哭得泣不成聲的柯瑾瑜，何岳靖明白，這是他目前為止做過最正確的選擇。

因為柯瑾瑜從不在他面前哭得那麼讓人不捨。

她連最後都不要他的安慰。

番外　月亮的祕密

成為高三考生那年，生活水深火熱，緊湊的考試日程，每晚都要留校自習。柯瑾瑜經常和朋友們一起訂外賣，這次她猜拳輸了，得一個人去後門拿餐。

正逢放學時間，今天是最愛刁難學生的教官站崗，柯瑾瑜稍微整理了服裝儀容，伏低著身體往後門走去。

眼一抬，恰巧看見眼熟的人正和隔壁班的郭品嫺聊得喜眉笑眼，柯瑾瑜低嗤了一聲，轉身走往校門口。

外送員看上去是一位年輕的大學生，他將餐點遞給她，柯瑾瑜漫不經心地接下，餘光瞥見女孩的手搭上何岳靖的肩，白皙的五指按在他寬闊的肩上，她咬咬唇，低罵一句心術不正。

「今天輪到妳來拿餐啊？」

突然被搭話，柯瑾瑜嚇了一跳，對方連忙舉起手，「別誤會，我是這家店老闆的兒子，我發現妳很常點我家的外送。」

柯瑾瑜笑了笑，「我喜歡你們家的雞腿飯。」

「高三生一定很辛苦，我當年也是這麼過來的，多吃一點，補充體力。」他撓著腦袋，突然掏出手機，「對了……我可以和妳要個聯絡方式嗎？」

柯瑾瑜愣了愣，這應該就是傳說中的搭訕吧，她還是第一次碰到。身旁的好友都說她大概是異性絕緣體，明明各方面也不差，還身處於男女合校，怎麼會高中三年一個對象也沒有。

她當時回應好友：「這年紀的男生，眼裡只有籃球和電玩，各個像傻蛋，我也不喜歡。」

柯瑾瑜回過神，「啊？我嗎？」

似是怕她拒絕，他補了一句，「妳以後想點餐直接跟我說也方便。」

被食物吸引的柯瑾瑜眼睛一亮，「有道理！不過我沒帶手機出來，我直接輸入吧。」

對方喜孜孜地將手機遞給她時，教官的哨音就傳來了：「放學時段，車輛禁止久停在校門口。」

柯瑾瑜轉頭就與不遠處的少年四目相交，他雙手環胸淡淡睇視這一幕，她的直覺告訴她，絕對是何岳靖舉發。

教官冷聲道：「拿完餐就回去了，別在這逗留！」

「好。」柯瑾瑜點了點頭，掃了一眼門邊的何岳靖，再次拿回男大生的手機，快速輸入自己的帳號，「謝謝，拜嘍。」

她提著餐點，從某人身邊囂張地晃悠過去。

晚自習開始沒多久，柯瑾瑜就收到加好友通知，趁著老師不注意，她將手機擺在抽屜，偷偷點開了訊息。

Ken：餐點還可以嗎？

瑜魚：很好吃，謝謝。

對方幽默風趣，枯燥無味的日子多了些趣味，柯瑾瑜這幾天不分晝夜和他聊天，因而落後了複習進度，下課幾乎一溜煙地躲進廁所傳訊息。

何岳靖等了幾天都沒有她提問的訊息，兩人組了讀書會，柯瑾瑜就一天到晚傳訊息吵他，無關緊要的事也可以說一整天。

晚自習下課鐘響，柯瑾瑜剛拿起手機，便感覺有人靠近，對方將一疊習作扔到她桌上，她緩緩抬起視線，先是看見平整的襯衫，接著是緊抿的雙唇。

她快速關掉手機螢幕，「幹麼？」

「英文老師讓妳收齊習作交到辦公室。」

「我知道，我待會就去。」柯瑾瑜看了一眼手機，訊息接二連三地跳出來，她見何岳靖還未離開，視線停留在她的手機，她忍不住問：「還有事嗎？」

「妳玩了一節課的手機。」

柯瑾瑜瞥了他一眼，「所以你要去跟老師告狀嗎？」

何岳靖不怒反笑，「怎麼不守規矩的人反倒理直氣壯。」

柯瑾瑜受不了他的陰陽怪氣，加上何岳靖這人嚴謹起來就六親不認，她可不想手機被沒收，起身收了習作就往辦公室走去。

交完習作，她故意不等何岳靖，自己走往公車站，卻在站牌旁碰見郭品嫻。她抱著書包，戰戰兢兢地盯著眼前的人，柯瑾瑜認出是隔壁男校的學生，還未釐清狀況，男同學伸手要拉郭品嫻，還未碰到人，便被後頭的少年扯住肩膀制止。

「你沒有聽到她拒絕你嗎？」

見到有人插手，他呵笑一聲，「馬上勾搭上新的對象啦？妳這種女生也真夠厲害，人前人後各一套。」

男同學甩開何岳靖的手，離去前警告，「我也是同情你啊，這種滿嘴謊話的女生只有你稀罕。」

見對方離去，郭品嫻雙腿一軟，一旁的何岳靖連忙扶住她，「沒事吧？需不需要通知教官？」

郭品嫻順勢搭上他的手臂，「不用了，他也沒傷害我。如果再有下次，我會告訴我爸媽的。」她疲憊地笑了笑，「你能先扶我到椅子上坐嗎？」

「好。」

何岳靖鬆手時，抬眼便看見柯瑾瑜傻愣地站在原地。他正想質問她為什麼自己偷跑，晚上一個女孩子走在路上多危險，郭品嫻忽然靠上他的腰，不出幾秒眼淚就冒了出來。

何岳靖蹙眉，問道：「沒事吧？」

郭品嫻搖頭，「我只是有點害怕，你介意讓我靠一下嗎？」

何岳靖左右為難時，柯瑾瑜已經不見蹤影。

他掏出手機要打電話時，只見對街一道車燈閃過，一台拉風的摩托車停在路邊，定睛一看，柯瑾瑜戴了安全帽上了後座，車尾燈揚長而去。

之後兩人一直都沒說話，柯瑾瑜依然空閒時就抱著手機傳訊息。

直到前幾天小考成績出來，她被導師叫去辦公室。

「妳最近怎麼了？我看妳這陣子成績有點下滑，是不是遇到什麼困難了？」

柯瑾瑜抿抿唇，「最近有點力不從心……」

「是不是偷偷交了男朋友啊？」

她一頓，「沒有啦。」

「距離學測就剩半年了，心思還是多放在課業上，以後上大學多的是時間讓妳談戀愛。」

「知道了，謝謝老師。」

柯瑾瑜轉身就看見何岳靖抱著一疊考卷進來，身旁還跟著郭品嫺，最近兩人還真是形影不離。

她目不斜視地走出辦公室，經過女廁時，她愈想愈不舒服，乾脆溜進其中一間廁所，拿出手機輸入。

瑜魚：我朋友最近和一個女生很要好，但那個女生風評很不好，據說男友一任換一任。

瑜魚：他也不懂得避嫌，成天就和她混在一起，大家都說我朋友是高級備胎！

Ken：或許他喜歡她。

瑜魚：不可能！那不是他喜歡的類型。

柯瑾瑜曾在某次睡不著覺的半夜，打電話和何岳靖探討這問題，何岳靖倒是老實，「別太笨別太醜，也別愛哭哭啼啼，不會問我掉進海裡要先救誰這種蠢問題，最好能自己獨立完成任何事。」

柯瑾瑜沒好氣，「那她到底要你這男友幹麼？」

他卻反問：「她要是什麼都不會，什麼都要我幫，我到底要她這女友幹麼？」

「你這種人注定單身一輩子吧。」

Ken：有時候喜歡一個人，是不會在乎她對或錯，只在乎對她好的事，因為在他眼裡，對方就是最好的。

柯瑾瑜覺得今天的Ken特別難聊，晚餐也不想訂他家的雞腿飯了。

她去福利社買了麵包和汽水，轉身就看見涼亭坐著一對男女。

準備離開時，何岳靖突然開口，「妳就吃這些？」

柯瑾瑜假裝沒聽見。

「柯瑾瑜。」

她站住腳，「待會要去吃宵夜，現在不能吃太多。」

「跟誰？」

柯瑾瑜側過腦袋，目光滯留於桌上的鬆餅，郭品嫺注意到她的視線，立即熱情地問：「要吃嗎？我做很多。」

柯瑾瑜挑了挑眉，接著大方走上前拿了一塊，她咬一口卻忍不住蹙眉，「太甜了。」

面對她的直言，郭品嫺錯愕，隨即換上笑容，「啊，可能我不小心加太多糖了……我下次會記得放少一點。」她忍不住看了一眼何岳靖。

柯瑾瑜視而不見，拉開汽水的扣環，還未喝上一口就被人半路劫去。

「何岳靖！」柯瑾瑜愣眼，「那是我的汽水！」

何岳靖迅速喝了兩三口，清了清喉嚨，「我也覺得有點甜。」他將汽水遞回去給她，「還妳。」

柯瑾瑜氣急敗壞，「你喝過了。」

「喔，是妳不要的。」他喝個精光。

柯瑾瑜沒想到他會這麼無賴，悶著氣，「我要回教室了。」

何岳靖站起身跟上，「下午數學課的補充題解出來了？」

「不想解。」

他挑釁，「是不會吧？」

柯瑾瑜瞪他一眼，「我要是待會解出來，你拿什麼來換？」

「一罐汽水？」他將手上的鋁罐壓扁，隨手拋進回收桶。

「那本來就是我買的。」

「所以妳是會不會啊？」他揚起的尾音帶著質疑，徹底激怒柯瑾瑜。

「你等著。」

郭品嫻見兩人鬥嘴，忍不住插話，「岳靖，你要回去了？」

何岳靖回頭，「嗯，要上課了。」他接著說：「我不知道妳曖昧對象的口味如何，但對我來說，鬆餅確實太甜了。」

後來，柯瑾瑜解完了數學題，也一併把前些日子落後的進度補齊。晚上回家時，經過隔壁班，柯瑾瑜看見郭品嫻掃了一眼身旁的何岳靖。

見他不為所動，柯瑾瑜忍不住多嘴問：「今天你們不一起走？」

「誰？」

柯瑾瑜揪著書包背帶，深怕被人發現什麼似的，快速念過：「郭品嫻。」

「我們的家是反方向。」

「哦？已經好到連對方的家在哪裡都知道了啊。」柯瑾瑜調侃。

「我也知道妳家在哪。」

柯瑾瑜不服，「我跟你……」何岳靖偏頭聆聽，夜色揉過他沉靜的目光，像是墜入浩瀚宇宙。她憋出一句，「我跟你同班三年，哪能一樣？」

「既然妳都知道不一樣，有什麼好比較？」

「我、我才沒有比！」

何岳靖抿唇，眸光含笑，柯瑾瑜轉過腦袋，覺得自己的小心思要被看光似的。倏然一輛摩托車靠近，「瑾瑜，妳怎麼沒在校門等我啊？」

柯瑾瑜倒抽一口氣，「啊，我忘了。」

Ken無可奈何，「妳這記性喔，恐怕考不上我們學校。」

「別烏鴉嘴。」

他遞給她安全帽，「走，帶妳去想去的夜市。」

何岳靖皺眉，「這時間妳還要出去？」

接過安全帽的柯瑾瑜愣了愣，「嗯，就約好了啊。」她解釋，「他就是那家好吃的雞腿便當店老闆的兒子。」

「我沒問。」

「喔……那你回去小心。」柯瑾瑜興奮地跳上車，沒注意到何岳靖逐漸沉落的面容。

機車剛起步，柯瑾瑜莫名有些罪惡感，回頭卻發現郭品嫺不知道什麼時候冒了出來。

郭品嫺仰著腦袋，鬆軟的頭髮飄逸，下一秒何岳靖低頭吻了她。

柯瑾瑜第一次體驗到沒有食慾這件事。

按照慣例，高三有參訪大學的行程，他們班正好和隔壁班一起，柯瑾瑜本來想抱病不去，偏偏去的是她理想的學校。

坐上遊覽車，她刻意選了最角落的窗邊，人才坐好，一抹高大的人影跟著坐下。柯瑾瑜才想嫌擠，轉頭就見何岳靖閉目養神。

她下意識地貼向牆壁，想換座位時，遊覽車已經啟動了。導師叮嚀請勿離開座位，柯瑾瑜只好作罷，乾脆也閉眼小憩。

這幾天只要闔眼，滿腦就是何岳靖親吻別人的畫面，有時在夢裡愈演愈烈，兩人吻得忘情，她都聽到郭品嫺氣喘吁吁地喊他寶貝，像塊黏皮糖貼在何岳靖身上。

柯瑾瑜驚醒睡不好，早上見到何岳靖也躲得遠，總覺得他全身都被郭品嫺摸透了，她不要了！

瑜魚：他才跟她認識多久，居然馬上就親她！有沒有一點身為人的矜持啊？

Ken：妳是不是喜歡妳那朋友啊？

瑜魚：我才沒有！我是怕他遇到壞女人！

Ken：感情這種事，都是靠感覺啦。那妳覺得我是個怎麼樣的人？

瑜魚：他就是見色起意！

瑜魚：很好的人啊，會帶我去吃宵夜，幫我送晚餐，比我爸還好。

Ken……

礙於柯瑾瑜這陣子缺乏睡眠，她的腦袋抵著車窗，很快就睡著了。二十分鐘後，感覺到周邊一陣吵雜，她磨蹭了一會，人才緩緩轉醒。

柯瑾瑜下意識地挪了挪身體，發覺腦袋下枕的已不是堅硬的玻璃，而是柔軟的胸膛。

她一僵，何岳靖勻稱的呼吸落在她的耳鬢，她梗著脖子，默默且快速地貼回窗戶，直到導師催促大家下車，她才假裝若無其事地轉醒。

張眼時，就見何岳靖貌似剛睡醒，俊容掛著惺忪睡眼，迷迷糊糊的模樣她倒是第一次見，柯瑾瑜暗自拍胸，應該是不知道吧。

忍住戳他臉頰的衝動，柯瑾瑜咳了一聲引起他注意。

她努努下巴，示意他先出去。

何岳靖不為所動，笑意摻著剛醒的慵態，刻意抬高了腿，徹底堵住去路。「求我。」

柯瑾瑜以為自己聽錯，見何岳靖當真半分不移，她垮下臉，「你有病嗎？讓開。」

「沒病，就想看妳求我。」

柯瑾瑜自尊心高，何岳靖比誰都清楚，這要求擺明找碴。

柯瑾瑜嗤笑，起身手腳並用，單腳就往前座跨，打算從前座出去，她毫不顧及掀起的裙襬，長腿白皙，布料再往上一些就曝光了。

而後方的何岳靖能清楚看到一切。

他的臉色倏地一變，扯過柯瑾瑜的手臂，柯瑾瑜重心不穩，直直往後倒，屁股直接坐上他的腿，半隻腳還掛在前方椅背，何岳靖已將外套蓋上她的下半身，掩得嚴嚴實實。

「柯瑾瑜，誰讓妳這樣爬？」

她大言不慚，「你啊。」

何岳靖反說：「願意回我話了啊？」

這陣子，柯瑾瑜單方面發起冷戰，視何岳靖為空氣，他的訊息不讀不回，電話也不接，晚自習結束就被Ken接走。

何岳靖不喜莫名其妙的冷戰，前幾次嘗試找她說話，她都不理會，這幾天也有點火了，見她照常與他人互動，他心裡便愈加不平衡。

柯瑾瑜一時語塞，轉而推開他，何岳靖捉住她的手，兩人僵持不下，柯瑾瑜乾脆低頭咬了他的手臂。

「嘶——」

何岳靖鬆了手，柯瑾瑜朝他吐舌頭，撫平裙襬，一溜煙就下了車。

校園導覽時，柯瑾瑜就後悔了，說實話何岳靖什麼錯也沒有，反倒她自己在生悶氣，像個笨蛋似的。

抬眼卻望見郭品嫺和何岳靖不知何時又走在一起，郭品嫺嬌小可人，寬大的制服像是套在小孩子身上，遠看就像依偎在何岳靖懷中。

這年紀的男生似乎都喜歡嬌弱型，更能激發保護欲。

哪像她，從小到大都是班上數一數二高的女孩，搬重物時，沒有人會覺得她弱小。

她隱約聽見郭品嫻在問他手上的傷，何岳靖將手放至背後，「沒事，剛被貓咬的。」

「貓？這學校有貓嗎？」郭品嫻蹙眉，「我不是很喜歡貓，感覺陰森森的，不太親近人。」

「是嗎？我滿喜歡的。」

下午，自由時間。

柯瑾瑜在超商買了一枝冰棒來啃，獨自坐在樹蔭下的木椅，滅滅心裡的煩躁。

柯瑾瑜傳了訊息給Ken，說她在他的學校，要不要出來當嚮導，還未收到回覆，剛才負責帶隊遊校園的幾位男大生忽然走近。

「哈囉，學妹，妳怎麼不去逛逛？」

「還喜歡我們學校嗎？」

「剛才一路看過來，妳有沒有想要再多了解哪個科系？」

柯瑾瑜還是第一次被異性圍繞，高中生活幾乎都被女生包圍，身旁熟悉的異性硬要提也就何岳靖而已，但他是木頭人，除了說教，從來也沒誇過她。

柯瑾瑜沒有被男生簇擁過的感覺，難道她的長相要到大學才吃香嗎？

「有沒有男朋友啊？」

「沒有。」

「妳長這麼漂亮怎麼會沒有？」

柯瑾瑜接下他的讚美，「我也想知道。」

一群人笑開了。

直到有人走上前，歡愉的氣氛像是插入一道寒柱，唯獨柯瑾瑜習以為常地仰著腦袋，微微挑眉，略顯挑釁地看著對方。

「起來。」

「現在是自由時間。」

何岳靖彎身附在她耳邊，用著只有兩人聽見的音量，「幫我一個忙。」

拒絕的話還未出口，潮溼的氣息撓過柯瑾瑜的耳尖，「求妳。」嗓音溫醇。她咬了咬唇，呼吸亂了拍。

她還是第一次收到他的請求。

柯瑾瑜咳了一聲，「幫什麼？」

何岳靖忽而攬過她的腰，將人帶起身，極具占有的姿態，讓後頭的男大生一一卻步。

柯瑾瑜絲毫不敢亂動，甚至搞不清楚狀況，只能跟隨著何岳靖的動作，順而貼上他結實的懷抱。

她的身高正好落在何岳靖的胸膛，喉結滾動，他的聲音和呼吸就在她的耳畔，撓著她的鬢角，「好好走，不要東張西望。」

柯瑾瑜縮了縮脖子，低低應聲。

幾分鐘後，她說：「還要這樣多久？」

「再走遠一點。」

「喔……」

半晌，她再開口，「這樣黏在一起很難走路。」

「妳坐別人後座不也貼在一起？」

他義正詞嚴，柯瑾瑜納悶，「這不一樣吧？」

何岳靖偏頭，氣息撫過她的眼睫，柯瑾瑜覺得胸腔悶得慌，轉開腦袋時，正好與對面親密摟著女孩子的男生四目交接。

「啊。」柯瑾瑜發出一個單音。

何岳靖保持攬著她的姿勢，說了一句：「妳看男生的眼光真差。」

Ken做賊心虛地鬆了手，隨即想想他和柯瑾瑜也沒發展出實質的關係，連忙尷尬地打招呼，「嗨，妳也來我們學校啊？」

一旁貌似是女朋友的人打量了柯瑾瑜一眼，Ken急忙解釋，「我幫店裡外送時認識的一個學妹啦，偶爾會聊幾句。」

柯瑾瑜再怎麼遲鈍也嗅出Ken想腳踏兩條船的徵兆。她看了一眼何岳靖，嫌棄道：「我是喜歡他們家的菜色沒錯，但他不是我的菜。」

何岳靖低頭一笑，秋陽溢滿眼，「妳把他當工具人了啊，人家看起來對妳有意思。」

柯瑾瑜順勢抱了他的腰，將下巴抵在何岳靖的胸口，不知道是不是錯覺，她感覺何岳靖的心跳加快了。「話不能這麼說，我可是有付便當錢。」

何岳靖笑出聲，勾起一綹自她頰邊散落的頭髮，有一瞬間——柯瑾瑜以為他會吻她，在這人來人往的地方。

響亮的巴掌聲打斷兩人的對視，Ken摀著臉，看著女朋友氣呼呼地走掉。

Ken轉頭，見兩人依舊親暱，激動地說：「他就是妳常在訊息中提起的男生吧，我就知道妳喜歡他！」

柯瑾瑜沒出聲。

Ken冷笑，「男生都一樣啦，他前幾天才吻別的女生，妳還把他當寶？呵！」

何岳靖一臉疑惑，「我吻誰？」

柯瑾瑜不想多作解釋，含糊帶過，「反正也不重要啦……」

何岳靖看了一眼止步的郭品嫻，了然道：「喔，妳是說這樣嗎？」何岳靖忽而彎身，下一秒兩人面對面，男女呼吸碰撞，柯瑾瑜倒抽一口氣。

「喂，你……」

何岳靖不退，甚至再湊上前，輕笑道：「那天郭品嫻肩上有蟲子，我只是幫她拍掉。」他刻意示範，抬手撫過柯瑾瑜的脖頸，指腹有意無意地擦過耳珠。

柯瑾瑜吞了吞口水，佯裝冷靜，「喔，當時太黑了沒看清楚，想說你怎麼這麼不挑了？別人問起我來，我會很丟臉。」

何岳靖瞟了一眼Ken，「妳好意思說我？」

柯瑾瑜揚起笑，也注意到郭品嫺黯然離去的背影，「彼此彼此。」

「所以是因為這事才不跟我說話？」

被看穿的柯瑾瑜顧左右而言他，「你不覺得這距離太近了嗎？能不能先後退一點啊？」

「不覺得。」何岳靖揚起嘴角。

在遊覽車上的時候，更近。

番外完

後記　不完美最美

嗨，好久不見，一年又過了。

世界最殘酷的事之一，大概包含二〇二二年回頭看二〇一七年的作品，就像看一眼青春期的自己，滿滿的尷尬和「我是誰、我在哪、我在做什麼」。

本來想砍掉重練，但就像我在《煦煦月光》的網路版後記所寫——每個發生都是當下最好的樣子。而這是二〇一七年的我，覺得最棒的樣子，所以我還是選擇保留他們。

寫後記對我來說，除了寫下內文未提到的細節、角色的內心，我覺得更多的是在說每一階段的自己。以前覺得沒有逼不得已這種事，都是犯錯後的藉口，但後來想想，這世界最不缺的似乎就是無奈和懊悔。

故事中的每個人都有一道傷痕，欺騙最愛的人，傷害陪伴在左右的人，甚至是對感情的不誠實。

故事以柯瑾瑜的暗戀開始，學生時代沒暗戀過人真的白活一遭(喂)。

劇中所有角色都是最普通的人，就像大部分的人一樣，過著最日常的生活，煩惱著今天要吃什麼。

內容主要描寫四個人的感情，看似和諧，實則各懷心事，是一旦說出來，所有現況都會崩盤的祕密。

柯瑾瑜的自尊心比別人高，覺得男生應該要主動，也覺得何岳靖應該要知道她是喜歡他的，所以她不前進，只想等著他過來。

即便何岳靖有著一般男孩子缺乏的細膩與謹慎，但對於未知的事，大家都是害怕的，他不敢做不在掌握之中的事，尤其是感情。

他們是同班同學也是朋友，這種關係最尷尬的就是萬一被拒絕了，以後還要天天見面。他同樣有著他的自尊心，加上柯瑾瑜當時說了那樣篤定的話，「我不跟朋友交往的。」何岳靖也就畏縮了。

然而內心不會說謊，即便外表裝作多麼不在意，眼神、舉動依然會透著你的喜歡，所以說世界上沒有什麼能夠被掩蓋的情感，有的只是裝模作樣。

嚴亦和何岳靖的個性其實是相像的，只是何岳靖懂得委婉，嚴亦沒有這項思考能力。

評斷別人容易，但說起自己，就像是親手揭開瘡疤，很痛也很不堪，嚴亦從不提自己的事，因為他知道說出來會顯得自己有多悲哀。

嚴亦不同於何岳靖的地方，正是他不會在乎別人的感受，敢愛敢恨。愛都是盲目的，這點在嚴亦身上很受用。只要呂淨敏好，他就好，即便犧牲一些人也在所不惜。

我想多數人都不諒解呂淨敏，即便她有苦衷與現實的無奈，但錯就是錯。我也不否認，她確實就是做錯了。

當最愛的人無法成為傾訴對象，便是問題的開始，但呂淨敏沒想要解決，而是隱瞞，甚至另找他人訴苦。

就如嚴亦所說，感情的開端是建立在心裡話多寡，願意揭露自己脆弱的一面，那便是對他的信任。所以呂淨敏最後愛上了別的男人，這是無可避免的事。

人與人的關係是種一旦感覺不對，就會崩壞的東西，即便呂淨敏多麼努力想維持現狀，何岳靖多麼勉強自己去愛。

也許，一開始是行得通的，但能夠持續多久呢？

當然劈腿這種事，不能只責怪某一方，因為感情是雙向的。

有很多人說，何岳靖的行為很渣。我同意，不愛一個人卻跟他在一起是可恥的，然而這正是現實社會的縮影。

有多少人明明很愛一個人，卻不敢開口？

有多少人明明不是那麼愛一個人，卻還是選擇跟他在一起？因為想找個人陪？因為這樣的關係容易的多。

何岳靖終究是一般人，當你從最愛的人身上感受不到愛，理所當然會另尋別人來給你愛，如同後來的呂淨敏。

喜歡柯瑾瑜的他，遭受的打擊實在太多，然而他也是驕傲的，所以或許他心有不甘，或許他是心死，又或許他就是想要找個愛他的人。

人生有太多不確定的事，想知道結果，你只能去試，所以他與呂淨敏交往。

起初，何岳靖是努力的，並非只是想玩玩，但愛一個人應該是不需要努力的。何岳靖沒有發現自己正一點一滴的失控，而呂淨敏身為他最親密的人自然知道。

呂淨敏最後還是重回那個男人的懷抱，或許有些人會覺得她傻、她笨，甚至是不要臉。

但現實社會中不乏呂淨敏這樣的人，也就是愛情的第三者，明明是錯誤的身分，大家卻不以為然。

他們是真的笨嗎？我想是愛。

然而愛一個人究竟有沒有對錯，也許在愛情裡沒有，但在社會道德上卻有是非對錯。

我在這不是提倡愛一個人就要不擇手段，而是當你很愛一個人的時候，請記得對方一定不會讓你受委屈。

若對方有家室，也許真的是相見恨晚，也許真的是大家口中的真愛，也許你們的相愛有多麼令人可歌可泣，但有時錯過了就是錯過了，遑論你們的愛有多深厚。

都比不上時間的殘忍。

至於有些人會覺得嚴亦和劉燕歆進展很快，但愛情這種事，來得多不如來得巧，不一定要在最好的狀態遇見那個人，而是要在最好的時間。

大家都覺得嚴亦似乎變了，但其實他沒有，應該說這才是他。嚴亦從熱情、有些傻的小胖子，成了冷漠、直言的人，然而當遇見對的人，本就會不自覺想對他撒嬌，想對他使壞，甚至是想引起他注意。

看上去像是小學臭男生的把戲，卻是最真誠的示愛。

故事中的每個人都是不完美的，有過錯誤，有過後悔，甚至是執迷不悟，然而這就是人生。人有失手，馬有亂蹄，機會是人給的，跟命運無關。

最後，我給了他們一個重新開始的機會。

也許會有人說，世界上哪有那麼多可以重來的事？錯了就是錯了，怎麼樣都不可能時光倒流。

但我卻覺得，為什麼不可以？

時間確實無法倒轉，人卻可以，只要一個瞬間，即便是停下現在的所有行為，那就是一個改變，只要你願意，什麼事情都可以不計前嫌。

我想說，重新開始這件事人人都辦得到，世界確實不太完美，人理所當然也是。有私心、有偏袒、有盲目，但是我們同樣也有善良、快樂與堅強，所有事都是一體兩面。

世界上的愛情有千百種，你能評論，卻無法給予對錯，只因你不是當事人。

我不贊同大家一面倒地同意我的想法，畢竟這是我的主觀，你也會有你的，這才是這世界有趣的地方。

每個人的人生之所以不盡相同，是因為這是屬於你們的選擇。

依然感謝各位以及編仔們陪我走到這，今年仍然是不平穩的一年，希望大家保持健康平安，我們有機會再見。

由衷希望我們往後的每一天，快樂且張揚，釋懷和善良。

2021/05/31，Lal，新竹

國家圖書館出版品預行編目資料

煦煦月光 / LaI 作 . -- 初版 . -- 臺北市 :
POPO 出版 : 家庭傳媒城邦分公司發行, 民 110.08
面; 公分 . -- (PO 小說 ; 58)
ISBN 978-986-06540-1-1(平裝)

863.57　　110010711

PO 小說 58

煦煦月光

作　　者／LaI
企畫選書／游雅雯　　行銷業務／林政杰
責任編輯／游雅雯、吳思佳　　版　　權／李婷雯
總 編 輯／劉皇佑

總 經 理／伍文翠
發 行 人／何飛鵬
法律顧問／元禾法律事務所　王子文律師
出　　版／城邦原創 POPO 出版　城邦原創股份有限公司
台北市中山區民生東路二段 141 號 6 樓
電話：(02) 2509-5506　傳真：(02) 2500-1933
POPO 原創市集網址：www.popo.tw　POPO 出版網址：publish.popo.tw
電子郵件信箱：pod_service@popo.tw
發　　行／英屬蓋曼群島商家庭傳媒股份有限公司城邦分公司
聯絡地址：台北市中山區民生東路二段 141 號 11 樓
書虫客服服務專線：(02) 25007718．(02) 25007719
24 小時傳真服務：(02) 25001990．(02) 25001991
服務時間：週一至週五 09:30-12:00．13:30-17:00
郵撥帳號：19863813　戶名：書虫股份有限公司
讀者服務信箱 email：service@readingclub.com.tw
城邦讀書花園網址：www.cite.com.tw
香港發行所／城邦（香港）出版集團有限公司
地址：香港灣仔駱克道 193 號東超商業中心 1 樓
email：hkcite@biznetvigator.com
電話：(852) 25086231　傳真：(852) 25789337
馬新發行所／城邦（馬新）出版集團 Cité(M)Sdn. Bhd.
41, Jalan Radin Anum, Bandar Baru Sri Petaling,
57000 Kuala Lumpur, Malaysia.
電話：(603) 90578822　傳真：(603) 90576622
email：cite@cite.com.my

封面設計／也津
印　　刷／漾格科技股份有限公司
經 銷 商／聯合發行股份有限公司
電話：(02) 2917-8022　傳真：(02) 2911-0053

□ 2021 年 (民 110) 8 月初版　　Printed in Taiwan.

POPO 城邦原創 www.popo.tw　POPO 出版

定價／ 300 元
 ISBN 978-986-06540-1-1